Coup de foudre en Islande

*

Le bébé du bonheur

KATE HARDY

Coup de foudre en Islande

BLANCHE

HARLEQUIN

Collection : Blanche

Titre original :
CHRISTMAS WITH HER DAREDEVIL DOC

Ce roman a déjà été publié en 2018

HARPERCOLLINS FRANCE
83-85, boulevard Vincent-Auriol, 75646 PARIS CEDEX 13
Service Lectrices — Tél. : 01 45 82 47 47 - www.harlequin.fr
ISBN 978-2-2804-8956-0 — ISSN 0223-5056

Composé et édité par HarperCollins France.
Imprimé en novembre 2023 par CPI Black Print (Barcelone)
en utilisant 100% d'électricité renouvelable.
Dépôt légal : décembre 2023.

FSC www.fsc.org MIXTE Papier issu de sources responsables FSC® C159065

Pour limiter l'empreinte environnementale de ses livres, HarperCollins France s'engage à n'utiliser que du papier fabriqué à partir de bois provenant de forêts gérées durablement et de manière responsable.

Prologue

Hayley marqua un temps d'arrêt ; sa meilleure amie venait d'entrer en béquilles dans la cantine de l'hôpital, elle avait la jambe droite plâtrée jusqu'au genou.

— Que s'est-il passé, Dani ? T'es-tu cassé la cheville ?

Danielle posa les béquilles contre le mur pour qu'elles ne gênent personne et s'assit face à Hayley.

— Non, ce n'est pas aussi grave. Simplement une fracture de fatigue des deuxième et troisième métatarses.

Hayley fronça les sourcils. Deux jours auparavant, elles étaient allées à leur cours d'aérobic ensemble et Danielle semblait en pleine forme.

— Quand est-ce arrivé ?

— Selon l'orthopédiste, il y a trois ou quatre semaines, car la radiographie montre un début de cicatrisation, mais le diagnostic date de ce matin.

Danielle poussa un soupir.

— Je suppose que mon pied a dû pas mal souffrir.

Et, fidèle à elle-même, elle n'en avait pas tenu compte, bien sûr, parce qu'elle avait trop à faire.

— Pourquoi n'as-tu rien dit, l'autre soir ? demanda Hayley. Nous aurions pu ne pas aller au cours d'aérobic, et laisser ton pied au repos.

— Oh ! ça allait.

— Ah oui ? C'est pour ça que, maintenant, tu as la jambe plâtrée ?

Danielle soupira.

— D'accord, d'accord. Je pensais que ce n'était pas grave et qu'il suffirait de rester tranquille un jour ou deux pour que tout s'arrange, mais hier la douleur s'est intensifiée et je me suis dit qu'il valait mieux voir ce que c'était. Je pensais que mon médecin accuserait mes nouvelles chaussures de course et me conseillerait de laisser mon pied s'y faire, mais il m'a envoyée passer une radio. Apparemment, presque toutes les personnes qui souffrent d'une fracture du métatarse disent la même chose — elles ne se rappellent pas avoir fait quoi que ce soit de particulier, ou bien elles mettent ça sur le compte de chaussures neuves.

— Combien de temps dois-tu garder ton plâtre ?

— Apparemment il faut entre un et trois mois. Cette semaine, je dois me servir de béquilles, ensuite j'aurai un plâtre de marche et je devrai laisser mon pied au repos le plus possible.

Hayley sourit. Le mot « repos » ne faisait pas partie du vocabulaire de Danielle, elle allait devenir folle à rester assise avec un pied en l'air.

— D'après eux, si je ne me repose pas suffisamment, cela risque de s'aggraver et je devrai me faire opérer, ce que je veux à tout prix éviter.

Danielle fit la grimace.

— Plus question que je m'entraîne pour la course de bienfaisance d'octobre. Je ne pourrai pas y participer, je vais devoir rembourser le sponsor.

Dani tenait beaucoup à cette course qui devait collecter des fonds pour acheter un nouveau scanner à la maternité de l'hôpital.

— Sauf si les organisateurs veulent bien me laisser courir à ta place, dit Hayley.

Danielle, de toute évidence surprise, la regarda fixement.

— Je ne peux pas te demander ça, tu détestes courir.

— Oui, mais là c'est pour une bonne cause. Je peux courir à ta place. Souviens-toi, nous étions d'accord pour que cette année soit l'Année du Oui, après celle, horrible, que nous venons de passer l'une et l'autre.

La vie de Hayley avait implosé l'année précédente lorsque Evan, son fiancé, avait trouvé la mort en essayant de sauver quelqu'un d'un incendie industriel. Et, neuf mois plus tôt, le mari de Danielle, Leo, l'avait brusquement quittée pour une autre femme. Face aux naufrages de leurs vies respectives, les deux amies s'étaient soutenues mutuellement. Le mois précédent, le jugement provisoire de divorce de Danielle avait coïncidé avec la date anniversaire de la mort d'Evan. Elles avaient alors décidé que, l'année à venir, elles diraient oui à toutes les occasions qui se présenteraient. L'idée était que cela les aiderait l'une et l'autre à avancer et à vivre pleinement leur vie. Et, pour Dani, profiter de l'existence était la meilleure des revanches, elle n'avait pas l'intention de passer le reste de ses jours à pleurer quelqu'un qui ne l'aimait plus.

— Tu dois donc dire oui et accepter que je coure à ta place, rappela Hayley. Nous en parlerons aux organisateurs, ils ne pourront pas refuser. Et l'hôpital gardera l'argent du sponsor.

— Si tu le veux vraiment, alors, oui, j'accepte, et je te remercie.

Elle se mordilla la lèvre.

— Mais ce n'est pas le pire. Je suis vraiment désolée, je ne peux pas aller en Islande avec toi la semaine prochaine. L'orthopédiste a essayé de me prescrire un arrêt de travail, mais j'ai dit que je pouvais faire beaucoup de choses en étant assise. Ce qui est vrai, dit-elle en voyant Hayley prête à protester. Je suis autorisée à porter un plâtre de marche, mais à condition de laisser mon pied le plus possible au repos. Évidemment, randonner une semaine en Islande m'est formellement interdit.

— Prévenons l'agence de voyages que nous remettons le projet à plus tard.

Danielle secoua la tête.

— Tu voulais aller là-bas en été pour voir le soleil de minuit. Si nous remettons le voyage, il faudra attendre un an avant de partir. Et tu as vraiment, vraiment, besoin de faire une pause. D'autant que tu prends ton nouveau poste dans quinze jours.

Hayley avait été promue chef de clinique, ce qui avait un goût doux-amer car Evan n'était pas là pour se réjouir qu'elle soit récompensée d'avoir travaillé si dur.

— Je vais bien, dit-elle.

— Rappelle-toi, c'est l'Année du Oui. Nous avons décidé de nous amuser et de ne plus être malheureuses.

— Je ne suis pas sûre qu'aller en Islande toute seule soit très amusant.

— Mais tu vas voir les baleines, les geysers et les glaciers, et rayer tout cela de ta liste des choses à faire. Tu as besoin de te détendre, Haze. Vas-y et profite bien de ces vacances. Je vais régler tout cela avec l'agence de voyages.

— C'est trop injuste que tu ne puisses pas venir.

— Nous planifierons autre chose lorsque mon pied sera guéri, répondit Danielle. Nous pourrions aller à Vienne en novembre, pour les marchés de Noël. Et manger des tonnes de pain d'épices en buvant les meilleurs chocolats chauds du monde.

— Pourquoi pas ?

— Mais oui, faisons cela. Et tu m'enverras tout un tas de photos d'Islande.

Elle sourit.

— À ta place, je m'offrirais le maximum de bon temps maintenant, parce que, si tu fais la course à ma place, tu vas enchaîner avec un entraînement très strict, durant les deux prochains mois.

— Deux mois et demi, moins ma semaine en Islande, précisa Hayley.

— Pour qui n'a pas l'habitude de courir, l'entraînement minimum pour courir dix kilomètres est censé être de douze semaines. Mais tu fais de l'aérobic deux fois par semaine, tu ne pars pas de zéro.

Dani l'avait poussée à le faire deux semaines après les funérailles d'Evan, une manière de l'obliger à sortir de chez elle au lieu de se cacher entre quatre murs en se répétant qu'il aurait mieux valu que son fiancé ne devienne jamais, jamais, pompier. Et il fallait le reconnaître, ces séances lui faisaient du bien, même si leur effet ne durait pas longtemps. Pour la même raison, elle avait forcé Dani à continuer les cours d'aérobic après que Leo l'eut quittée.

— D'accord, dit-elle. Établis un programme d'entraînement, et je le suivrai.

— Tu es vraiment la meilleure des amies, dit Danielle en lui pressant la main.

— Non, c'est toi la meilleure. Reste assise ici tranquillement pendant que je vais te chercher à déjeuner. Même *toi*, tu ne peux pas jongler avec un plateau, un café chaud et une paire de béquilles.

— Tu paries ?

— Tiens-toi à carreau ! fit Hayley en souriant.

— Oui, m'dame. Et tu as raison, je ne peux pas tenir une tasse de café en m'appuyant sur des béquilles.

Elle fouilla dans son porte-monnaie.

— Merci, Haze. Prends-moi un sandwich, n'importe lequel.

Elle marqua une pause.

— Tu me promets vraiment de ne pas annuler ton voyage ?

— C'est l'Année du Oui. Alors, oui, j'irai là-bas.

Même si un voyage en solo lui faisait un peu peur, Dani avait raison. Elle avait besoin d'une pause. Et rayer un certain nombre de choses de la liste de ce dont elle rêvait l'aiderait peut-être à tourner la page.

Evan lui manquait toujours autant, mais il n'aurait pas voulu qu'elle passe le reste de sa vie toute seule. Alors elle allait dire oui. Et, conformément à l'accord qu'elle avait passé avec son amie, elle sortirait avec le premier homme qui le lui proposerait.

1

Le pays du soleil de minuit. Dès son arrivée à Reykjavik, Hayley avait été frappée par la qualité de la lumière.

La pensée qu'Evan aurait adoré lui avait noué l'estomac. C'était particulièrement vrai de la sortie en bateau pour observer les baleines. À présent, ils se trouvaient en pleine mer. La température avait brusquement chuté, malgré un soleil éclatant. Appuyée contre la rambarde, elle écoutait les explications de la guide en essayant d'apercevoir les macareux, reconnaissables à leur bec orange vif.

— Devant nous, de nombreux oiseaux volent en rase-mottes au-dessus de l'eau, ce qui indique souvent la présence de cétacés, signala la guide. Ils profitent des morceaux de poisson que les baleines laissent derrière elles.

Deux minutes plus tard, elle alerta les passagers.

— Regardez à neuf heures !

Hayley vit nettement le jet d'air chaud et humide émis par la baleine. À sa grande surprise, cela ressemblait vraiment à ce que montraient les documentaires animaliers à la télévision. Une parfaite cheminée brumeuse.

— Et voilà notre petit rorqual ! s'écria la guide.

Le bateau s'immobilisa et Hayley retint son souffle. Le dos noir d'une baleine forma une bosse à la surface de l'eau. Puis apparut une nageoire d'un blanc lumineux qui contrastait avec le bleu du ciel et de la mer. L'animal semblait saluer les passagers du bateau.

C'était magique.

Hayley prit quelques photos, en espérant qu'elles seraient réussies. Puis, à sa grande joie, la baleine sortit la tête de l'eau et sauta en formant un arc parfait, exposant son ventre blanc avant de replonger dans la mer.

Jamais elle n'avait rien vu d'aussi imposant. Le museau de la baleine réapparut, puis une nageoire, et enfin l'extrémité fendue de la queue lorsque l'animal disparut de nouveau sous la surface de l'eau.

— Cette fois, elle est allée dans les profondeurs, dit la guide. Nous allons reprendre notre route.

Hayley venait de vivre une expérience exceptionnelle qui lui faisait aimer la vie.

Quelques minutes plus tard, la guide lança un appel au micro.

— Y a-t-il un médecin à bord ?

Il pouvait s'agir d'un cas d'une urgence extrême. Ils se trouvaient en pleine mer, à une heure de bateau de Reykjavik.

Hayley alla trouver la guide.

— Je m'appelle Hayley Clark, je suis médecin en Angleterre. Puis-je me rendre utile ?

— Mon mari a une crise d'asthme, dit une Américaine qui, l'air anxieux, se tordait les mains. Et nous n'avons pas pris son inhalateur.

— Pourriez-vous faire une annonce et demander si quelqu'un aurait un inhalateur de secours que nous pourrions emprunter ? Même un inhalateur de prévention ferait l'affaire.

— Je m'en occupe, dit la guide.

Hayley se tourna vers l'Américaine.

— Voulez-vous me conduire auprès de votre mari ? Je m'appelle Hayley, je travaille aux urgences d'un hôpital londonien.

— Je m'appelle Lulu Adams, dit la femme en l'emmenant vers le pont inférieur. Quelle chance que vous soyez à bord ! Je ne comprends pas comment Milton peut avoir une crise d'asthme ici. D'habitude, ce sont les pollens et les poils de chat qui les lui déclenchent.

— Le froid aussi peut avoir cet effet-là, et l'air est glacial, ici. Mieux vaut avoir toujours avec soi un inhalateur de secours, même si vous ne pensez pas rencontrer les déclencheurs habituels. Votre mari se sert-il régulièrement de son inhalateur à titre préventif ?

— C'est un homme, répondit Lulu en soupirant. On ne peut *rien* lui dire.

Hayley hocha la tête. Sans doute l'attaque couvait-elle depuis un moment, puisque le patient ne prenait pas la peine d'utiliser son inhalateur de prévention. Le médecin de Milton Adams aurait vraiment dû l'informer de l'importance qu'il y avait à contrôler son asthme. Elle espérait simplement stabiliser le patient le temps de trouver un bronchodilatateur pour le soigner.

— A-t-il d'autres problèmes médicaux ? demanda-t-elle.

— Il souffre seulement de crises d'asthme.

Ce qui était déjà suffisamment compliqué à traiter, vu les circonstances.

Y a-t-il un médecin à bord ?

Près de deux cents passagers se trouvaient sur le bateau. Parmi eux, Sam était peut-être le seul médecin. Par ailleurs, ce serait un test pour lui. Avait-il fait le bon choix en acceptant ce poste dans un hôpital londonien ? Ou bien ce qu'il avait vécu à Manchester l'avait-il à tout jamais dégoûté de la médecine ?

Alors qu'il gagnait le pont principal à la recherche de la guide, il l'entendit faire une annonce demandant si quelqu'un avait un inhalateur contre l'asthme.

— Je m'appelle Sam Price, dit-il en la rejoignant. Je suis médecin urgentiste en Angleterre. J'ai cru comprendre qu'un passager souffre d'une crise d'asthme et n'a pas d'inhalateur. Puis-je vous aider ?

— Un autre médecin, une Anglaise, est déjà auprès du malade, mais vous pourriez lui donner un coup de main. Vous la trouverez sur le pont inférieur. Elle porte un ciré jaune.

— D'accord. Merci. Quelqu'un est-il venu vous voir avec un inhalateur ?

— Pas encore, mais je vais renouveler mon appel.

Les crises d'asthme s'avéraient parfois délicates à gérer. Il pourrait au moins calmer la personne qui accompagnait le patient pendant que l'autre médecin le soignerait.

Sur le pont inférieur, il aperçut une femme en ciré jaune qui parlait à un homme manifestement complètement paniqué par ses difficultés à respirer. Auprès d'eux, une femme se tordait nerveusement les mains et paraissait, elle aussi, en proie à la panique.

— Bonjour, je m'appelle Sam Price et je suis médecin urgentiste, dit-il en les rejoignant. Puis-je vous aider ?

— Je me présente, dit la jeune femme en ciré jaune : Hayley Clark. Je suis également médecin urgentiste, je viens de Londres.

Il remarqua ses yeux bleus, aussi lumineux qu'un ciel d'été en Islande, et ses cheveux blonds attachés sur la nuque. Quelques mèches folles encadraient son visage à l'ovale parfait.

Que lui arrivait-il ? Pourquoi remarquait-il la couleur de ses yeux alors qu'un patient réclamait toute leur attention ? Par ailleurs, même s'il avait été en quête d'une relation sentimentale — ce qui n'était pas le cas, après ce qui s'était passé avec Lynda —, cette jeune femme n'était sans doute pas libre. Se reprochant ce moment de distraction, il accorda toute son attention à ce qu'elle lui disait.

— Voici Milton Adams et sa femme Lulu. Il n'a pas d'inhalateur avec lui, et l'air froid lui a probablement déclenché une crise d'asthme. Il ne souffre d'aucun autre problème de santé.

— La guide va de nouveau lancer un appel pour demander s'il y a un inhalateur à bord, dit Sam. Mais, même s'il n'y en a pas, nous pouvons vous aider, monsieur Adams.

L'homme avait toujours une respiration sifflante. Manifestement terrorisé, il luttait contre l'étouffement. Il devenait urgent de le soustraire à l'air glacial qui avait déclenché la crise d'asthme, et de le mettre au chaud. Mais ses difficultés à respirer et son surpoids compliquaient les choses. Pour l'instant, il était incapable de descendre l'escalier très raide qui lui aurait permis de se réfugier à l'intérieur du bateau. La priorité était donc de le stabiliser pour qu'il retrouve son calme et respire plus lentement. L'anxiété produisait du cortisol, ce qui entraînait une contraction encore plus forte des bronches. La peur de ne plus pouvoir respirer créait alors un cercle vicieux : comme les muscles de la poitrine se resserraient, il devenait plus difficile de respirer, ce qui paniquait encore plus le patient, et les muscles se resserraient davantage.

— Pouvez-vous vous asseoir et vous tenir droit, monsieur Adams ? demanda-t-il. Vous respireriez mieux qu'en étant courbé comme vous l'êtes en ce moment.

Milton Adams continuait de suffoquer mais, au grand soulagement de Sam, il obéit.

— Je vais dénouer votre cravate et déboutonner le col de votre chemise, dit Hayley. Cela vous aidera aussi à mieux respirer.

— Je lui avais pourtant dit de prendre son inhalateur, fit Mme Adams, au bord des larmes.

Hayley lui prit la main.

— Madame Adams — vous permettez que je vous appelle Lulu ?

La femme hocha la tête.

— Je sais que vous vous faites du souci pour votre mari, mais je vais avoir besoin de vous. Il faudrait que vous comptiez à voix haute. Vous feriez cela pour moi ?

— Oui, répondit Mme Adams d'une voix tremblante.

Belle initiative, pensa Sam. Hayley cherchait à distraire cette femme morte de peur en lui permettant de se rendre utile. Quant au décompte à voix haute, c'était la méthode que lui-même aurait utilisée en pareille circonstance.

Il s'adressa au patient.

— Monsieur Adams — pouvons-nous vous appeler Milton ?

L'homme accepta d'un hochement de tête.

— Nous voudrions que vous essayiez de faire de longues et profondes respirations. Je sais que tout cela est un peu effrayant pour le moment, mais je vous promets que nous allons vous aider à vous sentir mieux. Je veux que vous inspiriez par le nez en comptant jusqu'à 4, ensuite soufflez par la bouche en comptant jusqu'à 6. Pouvez-vous faire cela ?

Milton Adams, cherchant toujours son souffle, hocha la tête.

— Maintenant, Lulu, pouvez-vous compter à voix haute ? demanda Hayley. D'abord jusqu'à 4, puis jusqu'à 6. Comptez avec moi pour la première série, afin que nous gardions le même rythme. 1, 2, 3, 4...

Et Mme Adams se mit à compter.

Sam prit la main du vieil homme pour le rassurer.

— Bon. Inspirez... Et maintenant soufflez.

Se pliant au rythme imposé par le comptage, Milton se mit respirer plus lentement.

— Pincez les lèvres lorsque vous chassez l'air, Milton, dit Hayley. Cela ralentit votre respiration et garde vos voies respiratoires ouvertes. Oui, comme cela, très bien. Continuez. Vous faites tous les deux un excellent travail.

Le patient avait encore du mal à respirer, mais son visage reprenait des couleurs.

— Pouvez-vous mettre une main sur votre estomac juste sous la cage thoracique ? lui demanda Sam. À présent, quand vous inspirez, gonflez votre ventre et utilisez les muscles de votre abdomen pour chasser l'air. On appelle cela la respiration par le diaphragme, cela aide vraiment à respirer plus lentement et plus profondément.

La méthode s'avéra efficace. La respiration de Milton Adams devint plus régulière et il paraissait nettement plus calme.

— Peut-être pourrions-nous descendre pour échapper à cet air glacial ? dit Sam en se tournant vers Hayley.

— Oui, répondit-elle, et nous allons demander un bol d'eau chaude et une serviette à l'équipage.

— Bonne idée.

La tête sous une serviette, penché au-dessus du bol d'eau chaude, Milton respirerait un air chaud et humide qui l'aiderait à retrouver un souffle normal.

Tous les passagers se trouvaient près des rambardes des ponts supérieurs pour observer un couple de baleines qui jouaient dans l'eau, ce qui facilita la descente par l'escalier, mais, lorsque Milton Adams, soutenu par Hayley et Sam, arriva en bas des marches, il était visiblement à bout de souffle.

Ils le firent asseoir à une table.

— Pourriez-vous, s'il vous plaît, aller chercher une tasse de café au bar pour votre mari ? demanda Hayley à Mme Adams.

— Il n'aime pas le café, ni le thé. Il n'aime que le chocolat chaud.

— Alors demandez un café crème, dit Hayley. La structure chimique du café ressemble à celle de la théophylline qui se trouve dans la plupart des médicaments pour l'asthme. C'est pourquoi un café chaud peut améliorer la respiration. Par ailleurs, la chaleur du breuvage dissout les mucosités, ce qui aide aussi à mieux respirer.

— Je boirai le café, murmura M. Adams.

— Parfait, dit Hayley.

Elle se tourna vers Sam.

— Vous pouvez rester avec Milton pendant que je vais chercher une serviette et de l'eau chaude ? demanda-t-elle.

— Bien sûr. Milton, ce que j'aimerais que vous fassiez, c'est que vous vous asseyiez bien droit et que vous comptiez tout ce qu'il y a de bleu dans la pièce.

— Tout ce qu'il y a de bleu ? répéta M. Adams, l'air interloqué.

— Oui, tous les objets bleus. Comptez-les et respirez comme vous le faisiez là-haut. Je compterai pour vous, jusqu'à 4 pour inspirer, puis jusqu'à 6 pour expirer.

Comme il l'avait espéré, compter les objets bleus distrayait suffisamment le vieil homme pour qu'il retrouve son calme. Après avoir bu le café et respiré, à l'abri de la serviette, l'air chaud et humide qui s'élevait du bol d'eau chaude, il paraissait en bien meilleure forme.

À l'arrivée au port, une ambulance attendait le bateau, prête à emmener le patient à l'hôpital. Sam et Hayley expliquèrent la situation aux ambulanciers.

— Je vous remercie infiniment tous les deux pour votre aide, dit Mme Adams en se mordillant la lèvre. À cause de nous, vous n'avez pas pu profiter de cette sortie en bateau ni observer les baleines. J'en suis terriblement désolée.

— Nous vous proposons de refaire gratuitement cette promenade en mer, dit la guide. J'aimerais, moi aussi, vous remercier. Nous avons dans l'équipage des personnes formées aux premiers secours, mais dans un cas pareil il fallait un médecin.

— Pas de problème, dit Hayley.

— Téléphonez à l'agence quand vous voudrez, nous vous ferons refaire la sortie.

— J'aimerais vraiment vous donner quelque chose pour vous remercier, dit Mme Adams.

— Ce n'est pas la peine, dit Sam. C'est le rôle des médecins — aider ceux qui en ont besoin.

— Je suis d'accord, dit Hayley. Toutefois, si vous tenez vraiment à faire quelque chose, Milton, je voudrais que vous racontiez à votre médecin ce qui s'est passé aujourd'hui, et également que vous vous serviez régulièrement de votre inhalateur, à titre préventif. Même si vous ne pensez pas en avoir besoin, le prendre régulièrement vous aidera à rester en bonne forme.

— Je le ferai, promit Milton, l'air penaud.

— Bien, dit Hayley en lui tapotant l'épaule. Je vous souhaite bonne chance, profitez bien de vos vacances.

— Vous aussi.

Le véhicule démarra, emmenant les Adams à l'hôpital, et Sam se tourna vers Hayley.

— Voulez-vous que nous allions boire un café ? Mais peut-être devez-vous retrouver quelqu'un, la personne avec qui vous voyagez ?

— Je suis toute seule, et un café serait le bienvenu. À moins que vous ne deviez vous-même retrouver vos compagnons de voyage ?

— Je suis seul, moi aussi. Mais peut-être voulez-vous d'abord vous inscrire pour refaire la sortie en mer et observer les baleines ?

— J'ai vu une baleine émerger de l'eau et replonger. Vouloir en voir davantage serait de la gourmandise. Mais si, vous, vous voulez vous inscrire...

Il sourit.

— En ce qui me concerne, cela suffira. Je sors en mer toutes les semaines.

— Toutes les semaines ? Vous travaillez dans un hôpital d'ici ?

— Non, j'ai pris une sorte d'année sabbatique. Mon frère a une agence touristique ici, spécialisée dans les voyages extrêmes, la découverte des glaciers, ce genre de choses. Je suis venu l'aider. Mais, les lundis après-midi, je sors en mer observer les baleines. C'est une expérience extraordinaire.

Elle hocha la tête.

— C'est quelque chose que Dani et moi avions toujours rêvé de faire.

— Danny ?

Bien sûr, une jeune femme aussi jolie que Hayley Clark avait certainement quelqu'un dans sa vie.

— Danielle, dit-elle. Ma meilleure amie.

Il éprouva un soulagement ridicule en apprenant que Dani était la meilleure amie de Hayley plutôt que son compagnon. Il n'était pas question de songer à une relation sentimentale alors qu'il allait démarrer un nouveau poste dans quinze jours.

Cependant, quelque chose chez Hayley Clark le tentait. C'était d'autant plus étrange que, durant tout l'été, des touristes lui avaient fait des avances et aucune ne l'avait attiré. Qu'y avait-il donc chez cette femme-là ?

— Elle s'est fracturé les deuxième et troisième métatarses la semaine dernière, dit Hayley, alors elle a annulé le voyage, ordre de l'équipe d'orthopédie.

— Votre amie aime courir, non ?

— Oui. Elle s'entraînait pour une course de bienfaisance. Comme elle ne peut plus le faire, nous avons demandé aux organisateurs de me laisser courir à sa place.

— Vous courez, vous aussi ?

— Non, fit-elle en esquissant une grimace. En fait, je déteste ça. Mais le seul moyen de garder l'argent du sponsor est que je fasse la course à sa place.

— C'est généreux de votre part.

— Dani est ma meilleure amie et elle a traversé de nombreuses épreuves ces derniers temps. Et puis, en courant pour elle, je me sens moins coupable d'être venue ici sans elle.

Elle fronça le nez.

— Mais elle aurait très bien pu venir observer les baleines. L'office du tourisme nous aurait sûrement trouvé des excursions faisables en fauteuil roulant.

— Mais vous auriez raté beaucoup de choses l'une et l'autre. Les sentiers qui mènent aux cascades et aux geysers ne sont pas vraiment accessibles en fauteuil roulant. La raideur de certaines pentes aurait même rendu l'entreprise assez risquée.

— C'est ce que Dani a dit.

Mieux valait qu'il se taise, à présent. Il pouvait lui recommander deux ou trois agences touristiques et la laisser se débrouiller toute seule pour visiter le pays. Mais l'attirance qu'il éprouvait pour elle était trop forte.

— Combien de temps restez-vous ici ?

— Jusqu'à vendredi.

Tais-toi, tais-toi, tais-toi.

Mais il resta sourd à ce que lui dictait son bon sens.

— Dans ce cas, pourquoi ne pas reprogrammer une observation des baleines pour demain matin ? dit-il. Et, si vous voulez, je pourrai ensuite vous faire visiter le pays.

— Mais ne devez-vous pas aider votre frère ?

Elle lui fournissait l'excuse parfaite pour qu'il retire sa proposition, et c'était ce qu'il aurait dû faire. Mais les mots sortirent de sa bouche malgré lui.

— Il a eu deux annulations, alors je ne suis pas trop pris cette semaine. Si cela vous dit que je vous accompagne, je suis disponible.

Hayley avait presque l'impression d'entendre Dani lui hurler : « Dis oui ! C'est l'Année du Oui. »

Mais Sam Price était un parfait inconnu. Même s'il était médecin et qu'ils venaient de soigner un patient ensemble.

Avec cette épaisse chevelure noire et ces yeux noisette au regard mélancolique, il était aussi l'homme le plus séduisant qu'elle ait rencontré depuis Evan. Le premier à attirer son regard, le premier qui la faisait se sentir coupable. Cela faisait un an qu'Evan était mort. Dans quoi s'embarquait-elle ?

Elle devait se montrer prudente. Elle était à l'étranger, à quatre heures et demie de vol de chez elle. La raison lui ordonnait de refuser l'offre de cet homme. Mais c'était l'Année du Oui. Et peut-être avait-elle besoin d'oublier pour une fois les conseils de prudence. Afin d'aller de l'avant.

— Oui, dit-elle, ça me plairait beaucoup.

2

Sam et Hayley réservèrent leurs places pour une nouvelle sortie en mer le lendemain matin, puis ils allèrent boire un café en centre-ville.

— J'adore l'ambiance ici, dit-elle une fois qu'ils furent installés à une table.

— Reykjavik répond donc à vos attentes ? demanda-t-il.

— Absolument. J'ai fait un tour en ville, hier, à mon arrivée. J'ai très envie de visiter cette église qui m'a paru si étonnante. Je n'ai jamais vu de flèche de ce genre. On dirait qu'elle déploie ses ailes.

— La Hallgrimskirkja. Elle est censée représenter des colonnes de basalte. En fait, il y a ici, près d'une plage, une grotte qui possède des colonnes presque identiques.

— C'est incroyable !

— L'intérieur de l'église est très sobre, comme dans toutes les églises luthériennes. Mais cette simplicité est charmante. Et il y a une vue magnifique depuis le sommet de la tour.

Il marqua une pause.

— Si vous voulez, nous pouvons y aller lorsque nous aurons fini notre café.

— J'aimerais beaucoup, si vous avez le temps. Et si votre compagne n'y voit pas d'inconvénient, dit-elle en le regardant droit dans les yeux.

— Je n'ai pas de compagne.

Lynda avait rompu avec lui une semaine après qu'il avait été suspendu et, depuis, il n'avait jamais eu envie de sortir avec une autre femme. Il lui faudrait du temps avant de pouvoir de nouveau faire confiance. Et, là, il ne s'agissait pas d'un rendez-vous sentimental, même s'il se sentait très attiré par Hayley.

Il avait cependant besoin de savoir si, de son côté, elle avait quelqu'un.

— Je crois qu'il en est de même pour vous, non ?

— En effet, je n'ai pas de compagnon.

Elle prit une profonde inspiration.

— Je ne cherche pas à inspirer la pitié ni rien de ce genre, mais j'ai perdu l'an dernier l'homme avec qui je vivais.

Alors, elle était en plein deuil ? Dans ce cas, elle n'était sûrement pas en quête d'une nouvelle relation.

Mais perdre son compagnon... Elle devait avoir à peu près le même âge que lui, dans les trente-cinq ans. C'était donc sans doute un accident ou une forme très agressive de cancer qui avait coûté la vie à son partenaire. Elle avait certainement traversé des moments terribles.

— Je suis désolé, dit-il. Cela a dû être très dur pour vous.

Elle hocha la tête.

— Il a été tué lors d'un accident industriel. Je suis heureuse de l'avoir embrassé en lui disant au revoir, ce matin-là, et de lui avoir dit « je t'aime ». Si nous nous étions quittés sur une dispute, cela aurait été bien pire pour moi.

— Oui.

Il en savait quelque chose. Le matin où sa carrière avait implosé, il s'était querellé avec sa fiancée en allant au travail. Lynda avait voulu l'obliger à abandonner ses missions de secours en montagne pour un poste susceptible de faire avancer sa carrière à l'hôpital. Quelque chose dans l'administration. Il avait refusé.

Mais la façon dont elle s'était comportée aurait dû lui mettre la puce à l'oreille. Il aurait été alors moins surpris par sa réaction, quelques jours plus tard, en apprenant qu'il avait été suspendu.

— Depuis quand êtes-vous à Reykjavik ? demanda Hayley.

— La fin du mois de mars.

— Passer de médecin urgentiste à guide touristique est un vrai changement de carrière.

— Oui.

Il avait beaucoup de chance, il en était conscient. Sa famille lui avait gardé toute sa confiance. Son frère aîné, Martin, l'avait fait venir en Islande en lui disant qu'il s'agissait d'un emploi temporaire, mais en précisant qu'il avait vraiment besoin de lui : quelqu'un qui avait l'expérience des secours en montagne était la personne idéale pour accompagner des touristes sur les glaciers.

Sam savait que Martin n'avait pas besoin de lui. Son frère n'avait simplement pas voulu le laisser tout seul chez lui à broyer du noir. Comment ne pas en être profondément reconnaissant ?

Hayley avait tiqué en entendant sa réponse laconique.

— Excusez-moi, je suis indiscrète. Vous ne me devez aucune explication. Je vous en prie, oubliez ce que j'ai dit.

— Pas de problème. En fait, j'ai connu en même temps des difficultés professionnelles et une rupture sentimentale.

C'était succinct et suffisant. Elle n'avait pas besoin de savoir que l'équipe dans laquelle il travaillait avait été suspendue après le décès d'un patient diabétique qui avait succombé à une crise cardiaque silencieuse. Sam était certain que toutes les procédures avaient été respectées durant l'admission et le traitement du malade, mais la famille avait cherché un coupable à cette mort inattendue. Elle avait porté plainte, obligeant la direction de l'hôpital à mener une enquête.

Une semaine plus tard, Lynda avait rompu avec lui, craignant que ses ennuis professionnels ne portent préjudice à sa carrière à elle. Selon elle, les gens diraient qu'il n'y avait pas de fumée sans feu. Découvrir que la personne sur qui il comptait pour le soutenir n'avait pas confiance en lui avait été très dur. Lynda s'était contentée de lui racheter sa part sur la maison et de reprendre la totalité de l'emprunt à sa charge.

— J'ai voulu m'offrir une année sabbatique pour réfléchir à ce que j'allais faire ensuite. L'Islande est un pays propice à la réflexion.

Et il en était arrivé à la conclusion que Lynda n'était de toute façon pas la femme qu'il lui fallait. Elle aurait aimé qu'il devienne quelqu'un qu'il n'était pas. Un médecin qui siégerait dans les comités et les conseils d'administration, consacrant moins de temps à la pratique qu'à la bureaucratie. Sam, lui, préférait sauver des vies et améliorer l'état de ses patients plutôt que de s'occuper de budgets et de stratégies. En réalité, que Lynda l'ait quitté avait été une chance pour lui.

— Nous rencontrons tous des problèmes à un moment ou à un autre de notre vie professionnelle, dit Hayley. Lorsqu'on perd un patient, ou quand on prend conscience que le système ne permet pas d'offrir à un malade la prise en charge dont il a besoin, et qu'on ne peut rien y faire.

Un voile de tristesse assombrit ses beaux yeux bleus, elle devait penser à son fiancé. Mais cela ne le regardait pas. Il ne la pousserait pas à parler.

— Mais je suis désolée que vous ayez dû faire face en même temps à des soucis professionnels et à une rupture sentimentale, dit-elle. Cela fait beaucoup à la fois.

Il eut un haussement d'épaules.

— Pour être franc, je dirais qu'il valait sans doute mieux que cette histoire se termine. Je m'étais fait beaucoup d'illusions.

Il était temps de changer le cours de la conversation.

— Et vous, pourquoi êtes-vous venue en Islande ?

— J'ai toujours rêvé de voir le soleil de minuit. Et il y avait beaucoup d'autres choses sur ma liste, observer les baleines par exemple.

— Quoi d'autre encore ?

— Voir un geyser, toucher un glacier... Oh ! et j'ai vu une vidéo de gens marchant derrière une cascade. Cela me plairait beaucoup aussi.

— Je peux vous y emmener, et aussi vous montrer la plage avec la grotte aux colonnes qui ressemblent à l'église.

— Merci. Mais c'est votre métier, je tiens à vous payer au tarif d'un guide professionnel.

— Non. Mis à part mes sorties en mer hebdomadaires pour voir les baleines, jusqu'à présent je n'ai vraiment rien fait ici pour le plaisir. Alors, si l'idée vous tente, je serai ravi de vous montrer tout ce que vous voulez voir ici.

— Mais vous avez déjà dû visiter ces sites avec des clients ?

— C'est vrai, mais les revoir à travers le regard d'une autre personne renouvelle la vision qu'on en a. Je vous en prie, ne parlez pas de me rémunérer.

— Laissez-moi au moins payer le carburant. Et vous offrir à déjeuner.

Il aurait mieux fait de se taire, mais il semblait que sa bouche ne lui obéissait plus.

— À condition que vous me laissiez vous inviter à dîner ce soir, dit-il.

— Avec plaisir. Merci.

— Marché conclu.

Et il lui serra la main.

Sam lui serra la main, et Hayley eut soudain la chair de poule.

Cela ressemblait davantage à un rendez-vous sentimental qu'à un accord à propos d'un programme de visites touristiques. Et c'était un *blind date*, car elle ne savait pratiquement rien de lui.

Mais si elle lui posait des questions il se sentirait autorisé à en faire autant. Or, elle n'avait pas envie de lui parler d'Evan ni du trou noir dans lequel sa vie avait sombré après le décès de son fiancé.

Elle ne voulait songer qu'à se distraire. Après tout, c'était pour cela qu'elle était venue en Islande. Pour tourner la page. Et s'il s'agissait d'une sorte de rendez-vous sentimental, eh bien, cela n'avait rien de sérieux, mais peut-être en avait-elle besoin. Peut-être en avaient-ils tous les deux besoin.

Leur café terminé, ils visitèrent l'église, qui possédait des voûtes élancées et de hautes fenêtres. Hayley adora la sobriété de l'édifice et la beauté des fonts baptismaux. Ils firent ensuite le tour de la ville. Sam lui montra les lieux les plus intéressants : l'hôtel de ville, le lac Tjornin entouré de vieilles bâtisses, le Parlement, et l'étonnante salle de concert avec ses panneaux de verre de différentes couleurs. Il connaissait une multitude d'anecdotes auxquelles Hayley ne savait pas toujours quel crédit accorder.

Avant de choisir le restaurant où ils iraient dîner, il l'interrogea :

— Avez-vous des allergies alimentaires, ou peut-être êtes-vous végétarienne ?

Elle sourit.

— Non, rien de tout cela. Je compte sur vous pour nous recommander un endroit que vous connaissez.

Il l'emmena dans un petit bistrot proche du Vieux Port.

— Ici, ils servent les meilleurs poissons qu'on puisse trouver en Islande. Et je peux garantir leur grande fraîcheur.

La salle, toute petite, était éclairée par des bougies. Les murs couverts de bois ciré s'ornaient de vieilles photographies.

— On dirait un ancien hangar de pêche ? dit-elle.

— C'est le cas de beaucoup de bâtiments du quartier, répondit-il. Ils ont été rénovés et peints de différentes couleurs. Certains ont été transformés en magasins, d'autres en cafés ou en restaurants. À côté d'ici, il y a un marchand de glaces qui propose toute une variété de parfums.

Elle apprécia l'ambiance du bistrot et la qualité de la nourriture. Sur les conseils de Sam, elle choisit « la pêche du jour » : un risotto aux fruits de mer couronné de morue fraîche.

— Je me régale, dit-elle en le dégustant.

Le dessert s'avéra spectaculaire : un pudding au chocolat nappé de caramel chaud.

Plus encore que le cadre et le repas, elle appréciait la compagnie de Sam. À quand remontait la dernière fois où elle avait dîné avec un homme ? Elle n'aurait su le dire, et Sam était *charmant*. Il faisait preuve d'une irrésistible gentillesse spontanée. Et il était aussi très séduisant, avec ses cheveux noirs, ses yeux noisette et sa bouche sensuelle.

Mais elle ne devait pas penser à cette bouche, ou aux baisers qu'ils pourraient échanger, ou à ce qu'elle ressentirait s'il la caressait. Elle aurait eu l'impression de trahir Evan — même s'il n'aurait pas voulu qu'elle reste seule toute sa vie, elle le savait.

En sortant du restaurant, ils se promenèrent autour du Vieux Port, puis Sam la raccompagna à pied à son hôtel.

— J'ai du mal à croire qu'à 23 h 30 il fasse encore tellement jour, dit-elle, émerveillée. Chez moi, ce serait la nuit noire à cette heure-ci.

— Votre hôtel est du bon côté de la baie, vous allez pouvoir admirer de merveilleux couchers de soleil sur la mer.

Devant eux, une sculpture en acier représentait un ancien navire viking que le soleil déclinant nimbait d'une lumière dorée. Hayley se retourna, le ciel offrait une débauche de couleurs où se mêlaient l'orange, l'or et le rose vif.

— Le soleil de minuit, dit-elle doucement. J'ai toujours rêvé de le voir. Et c'est aussi incroyable que je l'imaginais.

Ils étaient arrivés devant son hôtel.

— On se retrouve demain à 9 heures sur le quai devant le bateau ? demanda Sam.

— Cela me semble parfait. À demain, alors.

Il n'essaya pas de l'embrasser, et elle en fut, à sa grande honte, un peu déçue. Sam Price était simplement un charmant inconnu qu'elle avait rencontré par hasard et qui avait proposé de lui faire visiter la région. Elle n'allait pas se jeter sur lui. Ne sortait-il pas d'une rupture qui semblait avoir été douloureuse ? Il n'avait certainement pas envie d'être harcelé. Peut-être aurait-elle dû refuser son offre et continuer son voyage toute seule. Demain, après la sortie en mer, elle prétendrait avoir la migraine.

— Bonsoir, dit-elle.

Et elle entra dans l'hôtel. La fenêtre de sa chambre donnait sur la mer, aussi prit-elle quelques photos du soleil couchant qu'elle envoya par Internet à Dani. Elle y ajouta un compte rendu de sa journée, expliquant qu'elle mettait en pratique leur décision de dire oui à toutes les occasions qui se présenteraient.

Elle se réveilla au milieu de la nuit, le ciel était à sa grande surprise encore lumineux. Lorsque, au petit matin, elle ouvrit de nouveau les yeux, la mer semblait faite d'or et d'argent. Y avait-il plus merveilleux spectacle ?

Après le petit déjeuner, elle rejoignit le Vieux Port à pied pour retrouver Sam et aller observer les baleines avec lui. Cette fois, personne à bord n'eut besoin d'un médecin. Ils virent un banc de marsouins, puis deux petits rorquals sortirent de l'eau en un arc parfait. Hayley poussa une exclamation de plaisir et Sam trouva naturel de lui glisser un bras autour des épaules — tout comme elle trouva naturel de le tenir par la taille.

Pourtant, elle éprouvait en même temps une certaine gêne. Elle aurait eu exactement le même geste avec Evan. Et Sam n'était pas Evan.

— Désolée, dit-elle en le lâchant. Je crois que... que je me suis laissé déborder par l'émotion en voyant ces baleines.

— Moi aussi, dit-il en ôtant le bras de ses épaules.

Il semblait aussi troublé qu'elle, et ils prirent garde à ne plus se toucher. Quand ils regagnèrent le port, elle chercha un prétexte, une migraine par exemple, pour s'esquiver, mais renoncer aux excursions qu'ils avaient planifiées aurait été dommage.

Lui paraissait également mal à l'aise.

— Vous avez toujours envie de voir la cascade et le geyser ?

Il lui offrait l'occasion de tout annuler et de le quitter. Mais elle lut dans ses yeux quelque chose qui toucha une corde sensible chez elle. Une certaine solitude, peut-être. De son côté, elle trouvait agréable d'avoir un peu de compagnie.

— Si vous en avez vous-même toujours envie, je suis partante.

— Eh bien, allons-y.

Et il l'emmena voir la cascade de Gullfoss.

— L'eau semble presque dorée, dit-elle, émerveillée, tandis qu'ils descendaient le chemin menant à la double chute d'eau.

— C'est de là que vient son nom de *Gullfoss* qui veut dire « cascade d'or ». C'est dû en partie aux sédiments contenus dans l'eau.

Alors qu'ils s'approchaient du bord, elle glissa sur une pierre. Aussitôt, il lui saisit le bras pour la retenir. Ce contact lui fit l'effet d'une décharge électrique et elle vit à l'expression de son visage qu'il avait ressenti la même chose.

— Désolée, dit-elle.

Il ne la lâchait pas. Il la regardait, l'air aussi surpris par ce qu'il éprouvait qu'elle l'était elle-même par sa propre réaction.

Il s'éclaircit la gorge.

— Regardez, le soleil vient juste de sortir.

Elle tourna les yeux dans la direction qu'il lui indiquait, où un magnifique arc-en-ciel se dessinait au-dessus des chutes d'eau.

Il s'agissait d'un phénomène naturel, provoqué par la lumière du soleil et la vapeur d'eau s'élevant des cascades, mais elle y vit le signe qu'Evan était d'accord, qu'il approuvait son désir d'aller de l'avant.

Elle reprit.

— C'est l'occasion de prendre une photo, dit-elle d'un ton enjoué.

Elle s'écarta juste assez pour qu'il la lâche, et constata, effarée, qu'elle regrettait de perdre ce contact avec lui. Que lui arrivait-il ? Serait-elle redevenue adolescente ? Elle ferait mieux de se ressaisir.

Elle sourit et, munie de son téléphone, prit l'arc-en-ciel en photo. Après quoi, ils quittèrent les cascades pour se rendre sur le site de Geysir.

— Le vieux Geysir a donné son nom à tous les geysers d'Islande, expliqua Sam. On dit qu'autrefois il était plus important que celui de Yellowstone, mais il est endormi depuis des années.

— Alors je ne vais pas voir de geyser en activité ?

— Oh ! mais si, dit-il en souriant. Le Strokkur fait jaillir son eau toutes les dix minutes environ.

Des gens formaient un cercle autour de ce qu'elle supposa être le geyser et, soudain, une grande colonne d'eau s'éleva en l'air.

— Oh ! c'est stupéfiant ! dit-elle.

— Approchons-nous, nous verrons mieux.

Suivant les conseils de Sam, elle filma l'activité du geyser au ralenti.

— Dani aurait adoré voir cela, dit-elle, songeuse.

Et Evan aussi.

Tandis qu'ils se déplaçaient sur le site, les doigts de Sam effleurèrent accidentellement les siens. De nouveau, elle fut troublée. Levant les yeux vers lui, elle comprit que lui aussi l'était.

Qu'allaient-ils faire ? Ignorer l'attirance qu'ils éprouvaient l'un pour l'autre ? Ou bien voir où cela les conduirait ?

Il n'y avait pas d'avenir possible pour eux. À la fin de la semaine, ils se trouveraient dans des pays différents, à des milliers de kilomètres l'un de l'autre, et il n'avait pas parlé de retourner un jour en Angleterre.

Le ciel était devenu d'un bleu profond et les bouffées de vapeur d'eau qui s'élevaient des bassins souterrains offraient un spectacle stupéfiant. Ils allèrent voir le vieux Geysir qui ne montrait plus que des bouillonnements occasionnels rappelant que l'eau était très chaude.

Ils se dirigèrent ensuite vers les deux bassins de Blesi. L'un avait une eau parfaitement transparente alors que l'autre était d'un bleu azur.

— Cette teinte est donnée par les paillettes de silice en suspension dans l'eau, dit Sam. Ici, elle est froide, elle ne dépasse pas les quarante degrés. L'eau de l'autre bassin est beaucoup plus chaude.

— L'eau du Blue Lagoon a cette même couleur azur ?

— Oui, à peu près. Nous pouvons y aller ce soir, si cela vous dit, à condition que nous trouvions des billets. L'endroit attire beaucoup de monde en soirée.

— Cela me plairait beaucoup, dit-elle en souriant.

— Accordez-moi un instant.

Il passa un appel rapide et elle remarqua qu'il s'exprimait avec aisance en islandais.

— Nous avons de la chance, dit-il après avoir raccroché. J'ai pu réserver deux billets.

— Merci.

Ils dînèrent dans un petit village d'un ragoût d'agneau avec du pain de seigle, suivi de myrtilles et d'un épais yaourt islandais. Après quoi, ils s'arrêtèrent à l'hôtel de Hayley puis à l'appartement de Sam, situé sur le front de mer, pour récupérer leurs maillots de bain.

Lorsqu'ils se retrouvèrent assis dans le bassin d'eau chaude du Blue Lagoon, elle poussa un soupir d'aise.

— Il y avait bien longtemps que je n'avais pas été aussi détendue.

— C'est le but, dit-il en souriant.

— En hiver, ce doit être incroyable d'être assis là, dans une eau chaude, sous les étoiles.

— Avec les rochers couverts de neige.

Leurs regards se croisèrent et, pendant un instant, elle crut qu'il allait l'embrasser.

Il n'en fit rien mais, durant leur retour en ville, elle sentit croître l'attirance qui les poussait l'un vers l'autre.

— Marcherions-nous un peu sur le port pour profiter du coucher du soleil ? proposa-t-il lorsqu'il se gara devant son immeuble.

— Avec plaisir.

Il la raccompagna ensuite jusqu'à son hôtel.

— Bonne nuit, Hayley.

— Bonne nuit. Merci pour cette belle journée.

— Ce fut un plaisir. Que diriez-vous demain d'aller voir le glacier, les cascades et les plages ?

Passer encore du temps avec lui ? Peut-être n'était-ce pas une bonne idée, mais elle accepta.

— Mettez de solides chaussures, dit-il.

— Et peut-être un imperméable, au cas où le temps virerait à la pluie ?

Il sourit.

— Oui. Couvrez-vous bien et mettez un pantalon de randonnée plutôt qu'un jean, si vous avez ça dans vos valises.

Soudain, son regard changea. Levant la main, il lui caressa la joue et elle renversa légèrement la tête en arrière. Alors, il posa doucement les lèvres sur les siennes, comme pour lui demander la permission de l'embrasser. Elle le prit par la taille et ils échangèrent un vrai baiser.

Elle sentit le désir monter en elle, en même temps qu'un certain sentiment de culpabilité. Pourtant, elle n'avait pas l'impression de trahir Evan. Il n'aurait pas voulu qu'elle passe sa vie à le pleurer. Sam Price était le premier homme qu'elle avait eu envie d'embrasser depuis la mort d'Evan. Et puis, c'était l'Année du Oui. Elle s'abandonna dans les bras de Sam et lui rendit son baiser.

— Bonne nuit, dit-il lorsqu'il s'écarta enfin. On se retrouve ici demain matin à 9 heures, si ce n'est pas trop tôt ?

— Ce sera parfait.

Elle était déjà impatiente d'être au lendemain.

3

Le mercredi matin, Hayley quitta son hôtel à 9 heures alors que Sam sortait de sa voiture pour venir à sa rencontre.

— Quelle ponctualité ! dit-elle en souriant.

— Absolument.

Elle était tout émue de le revoir. C'était fou ! En présence de cet homme, elle se sentait redevenir adolescente.

— Avant toute chose, dit-elle, je crois que nous devrions parler de ce qui s'est passé hier soir.

Il hocha la tête.

— Je suis désolé. Je n'aurais pas dû vous embrasser.

— Je ne regrette rien. Nous sommes libres l'un et l'autre.

— Alors, vous... ?

Peut-être une amourette de vacances leur ferait-elle du bien à tous les deux. Une histoire sans promesses ni conséquences. Quelque chose de léger, après quoi il serait facile de se dire au revoir.

— Vous sortez d'une rupture difficile et moi j'essaye de surmonter la perte de mon compagnon. Nous sommes tous les deux... un peu englués dans le passé, je crois. Nous ne voulons ni l'un ni l'autre nous engager pour l'instant dans une relation sérieuse.

— Mais une brève aventure nous aiderait peut-être à tourner la page, dit-il.

Elle hocha la tête.

— Et nous savons quand elle prendrait fin. Dans deux jours, je serai repartie.

— Il y a une chose que je veux que vous sachiez, je n'agis pas ainsi avec toutes les femmes que je rencontre. Vous êtes la première que j'ai embrassée depuis ma rupture avec Lynda.

— Vous êtes le premier homme à attirer mon attention depuis la mort d'Evan, dit-elle doucement. Et je crois savoir assez bien juger les gens. Vous n'êtes pas du genre à tenir un tableau de chasse de vos conquêtes. Vous êtes quelqu'un de bien.

— Merci. Mais je n'allais pas à la pêche aux compliments.

— Je sais, dit-elle en souriant. Bon, où allons-nous aujourd'hui ?

— Compte tenu de ce que vous venez de dire, j'aimerais d'abord vous dire bonjour d'un baiser.

— J'en serais ravie.

Il la prit par la taille et l'embrassa avec tant de ferveur qu'elle sentit ses jambes se dérober sous elle.

— Bonjour, dit-il ensuite.

Elle sourit.

— La journée a déjà bien commencé.

Il lui vola un autre baiser avant de lui annoncer le programme.

— Nous irons d'abord à Reynisfjara, avec la plage de sable noir et les colonnes de basalte. Ensuite, nous verrons un glacier et la chute d'eau dont tu m'as parlé.

— Cela me convient parfaitement.

Une fois arrivés à Reynisfjara, ils quittèrent la voiture et Sam tendit la main à Hayley. Elle la prit en souriant et ils marchèrent ainsi, main dans la main, jusqu'à la plage. Le sable noir formait un contraste étonnant avec le bleu turquoise de l'océan Atlantique. Elle s'arrêta pour regarder les vagues mourir sur le rivage.

— La mer est assez calme en ce moment, dit-il, mais l'hiver il y a des rouleaux gigantesques.

Il l'emmena vers la grotte où s'élevaient des colonnes de basalte hexagonales.

— Elles rappellent vraiment celles de l'église de Reykjavik, dit Hayley.

Il attira son attention sur une colonie de macareux qui volaient au-dessus d'eux, se déplaçant à une vitesse incroyable. Elle tenta de les photographier, sans y parvenir tant ils étaient rapides.

Se tenant par la main, ils regagnèrent la voiture pour se

rendre à Dyrholaey, un promontoire haut de cent vingt mètres d'où ils purent admirer l'arche rocheuse qui avait donné son nom à l'endroit.

Sam contemplait la vue, tenant Hayley par la taille. Dans cet air vif et pur, elle avait l'impression d'être sur le toit du monde.

— Quels sont ces gros rochers pointus là-bas, dans la mer ? demanda-t-elle.

— Ce sont des aiguilles de basalte, les Reynisdrangar. La légende veut que des trolls aient essayé de sortir un bateau de l'eau pour le ramener sur le rivage. Mais ils ont été surpris par le lever du soleil et ont été changés en pierre.

L'Islande était un pays de légendes, de glace et de feu. Un pays qui allait peut-être guérir son cœur meurtri.

— Continuons la liste des choses à faire, dit Sam. Maintenant, Solheimajokull. Tu seras si près du glacier que tu pourras le toucher.

Il gara la voiture près du lac, le glacier était immédiatement derrière.

— Mais il est gris foncé, dit-elle. Les glaciers ne sont-ils pas blancs ou bleus ?

— Ce gris vient des sédiments. Les zones blanches sont celles qui sont recouvertes de neige et de glace.

— On peut marcher dessus ?

— Oui, c'est le genre de randonnées que propose l'agence de mon frère Martin. Mais il n'est pas prudent de s'aventurer sur un glacier sans un guide qui connaît bien l'endroit et peut dire s'il y a des gouffres.

— Et toi, tu es qualifié pour encadrer ce type de randonnées ?

— Oui. À Manchester je faisais partie d'une équipe de secours en montagne. Nous n'étions pas loin du Peak District ou des Lacs. En réalité, j'étais dans cette équipe avant de devenir médecin, j'ai grandi dans le Peak District. J'ai aussi mon diplôme de plongeur.

Le secours en montagne et la plongée.

C'étaient deux activités très dangereuses où l'on risquait sa vie. Elle sentit un frisson lui parcourir la colonne vertébrale. Heureusement que, d'un commun accord, ils n'avaient parlé que d'une simple amourette de vacances. Elle ne voulait plus tomber amoureuse d'un homme qui risquait sa vie à tout moment. Elle ne supporterait pas de perdre de nouveau quelqu'un comme elle avait perdu Evan.

— On va sur le glacier ? demanda-t-il. J'ai pris du matériel, au cas où tu serais tentée par une petite randonnée.

— Tu es sûr que c'est sans danger ?

Il sourit.

— Je connais bien cette zone, alors, oui, c'est sans danger. Je ne connaissais pas ta pointure, alors j'ai apporté plusieurs paires de chaussures.

Il regarda ce qu'elle avait aux pieds.

— En fait, si nous allons marcher sur le glacier, je préfère que tu mettes les boots que j'ai apportées.

— Si tu es sûr que nous ne risquons rien, alors, oui, c'est d'accord. Allons-y.

Elle mit les chaussures qu'il avait prises pour elle et il vérifia les crampons. Il lui donna aussi un casque, un piolet et un bâton de marche.

— Cela t'aidera à garder ton équilibre et à tester la glace pour t'assurer de sa solidité.

Après quelques consignes de sécurité, il lui montra comment marcher sur un glacier.

— Tu dois appuyer de tout ton poids pour avoir prise sur la glace.

— Je suis contente de n'être pas allée courir ce matin avant le petit déjeuner.

— Tu parles de ton entraînement pour la course de bienfaisance ? demanda-t-il en souriant. Cette marche sur le glacier est aussi une bonne préparation. Elle n'améliorera pas ta rapidité, mais elle développera ta résistance physique.

Ils empruntèrent le sentier qui menait au glacier, puis s'avancèrent sur la glace. Elle entendait des craquements à chacun de ses pas et, émerveillée par la beauté de ce paysage glacé, elle était partagée entre la peur, l'excitation et l'admiration.

— Je pensais que les glaciers étaient blancs ou bleus, dit-elle. Je ne m'attendais pas à voir un tel spectacle. Avec ces veines sombres qui traversent la glace, on croirait du marbre.

— Ces lignes foncées sont formées par les cendres des éruptions passées. J'adore le côté sauvage de ce lieu.

Il semblait en effet être dans son élément. Solide, confiant, sachant exactement ce qu'il faisait. Avec sa haute taille et son corps musclé, il aurait pu poser pour une publicité sur papier glacé. Il était magnifique.

À son côté, elle prenait confiance en elle, mais soudain elle sentit son pied glisser.

— Sam !

Il la rattrapa immédiatement et l'emmena vers une zone plus sûre.

— Ça va ? demanda-t-il.

— Ça m'a un peu secouée, mais je ne veux pas abandonner.

— Tu te débrouilles très bien, répondit-il en la prenant par la main.

Ce contact l'aida à retrouver une certaine assurance, au point de vouloir faire une pause pour prendre des photos.

Lorsqu'ils revinrent à leur point de départ, elle se débarrassa de ses crampons pour remettre ses chaussures de marche.

— C'était incroyable ! dit-elle. Merci.

— Ce fut un plaisir.

Ils déjeunèrent rapidement dans une petite brasserie, puis remontèrent en voiture pour se rendre à la cascade qu'elle avait vue en vidéo, Seljalandsfoss.

— C'est assez glissant, ici, dit-il. Et le chemin est jonché de gros blocs de pierre, alors regarde où tu mets les pieds.

— Hé, je viens de marcher sur la glace. Je peux bien en faire autant ici.

Se déplacer derrière le rideau d'eau était magique. L'air était chargé de fines gouttelettes et le bruit de l'eau se déversant dans le bassin de réception était assourdissant. Jamais elle n'avait vécu une telle expérience.

— C'est fantastique ! dit-elle en pressant la main de Sam.

Il lui répondit d'un sourire avec un baiser léger qui la fit frissonner de plaisir. Jamais elle n'avait été embrassée derrière un rideau d'eau, c'était infiniment romantique.

— Quelle journée fantastique ! dit-elle lorsqu'ils revinrent vers la voiture. Combien de fois dans une vie marche-t-on le même jour sur une plage de sable noir, sur un glacier et derrière une cascade ?

Elle fit la grimace.

— Désolée. Je parle comme une touriste.

— Mais non, c'est bien que tu te rendes compte à quel point cet endroit est exceptionnel.

— Puis-je t'inviter à dîner ce soir ?

— Je pensais cuisiner pour toi.

— C'est très gentil. Puis-je au moins me charger du vin et du dessert ?

— Ce n'est pas la peine. En fait, j'ai plaisir à cuisiner pour quelqu'un d'autre.

Elle le comprenait parfaitement. Faire la cuisine pour soi n'avait souvent pas grand sens. Depuis la mort d'Evan, elle se contentait la plupart du temps de plats tout prêts achetés au supermarché, ou bien d'un bol de céréales.

— J'ai loué cet appartement pour l'été, dit Sam lorsqu'ils furent chez lui. Je n'ai pas grand-chose à te montrer. La cuisine est ici, là, c'est la salle de bains, voici la salle de séjour, et ma chambre est par là.

— C'est petit, mais parfait pour vivre en centre-ville

Pourquoi ne vivait-il pas chez son frère ? Poser la question aurait sans doute été indiscret.

L'appartement était propre et bien rangé, mais assez impersonnel. Elle avisa toutefois deux photos fixées par des aimants sur la porte du réfrigérateur. Sam y figurait en compagnie d'un homme qui lui ressemblait beaucoup. Sans doute était-ce son frère aîné. Tous deux se tenaient sur une crête couverte de glace.

— C'est Martin, mon frère, dit Sam quand il la vit regarder les photos.

— Puis-je faire quelque chose pour t'aider ?

— Non, va t'asseoir et détends-toi, dit-il en lui tendant une tasse de café. Ce qu'il y a de mieux, dans cet appartement, c'est la vue. Avec cela, pas besoin de télévision.

Il avait raison, la salle de séjour donnait sur la baie avec les montagnes à l'arrière-plan. Hayley s'absorba dans la contemplation de ce superbe panorama jusqu'à ce que le dîner soit prêt.

Elle rejoignit Sam dans la cuisine, où le couvert avait été mis pour deux sur la petite table en pin.

En guise d'entrée, il avait préparé une simple salade de crevettes.

— Désolé, la sauce n'est pas maison.

— Cela ne fait rien, répondit-elle avec un sourire. Elle est tout de même très bonne.

— Tu cuisines ? demanda-t-il.

Autrefois, oui.

— Quand j'ai le temps. Souvent, je culpabilise d'acheter des plats tout prêts au supermarché, mais ce n'est pas sans rapport avec le fait que je travaille aux urgences, j'imagine.

Il servit le plat principal, un poisson grillé accompagné de petites pommes de terre nouvelles et d'asperges, et d'une sauce hollandaise achetée elle aussi en magasin, avoua-t-il.

— Inutile de t'excuser, dit-elle. Je serais bien incapable de préparer une sauce pareille.

Après le dîner, il proposa d'aller boire un café sur le port. Elle eut plaisir à marcher avec lui, main dans la main, en regardant le soleil se coucher. Lorsqu'ils regagnèrent l'appartement, il lui entoura les épaules de son bras et, d'un geste naturel, elle le tint par la taille. Elle se sentait plus proche de lui qu'elle ne l'avait jamais été. Et, lorsqu'il s'arrêta pour l'embrasser dans une douce lumière qui n'était pas tout à fait crépusculaire, le désir monta en elle.

Devant chez lui, il la regarda.

— Je peux te ramener à ton hôtel maintenant… Ou peut-être aimerais-tu passer la nuit chez moi ?

Passer la nuit chez lui.

Sam n'avait qu'une chambre. Si elle restait, cela voulait dire qu'ils feraient l'amour.

Elle mourait d'envie de dire oui. Elle avait tellement aimé cette journée ! Mais il serait le premier avec qui elle coucherait depuis la mort d'Evan. Était-elle vraiment prête à le faire, ou bien avait-elle besoin d'un peu plus de temps ?

— Pas d'engagement, dit-il, et si tu refuses cela ne pose aucun problème. Nous continuerons à explorer les environs demain.

C'était l'Année du Oui. Et, chaque fois qu'ils s'étaient tenus par la main ou qu'ils avaient échangé un baiser, elle avait eu envie d'aller plus loin avec lui.

Le moment était venu de tourner la page.

Sam Price était l'homme qui l'aiderait à avancer. Pas de lien. Pas d'engagement. Une simple amourette de vacances sans complication, pour l'un comme pour l'autre.

— Oui, j'aimerais bien.

— Tu veux téléphoner à quelqu'un pour dire où tu es ?

— Je vais peut-être appeler mon hôtel pour les avertir de ne pas m'attendre cette nuit.

— Bien sûr.

Elle téléphona à la réception en expliquant rapidement qu'elle passerait la nuit chez des amis, puis prit la main de Sam et la porta à ses lèvres.

— Prête, dit-elle.

Sans rien dire, il garda sa main dans la sienne et emmena Hayley chez lui.

Une fois dans l'appartement, il l'embrassa, cette fois plus fiévreusement que près de la cascade. Elle glissa les doigts sous son T-shirt et commença doucement à le remonter.

Sam recula d'un pas et leva les bras afin de lui faciliter la tâche tandis qu'elle le débarrassait du vêtement.

Elle retint son souffle devant son torse nu, ses cheveux légèrement ébouriffés. Il était incroyablement sexy. Fascinée par sa musculature parfaite, elle eut envie de le toucher.

— Alors, suis-je acceptable ? demanda-t-il d'un ton léger.

— Cela peut aller, répondit-elle, taquine.

— Bien.

Elle passa la main sur le léger duvet de son torse et sourit.

— Tu n'as rien d'un gorille, mais tu n'es pas non plus assez coquet pour te faire épiler.

— Il m'est arrivé une fois de me faire épiler le dos. L'idée était de lever des fonds afin d'acheter du matériel pour l'équipe de secours en montagne. J'ai trouvé des gens prêts à me sponsoriser pour me faire épiler. Et ils doublaient la somme s'ils voulaient le faire eux-mêmes.

— Cela a dû être très douloureux. M'épiler simplement les sourcils n'est déjà pas une partie de plaisir.

— C'était pour la bonne cause. Comme toi qui vas courir à la place de ton amie Dani.

Il suivit du doigt la courbe de ses sourcils.

— Tu es belle.

— Toi aussi, répondit-elle en lui caressant le torse.

— Tu es beaucoup trop habillée.

— Tu peux y remédier.

Il lui ôta son chemisier et lui caressa le dos, puis passa doucement la main entre ses seins.

— À ton tour, dit-il d'une voix rauque.

Elle lui défit la ceinture du pantalon et fit glisser celui-ci jusqu'aux hanches. Il ôta alors ses chaussures de randonnée pour se débarrasser complètement de son jean. Elle s'amusa de le voir enlever en même temps ses chaussettes.

— À moi, maintenant, dit-il.

Il lui ôta son pantalon. Quand elle se déchaussa, il sourit en découvrant ses chaussettes.

— Des chaussettes roses et molletonnées.

— Elles sont chaudes et confortables, répondit-elle.

Il s'agenouilla devant elle pour les lui enlever.

— Tu as de jolis pieds. Et de mignons orteils.

Elle avait passé sur ses ongles un vernis d'un rouge éclatant.

— Comme je ne mets pas de vernis aux mains quand je travaille, je m'offre ce petit plaisir.

— C'est tout à fait charmant. Tu es belle, Hayley, et je te désire. Cela fait bien longtemps que je n'ai pas eu autant de désir pour une femme.

— C'est la même chose pour moi. Tu sais, dit-elle, je ne prends pas la pilule.

— J'ai des préservatifs. Non pas que j'aie l'habitude de séduire les jeunes femmes à qui je fais visiter le pays. C'est un cadeau de mon frère. Il me les a offerts lorsque j'ai pris cet appartement. Il m'a aussi donné une machine à café, fit-il en souriant.

— Du café et des préservatifs... C'est une combinaison intéressante.

— J'en connais de plus intéressantes encore.

Il se redressa et lui effleura la bouche de ses lèvres.

— Et aussi un endroit plus confortable que celui-ci, dit-il encore en la prenant par la main pour l'emmener dans sa chambre.

La pièce avait la même simplicité que le reste de l'appartement, avec son mobilier en bois clair et ses murs couleur crème. Mais elle cessa de prêter attention au décor pour se concentrer uniquement sur les baisers et les caresses que lui prodiguait Sam.

— Tu es si belle, murmura-t-il en achevant de la dévêtir.

Lorsqu'ils furent complètement nus tous les deux, il la souleva dans ses bras et la porta jusqu'au lit où il l'allongea doucement contre les oreillers. Elle s'abandonna au plaisir qu'il lui donnait jusqu'au moment où elle se sentit bouillonner, comme les volcans sur lesquels l'île s'élevait.

— Maintenant ? dit-il d'une voix profonde.

— Maintenant.

Il ouvrit le tiroir de sa table de nuit et prit un préservatif dont il déchira l'enveloppe.

— Laisse-moi faire, dit-elle en s'emparant du préservatif.

Lorsqu'il la pénétra, elle éprouva une sensation étrange, elle n'avait pas l'habitude de sentir peser sur elle un homme aussi musclé. C'était une sensation étrange, et délicieuse.

Lorsque le plaisir la submergea, elle se cramponna à Sam et comprit qu'il atteignait l'orgasme en même temps qu'elle.

— Utilise la salle de bains si tu veux, dit Sam après s'être débarrassé du préservatif. Il y a des draps de bain dans le petit placard.

— Merci.

Hayley apprécia sa douche. Lorsqu'elle revint dans la chambre, enroulée dans une serviette de toilette, il avait remis son jean, mais était encore torse nu.

— Ton hôtel est tout près d'ici, dit-il, mais on peut aussi mettre tes vêtements dans la machine à laver.

— Oui, c'est une bonne idée. Cela m'évitera de passer à l'hôtel demain matin pour me changer.

Il lui tendit un peignoir en éponge.

— Tu peux le mettre, ou choisir ce qui te plaît dans ma penderie.

Et il emporta son linge dans la cuisine. Il avait des qualités d'homme d'intérieur assez surprenantes pour quelqu'un d'aussi à l'aise en pleine nature. Et cela était tout à fait à son goût.

Elle lui emprunta un T-shirt, enfila le peignoir en éponge par-dessus, et rejoignit Sam dans la cuisine. Il lui servit un verre de vin, après quoi, blottis l'un contre l'autre sur le canapé de la salle de séjour, ils regardèrent disparaître les derniers rayons du soleil. Puis il l'emmena dans la chambre et lui fit de nouveau l'amour.

Elle s'endormit finalement, savourant la sensation du corps d'un homme collé contre le sien.

Le lendemain matin, Sam réveilla Hayley d'un baiser.

— Que veux-tu pour ton petit déjeuner ? Pour tout te dire, j'ai pris l'habitude de me faire des gaufres, Martin m'a offert un gaufrier et du sirop d'érable en même temps que la machine à café.

— J'adorerais des gaufres. Merci. Puis-je faire quelque chose ?

— Non, ce sera prêt dans un instant. Au fait, tes vêtements sont secs, ils sont dans la salle de bains.

Il était tellement attentionné, c'était un vrai plaisir.

— Merci.

Après s'être douchée et habillée, elle mangea ses gaufres avec plaisir. Sam avait aussi sorti une assiette de myrtilles et du yaourt islandais, et ce souci d'apporter une touche diététique au petit déjeuner la fit sourire.

— Et si nous faisions une promenade géologique, aujourd'hui ? proposa-t-il.

— Avec plaisir. Et j'aimerais aussi t'inviter à dîner puisque c'est mon dernier jour ici.

— Oui, merci, j'en serais ravi.

Elle insista pour faire la vaisselle pendant qu'il se douchait, puis ils partirent pour le Thingvellir National Park.

— Cela signifie « les plaines du Parlement », dit-il. C'est là que se trouvait le Parlement, à l'origine.

Le chemin descendait dans un canyon aux parois brun foncé et elle eut l'impression de marcher dans un paysage lunaire.

— C'est du basalte ? demanda-t-elle.

— Ce sont des lobes de lave. Nous marchons entre deux plaques tectoniques. C'est ici que la faille entre la plaque de l'Amérique du Nord et celle de l'Eurasie est la plus visible.

— Alors c'est là que la terre se partage en deux. Peut-être faut-il y voir un enseignement. Même quand quelque chose rompt et se transforme profondément, la vie continue. La terre, ici, avance et change.

Comme eux-mêmes avanceraient et changeraient après le naufrage de leurs vies passées.

Sam la regarda.

— Peut-être.

Peut-être commenceraient-ils tous les deux à guérir. Et la nuit qu'elle venait de passer avec Sam lui avait prouvé qu'elle était prête à tourner la page. Prête à aimer quelqu'un d'autre. Elle lui serait toujours reconnaissante de l'avoir aidée à franchir ce pas.

Après s'être promenés toute la journée, ils dînèrent en centre-ville, puis allèrent manger une glace sur le Vieux Port et marchèrent le long de la mer jusqu'à l'hôtel de Hayley. Là ils s'assirent et, enlacés, regardèrent le ciel s'embraser d'or, d'orange et de rouge, tandis que le soleil se couchait.

— Merci de m'avoir fait passer une si belle semaine, dit-elle.

Sa gorge se noua. En cet instant, elle n'avait aucune envie de partir.

— Mon vol est très tôt demain matin.

En quittant l'Islande, ce qu'elle regretterait le plus, c'était Sam.

— Alors, j'imagine que… que c'est le moment de se dire adieu.

— Je ne suis pas très doué pour les adieux, dit-il.

— Moi non plus.

— Alors, disons-le en islandais. *Bless.*

— *Bless*, répéta-t-elle.

Il lui donna un baiser léger.

— Je te souhaite un bon voyage.

— Je te remercie pour tout.

— Ça a été un plaisir. Sois heureuse, Hayley.

— Toi aussi, dit-elle en lui caressant le visage.

Il l'embrassa une dernière fois, puis tourna les talons et s'en alla.

Sans doute leurs chemins ne se croiseraient-ils plus jamais. Pourtant, elle avait l'impression que leur brève aventure leur avait fait beaucoup de bien à tous les deux.

Et, maintenant, elle devait continuer d'avancer dans la vie.

4

— Quel homme magnifique ! Il ressemble à cet acteur américain que j'aime tant, dit Danielle en faisant défiler les photos sur le portable de Hayley. Cela ne m'étonne pas que tu sois tombée amoureuse de ce garçon.

— Mais je ne suis pas amoureuse ! répondit Hayley en protestant.

Danielle éclata de rire.

— Non, bien sûr ! C'est pour ça qu'il est sur la moitié de tes photos.

— Uniquement parce qu'il était là, c'est lui qui m'a fait visiter le pays. Il était gentil.

— Sur ces photos, le regard qu'il te lance n'est pas simplement gentil. Pas plus que la façon dont tu le regardes, toi.

Elle se sentit rougir.

— Ne sois pas gênée, dit Danielle en riant. Je suis contente que tu aies suivi les préceptes de l'Année du Oui. Ce voyage t'a fait du bien.

— Il n'y a eu qu'une seule nuit, répondit Hayley dans un murmure. Dis-moi, de ton côté, il t'est arrivé des choses dans ce domaine ?

— Nous ne parlons pas de moi, mais de toi. Et moi, je n'ai contrairement à toi rencontré personne qui ait retenu mon attention.

— C'était une amourette de vacances. Une brève aventure. J'en étais ravie le temps que ça a duré, mais à présent c'est fini, et c'est très bien ainsi.

— Mais cette histoire t'a fait du bien. Maintenant, tu peux vraiment aller de l'avant. Evan n'aurait pas voulu que tu t'arrêtes de vivre, tu sais.

— Je sais.

— Et c'est l'Année du Oui.

— En ce moment, tout mon temps est pris par le travail et l'entraînement.

— Nous verrons, répondit Danielle.

Le lundi matin, Sam se rendit à vélo au Muswell Hill Hospital et, prêt à se mettre au travail, alla directement aux urgences. Comme il s'y attendait, il dut d'abord se plier à quelques formalités administratives, et reçut notamment son badge d'identité. Puis Michael Harcourt, le directeur du service, l'emmena faire connaissance avec ses collègues.

— Ah, docteur Clark... Justement, je voulais vous voir, dit Michael d'une voix forte en voyant une jeune femme en blouse blanche sortir d'un box. Hayley, je vous présente votre remplaçant, Samuel Price. Sam, Hayley vient d'être promue, vous reprenez son ancien poste. Vous allez travailler ensemble.

Il fallait donc qu'ils se retrouvent dans cet hôpital...

Sam n'avait pas dit à Hayley qu'il était sur le point de prendre un nouveau poste à Londres, et elle-même ne lui avait pas précisé où elle travaillait. Londres était une grande ville, dotée de nombreux hôpitaux. Quelles étaient les chances qu'ils se retrouvent à travailler ensemble ?

À en croire les yeux exorbités de Hayley, elle était aussi surprise que lui.

La situation s'annonçait assez compliquée. Ils avaient eu une brève aventure en Islande, à laquelle ni lui ni elle ne souhaitaient donner suite. Et maintenant ? Hayley serait-elle curieuse de découvrir si leur histoire pouvait continuer ? Ou bien n'avait-il été pour elle qu'une rencontre sans lendemain bienvenue pour tourner la page après la mort de son compagnon ?

Le problème, c'était qu'il ne savait pas ce qu'il voulait. Il avait vraiment apprécié cette femme. Mais, à l'époque, il avait aussi été attiré par Lynda, qui l'avait laissé tomber d'une façon assez minable. Pouvait-il encore se fier à son jugement ? Ne ferait-il pas une énorme erreur en sortant de nouveau avec Hayley ?

Elle reprit ses esprits la première.

— Bienvenue au Muswel Hill Hospital, docteur Price, dit-elle en lui tendant la main.

Ainsi, elle voulait prétendre s'ils ne s'étaient jamais rencontrés ? Très bien. C'était sans doute le meilleur moyen d'éviter les explications embarrassantes auprès de l'équipe.

— Merci, docteur Clark, dit-il en lui serrant la main.

— Ici, nous avons l'habitude d'utiliser les prénoms. Tout le monde m'appelle Hayley.

— Moi, c'est Sam.

— J'attends une patiente, elle va arriver d'un instant à l'autre avec une suspicion de fracture de la hanche. Voulez-vous venir avec moi pour vous mettre dans le bain ?

— Volontiers.

— Bien, bien, dit Michael en donnant une tape sur l'épaule de Sam. Je vous confie à Hayley.

Puis il se tourna vers elle.

— Veillez sur lui, je compte sur vous.

— Vous savez, Mike, nous veillons toujours sur les nôtres, aux urgences, dit Hayley avec un sourire plein d'assurance. Allons attendre notre patiente, Sam.

Après le départ du directeur du service, elle regarda Sam droit dans les yeux.

— Il faudra que nous parlions, tous les deux. Nous devons mettre les choses au point, mais ce n'est pas le moment.

— Pour l'instant, notre priorité, ce sont les patients ; mais je suis d'accord avec toi, nous devons parler.

— On se voit à l'heure du déjeuner ?

— C'est parfait pour moi.

Sur ce, ils se rendirent au parking des ambulances pour prendre leur patiente en charge.

— Voici Mme Ethel Baker, déclara Dev Kapoor, le chef des ambulanciers.

— Bonjour, madame Baker, dit Hayley. Pouvons-nous vous appeler Ethel ?

La vieille dame acquiesça d'un hochement de tête.

— Je m'appelle Hayley Clark, et voici Sam Price. Nous allons nous occuper de vous. Si vous voulez bien, nous allons d'abord faire le point sur ce qui vous est arrivé avec Dev.

— Très bien, mon petit, dit Ethel d'une voix très douce, et très lasse.

Sam nota que, tandis que Hayley écoutait le rapport de Dev, elle gardait la main de la vieille dame dans la sienne. Il appréciait sa compassion envers cette personne âgée qui souffrait certainement et devait être effrayée.

— Cette dame a soixante-dix-huit ans et vit seule, expliqua Dev. Elle est tombée la nuit dernière et elle n'a pas pu se relever. Elle ne portait pas de dispositif d'alarme au cou. Son aide familiale l'a découverte ce matin et nous a téléphoné. La patiente ne peut ni se tenir debout ni marcher. Nous pensons qu'elle souffre d'une fracture de la hanche.

— Suit-elle un traitement particulier ? demanda Sam.

— Nous avons apporté tous ses médicaments, répondit Dev en lui tendant un sac marqué d'une étiquette. Le principal est celui contre la maladie de Parkinson.

— Merci.

— Dans l'ambulance, nous lui avons donné un mélange gaz air contre la douleur. Lorsque son aide familiale a appelé les urgences, nous lui avions recommandé de ne rien donner à boire ou à manger à Mme Baker, au cas où celle-ci devrait être emmenée au bloc opératoire. Elle n'a donc rien avalé depuis la nuit dernière.

— J'aimerais vraiment boire une tasse de thé, dit Ethel. Pourrais-je en avoir une maintenant ?

Ce n'était pas possible, car elle allait peut-être être opérée dans moins d'une heure.

— Nous vous donnerons tout ce que vous voulez dès que nous le pourrons, promit Hayley, mais nous devons d'abord procéder à quelques examens.

Aidée de Sam, elle conduisit la patiente dans un box et ne lâcha pas sa main de tout le trajet.

— Est-ce la première fois que vous faites une chute, Ethel ? demanda-t-elle.

— Non. Il m'arrive de trébucher à cause de la maladie de

Parkinson. Je sais que j'aurais dû avoir mon alarme sur moi, mais, hier, j'ai oublié de la mettre.

— Vous êtes-vous cogné la tête en tombant ? demanda Sam. Et vous souvenez-vous d'avoir perdu connaissance ?

— Non. J'étais simplement furieuse d'avoir été assez bête pour chuter ainsi.

Ses facultés mentales étaient visiblement intactes.

— Souffrez-vous, en ce moment ? demanda-t-il.

— J'ai très mal ici, en désignant le haut de sa cuisse.

Comme Dev l'avait signalé, elle devait avoir une fracture de la hanche. La jambe droite d'Ethel paraissait légèrement plus courte que la gauche et elle était tournée vers l'extérieur. S'ajoutait à cela son incapacité à se tenir debout ou à marcher, ainsi que l'endroit qui la faisait souffrir. Tout indiquait une fracture.

— Nous allons vous donner quelque chose pour diminuer la douleur, dit-il.

Qu'elle se soit brisé la hanche à la suite d'une simple chute inquiétait Sam. Et Ethel était très maigre.

— Votre médecin vous a-t-il déjà parlé d'ostéoporose ou d'une fragilité des os ?

Elle secoua la tête.

— Non, jamais.

— Avec l'âge, dit Hayley, surtout chez les femmes, les os perdent de leur densité et se brisent donc plus facilement. C'est ce qu'on appelle l'ostéoporose. Lorsque votre hanche sera guérie, nous vous ferons passer un scanner pour voir si vos os sont devenus plus fins.

— Si c'est le cas, enchaîna Sam, il y a des traitements pour renforcer les os et limiter les risques de fracture en cas de nouvelle chute. Nous pouvons également prescrire du calcium et de la vitamine D pour améliorer les choses.

Il marqua une pause.

— Puis-je vous demander si vous buvez ou si vous fumez ?

Ethel prit un petit air coupable.

— Je ne bois pas beaucoup, juste un porto avec mes amies lorsque nous nous réunissons le vendredi soir. J'ai essayé d'arrêter de fumer — j'en fume une ou deux de temps en temps. N'en dites rien à ma fille, elle croit que je ne fume plus depuis cinq ans. Mais je me souviens de ma grand-mère qui a fini centenaire et qui fumait comme une cheminée, fit-elle avec une nuance de défi dans la voix.

Hayley sourit.

— Mon arrière-grand-mère aussi. Mais vous avez une bonne raison pour arrêter de fumer. Le tabac fragilise les os et augmente le risque de fracture en cas de chute.

Il aimait sa façon de se montrer à la fois compréhensive et réaliste avec la patiente. Elle était gentille sans pour autant faire comme s'il n'y avait pas de problème.

— Vous ne direz rien à ma fille, au sujet des cigarettes ? demanda Ethel d'une voix implorante.

— Non, mais quelqu'un l'a-t-il avertie que vous étiez ici ? demanda Sam. Si ce n'est pas le cas, nous pouvons lui téléphoner.

— Elle vit à Brighton... Elle travaille et elle a deux enfants. Je ne veux pas la déranger.

— Si vous étiez ma mère, dit Hayley, je voudrais immédiatement être au courant de votre hospitalisation.

— Je ne veux pas qu'elle s'inquiète.

— Si vous préférez, dit Sam, nous pouvons lui dire qu'il n'y a pas d'urgence à ce qu'elle vienne, car nous allons vous garder ici un bon moment. Mais je suis d'accord avec Hayley. Si ma mère était hospitalisée je voudrais le savoir aussitôt, et si personne ne me mettait au courant je serais furieux.

Ethel poussa un soupir.

— Bon, d'accord.

Il lui prit sa température, qu'il nota sur sa fiche en même temps qu'il lui prescrivait des antalgiques et une perfusion pour combattre sa déshydratation.

— Nous sommes à peu près certains que vous avez une fracture de la hanche, dit Hayley, mais vous allez passer une radio pour nous en assurer.

— Si c'est bien une fracture, que va-t-il se passer ensuite ? demanda Ethel.

— Vous serez opérée, répondit Sam. Votre hanche sera réparée, à moins qu'il ne faille la remplacer par une prothèse.

— Alors je ne pourrai plus marcher avant très longtemps ? demanda la vieille dame, l'air soucieux.

— Non, répondit Hayley d'une voix rassurante. On vous fera lever dès le lendemain de l'opération. Mais pour l'instant il faut d'abord passer cette radio.

— Bien, mon petit.

Pendant qu'Ethel était prise en main à la radiologie, Hayley téléphona à sa fille, qui promit de venir à l'hôpital dans les plus brefs délais.

La radio confirma le diagnostic. Hayley avertit le service d'orthopédie, et demanda qu'un chirurgien descende aux urgences.

— Allons voir Ethel pour la mettre au courant, dit Hayley à Sam.

Ils se rendirent dans le box de la vieille dame.

— Vous avez bien une fracture, Ethel, dit Sam. Vous avez cassé le cotyle de la hanche.

Sortant un carnet de sa poche, il fit un croquis de la fracture pour Ethel.

— Malheureusement, dit-il, ce type de fractures ne guérit pas bien, alors il va falloir vous poser une prothèse.

— Mais par chance, dit Hayley, tous les os sont encore en place, l'opération ne sera donc pas très compliquée. Le chirurgien va venir vous voir.

— Et que va-t-il se passer, maintenant ?

— Vous allez être opérée aujourd'hui, dit Sam.

— L'opération durera environ deux heures, poursuivit Hayley. Ensuite, vous resterez dans le service d'orthopédie où l'on vous donnera des antalgiques, et vous serez sous perfusion, comme maintenant. Dès demain, on vous aidera à vous lever et un kinésithérapeute vous montrera les exercices que vous devrez faire pour reprendre des forces et retrouver votre mobilité.

Ethel fronça les sourcils.

— Combien de temps vais-je devoir rester à l'hôpital ?

— Vous sortirez d'ici lorsque vous serez de nouveau mobile. Mais peut-être ne le serez-vous pas autant qu'avant. Il faudra alors vous faire davantage aider chez vous.

Ethel secoua la tête.

— Je ne veux pas aller dans une maison de retraite.

— Habitez-vous actuellement dans une résidence pour personnes âgées ? demanda Hayley.

— Non, je suis dans la maison où j'ai toujours vécu depuis mon mariage avec Bryan. Cela fait cinquante-huit ans que j'y habite. Mais une aide familiale vient tous les matins pour m'aider à me lever, et tous les soirs pour m'aider à me mettre au lit. C'est ce qui m'est le plus difficile.

— Vous aurez besoin d'être un peu plus aidée, à l'avenir, dit gentiment Sam. Je sais que cette idée ne vous enchante pas, mais il se peut que vous deviez passer quelques semaines dans une maison de repos à votre sortie de l'hôpital. Juste le temps de vous remettre complètement avant de rentrer chez vous.

Ethel pinça les lèvres.

— Je n'irai pas dans ce genre d'établissements. Ils vous collent devant la télévision et vous parlent comme si vous étiez retombée en enfance. Je suis peut-être vieille, mais j'ai toute ma tête.

Hayley lui pressa la main.

— Toutes les maisons de repos ne sont pas comme cela. Y a-t-il dans votre famille quelqu'un qui pourrait vous accueillir ? Votre fille, peut-être ?

— Je ne peux pas vivre chez ma fille. Je l'adore, mais nous passons notre temps à nous chamailler. De toute façon, elle n'a pas assez de place pour m'héberger.

— Peut-être pourriez-vous vous rapprocher d'elle et vivre dans une résidence pour personnes âgées ? suggéra Sam. Vous garderiez ainsi votre indépendance, et votre fille se ferait moins de souci pour vous.

Ethel ne semblait pas convaincue.

— Je n'ai pas envie de déménager.

— Nous en reparlerons lorsque vous aurez vu le chirurgien, dit Hayley.

— En tout cas, jamais je n'irai dans une maison de retraite médicalisée. Elles sentent l'urine et le chou bouilli.

Hayley sourit.

— Nous pouvons essayer d'en trouver une où ce ne sera pas le cas.

— Hum... Puis-je avoir une tasse de thé maintenant, s'il vous plaît ? J'en meurs d'envie.

— Désolée, mais ce n'est pas possible tant que le chirurgien ne vous aura pas vue. Vous allez avoir une anesthésie, alors vous ne pouvez rien boire avant l'opération, si ce n'est un peu d'eau, mais même cela vous est interdit deux heures avant l'opération.

— Eh bien, décidément, un malheur n'arrive jamais seul, comme disait ma vieille maman.

— Je vous préparerai moi-même une tasse de thé quand vous aurez été opérée, dit Sam. Et des toasts. Je suis très fort pour les toasts. Et les gaufres, fit-il en regardant Hayley droit dans les yeux.

Elle rougit légèrement. Elle se souvenait donc du petit déjeuner qu'ils avaient partagé ? La question était de savoir si elle avait envie de renouveler l'expérience.

— Nous reviendrons vous voir dès que le chirurgien sera là.

En attendant, ils s'occupèrent d'une petite fille de huit ans qui s'était fracturé le poignet en tombant dans un parc de jeux, puis d'une femme victime d'une allergie après s'être posé des faux cils, et d'un homme qui se plaignait de douleurs dans le dos pour avoir trop jardiné la veille.

Le chirurgien et la fille d'Ethel arrivèrent presque en même temps. Le chirurgien envoya Ethel passer un test de densitométrie par radiographie, le DEXA. Pendant ce temps-là, Sam parla avec la fille d'Ethel de la rééducation qui s'imposerait après l'opération, et des différentes options pour fournir à la vieille dame l'aide dont elle aurait besoin.

Les résultats du DEXA confirmèrent qu'Ethel souffrait d'ostéoporose. Sam accompagna la patiente et sa fille au service d'orthopédie pour les aider à s'installer.

Lorsqu'il revint aux urgences, Hayley tapota sa montre.

— Prêt pour un déjeuner rapide ?

Et une conversation devenue urgente, pensa-t-il.

— Allons-y, dit-il.

À la cantine, ils prirent un sandwich et un café, et cherchèrent une table dans un endroit tranquille.

— Ethel est installée, dit Sam. J'ai promis de passer la voir quand j'aurai fini ma journée, et de lui apporter la tasse de thé qu'elle réclamait.

— Toujours prêt à en faire plus, n'est-ce pas ?

— Non, c'est simplement que je me mets à la place des patients et que j'éprouve de l'empathie pour eux.

— Ce n'était pas un reproche.

— Je sais.

— Je n'imaginais pas que tu viendrais travailler ici. Tu ne m'as jamais dit que tu revenais vivre à Londres.

Parce qu'il pensait ne jamais la revoir.

— Je ne savais pas que j'allais reprendre ton ancien poste.

Elle esquissa un petit sourire ironique.

— Bon, inutile de tourner plus longtemps autour du pot. Toi et moi… j'espère que nous allons pouvoir être amis.

— Amis.

Ce n'était pas ainsi que les choses s'étaient passées, en Islande. Et elle l'attirait toujours autant. De son côté, éprouvait-elle la même attirance pour lui ?

— Envisager autre chose serait trop compliqué, dit-elle. J'ai vu trop d'aventures entre collègues se terminer dans les larmes. Et, nous deux, nous allons devoir travailler dans une grande proximité.

— J'ai repris ton ancien poste, tu es de fait ma patronne. Je comprends.

Elle venait d'exprimer son désir de ne pas donner suite à leur brève liaison, ce qui était bien dommage, parce que plus il la voyait, plus il l'appréciait. Travailler avec elle était un vrai plaisir. Ils fonctionnaient de la même façon et se comprenaient comme s'ils se connaissaient depuis des années.

Mais il avait eu la même impression avec Lynda et s'était en fait lourdement trompé. Alors sans doute Hayley avait-elle raison. Mieux valait que leur relation reste platonique, désormais.

Il voulut changer de sujet de conversation.

— Comment se passe ton entraînement pour la course de bienfaisance ?

— Bien, même si Dani ne peut pas me suivre. Quand je m'entraîne dans le parc, elle s'assied sur un banc, chronomètre à la main, casque sur les oreilles, et elle écoute de la musique en attendant que je repasse devant elle. Elle note mes temps. Mais ce n'est pas ce qui compte le plus. L'important, c'est que j'arrive à terminer la course.

Peut-être était-ce l'occasion de retrouver une certaine complicité avec elle ?

— Je viens juste de m'installer dans le quartier et je ne connais pas les bons endroits pour courir, dit-il. Alors, si tu acceptes que je t'accompagne quand tu t'entraînes, je pourrais te servir de lièvre, nous y gagnerions tous les deux.

— Sans doute, dit-elle, l'air pensif. Mais, si tu veux bien, je préfère en parler avec Dani d'abord.

— Bien sûr. Dis-lui bien que je n'ai pas l'intention d'intervenir dans sa façon de t'entraîner. C'est juste une manière de nous rendre service mutuellement.

— Alors, toi et moi, on est amis ?

— On est amis.

Il lui faudrait simplement ignorer l'attirance qu'il éprouvait pour elle.

— Génial, dit-elle. Dis-moi, te sens-tu bien à Londres, à présent ?

— Oui, mon appartement est tout près de l'hôpital, je peux venir à vélo, et le service me plaît beaucoup.

— L'équipe fonctionne bien. Tout le monde est motivé et les gens s'entendent bien. Au fait, vendredi prochain, nous sortons tous ensemble. Chaque mois, nous nous retrouvons au pub en face de l'hôpital pour notre soirée quiz. Nous avons toujours une équipe en compétition et il y en a généralement également une du service pédiatrie et une autre de la maternité. Et le pub fait les meilleures frites de Londres. Pourquoi ne viendrais-tu pas, si tu es libre ce soir-là ?

— Pourquoi pas ?

— Oh ! et pendant que j'y pense, nous faisons notre repas de Noël la première semaine de décembre.

Il haussa un sourcil.

— Le repas de Noël ? Nous ne sommes qu'en août. N'est-il pas un peu tôt pour y penser ?

— Si on ne réserve pas une salle longtemps à l'avance, il n'y a plus de place nulle part, dit-elle. C'est sûrement la même chose à Manchester, non ?

Ainsi, elle se rappelait qu'il avait travaillé à Manchester.

— J'imagine, dit-il.

— Nous organisons aussi un Père Noël secret. On tire au sort le nom de quelqu'un et on lui achète un cadeau. C'est Jennie, la réceptionniste en chef, qui s'en occupe. Et c'est elle aussi qui se charge des inscriptions et des commandes pour le repas. Il faudra que tu en parles avec elle.

— Très bien. Merci.

— Génial. Voilà qui est fait, donc.

Elle jeta un coup d'œil à sa montre.

— Nous ferions mieux de retourner travailler, à présent.

5

Le lendemain, Hayley et Sam, tous les deux affectés aux cas légers, ne se virent guère de la journée. Mais, leur service terminé, Hayley alla le trouver.

— J'ai parlé à Dani. Si tu veux te joindre à nous demain, nous irons nous entraîner après le travail puis manger quelque chose au café du parc. J'imagine que nous resterons en terrasse, nous serons tout en sueur et peu présentables après avoir couru.

— Cela me semble parfait. Merci.

Le mercredi ils furent aussi occupés que la veille, mais de nouveau Hayley alla trouver Sam une fois leur journée finie. Elle était déjà en tenue de sport et attendit, le temps qu'il se change à son tour.

— Bon, où allons-nous courir ? demanda-t-il.

— À Alexandra Park. C'est à côté d'Alexandra Palace, les anciens studios de la BBC. Une partie du bâtiment était utilisée comme théâtre, à l'époque victorienne.

— Nous y allons à pied ?

— Non, en taxi, à cause de la fracture de Dani.

Elle fit signe à une frêle jeune femme aux cheveux noirs qui était assise dans le hall de l'hôpital. Elle portait un plâtre de marche et des béquilles étaient appuyées près d'elle contre le banc.

— Danielle Owens, voici Sam Price, dit Hayley lorsqu'ils l'eurent rejointe.

Danielle et Sam échangèrent une poignée de main.

— Ravie de vous connaître, dit Danielle.

Il sourit, prudent. Que lui avait raconté Hayley de leur rencontre en Islande ? Il savait qu'elles étaient très proches.

— Alors, vous allez nous donner un coup de main pour l'entraînement ? demanda Danielle.

— Si cela ne vous ennuie pas.

— J'en suis ravie. Je ne peux décemment pas hurler des encouragements à Haze au mégaphone lorsqu'elle court dans le parc. Je ne sais pas ce qui m'a pris de lui demander de me remplacer.

— Tu ne m'as rien demandé du tout. Je te l'ai proposé. Et, même *toi*, tu ne peux pas courir avec une fracture du deuxième et du troisième métatarse.

— Oh ! je pourrais très bien, mais ce ne serait pas raisonnable, répondit Danielle avec un grand sourire. Et je veux être débarrassée de ce plâtre le plus tôt possible, alors je fais ce qu'on me dit.

— Pour une fois, fit Hayley, moqueuse.

Pendant le trajet en taxi jusqu'au parc, Danielle expliqua brièvement à Sam le programme d'entraînement de Hayley.

— Nous avons donc environ six semaines avant la course, dit-il pour résumer. Tu t'entraînes à l'intérieur sur un tapis roulant, de façon fragmentée, et tu fais de longues courses en extérieur.

— L'entraînement sur tapis roulant permet d'améliorer la vitesse, dit Danielle, mais courir à l'intérieur ou en extérieur est très différent. Comme la course aura lieu dehors, Haze doit aussi s'entraîner à cela.

— Je suis d'accord. Cela me semble un très bon programme.

— Parfait. Je vous laisse décider du rythme pour cette course, dit Danielle avec un sourire. Je vais boire un café, on se revoit lorsque vous aurez terminé.

Hayley avait dit vrai. Le parc était très beau et de l'Alexandra Palace le point de vue sur Londres était superbe.

Il avait délibérément adopté un rythme moins rapide que s'il avait couru seul, car Hayley était encore novice en la matière. Deux ou trois fois, il l'avait frôlée par inadvertance et il avait senti un frisson le traverser. Avait-elle éprouvé la même chose ? Mais elle avait clairement dit qu'il ne serait qu'un collègue pour elle, rien de plus, il n'avait donc pas à se poser ce genre de questions. Par ailleurs, même s'il l'appréciait sur le plan professionnel, c'était autre chose que de lui faire confiance sur le plan affectif. Il y avait une énorme différence entre une brève aventure sans lendemain et une vraie relation durable.

Après avoir couru quarante-cinq minutes, ils rejoignirent Danielle.

— Alors, comment était-ce ? demanda-t-elle.

— Merveilleux, répondit Hayley.

— Tu as détesté, dit Danielle en poussant un soupir.

— J'aime mieux l'aérobic que la course mais, là, c'est pour la bonne cause. Ton service aura son scanner IRM pour les nouveau-nés.

Elle se tourna vers Sam.

— Et c'était bien plus agréable de courir avec quelqu'un. Même si je culpabilisais un peu que tu te forces à ralentir pour moi.

— Il ne faut pas, dit-il. L'important, c'est de courir. Et j'y ai pris du plaisir.

Danielle lui tendit le menu.

— Je vous invite, dit-elle.

— Il ne faut pas...

Elle fit les gros yeux et il se tut.

— Bien sûr que si, dit-elle. Je veux vous remercier pour l'aide que vous nous apportez.

— Je t'avais prévenu qu'elle était très autoritaire, dit Hayley avec un large sourire. Crois-moi, je la connais depuis notre première année à la faculté de médecine. Il vaut mieux lui céder tout de suite, puisqu'elle arrive de toute façon toujours à ses fins.

— Eh bien, dans ce cas, j'accepte et je vous remercie, Danielle.

Il choisit des pâtes, une salade et un verre d'eau minérale. Danielle et Hayley commandèrent la même chose.

— Alors, que pensez-vous de Muswell Hill ? Vous couriez beaucoup là où vous étiez avant ? Et, d'ailleurs, où était-ce ?

Il rit.

— Mes réponses, dans l'ordre : très bien, oui, Manchester.

Dani afficha un air affligé.

— Un homme qui parle peu ? Quelle déception !

— Si vous me demandez ce que je pense de l'hôpital, dit-il, vous y travaillez vous-même, vous savez donc ce qu'il en est. Quant au quartier, je suis arrivé depuis trop peu de temps pour l'avoir vraiment exploré. Mais ce que j'en ai vu est joli, et j'aime le parc. On est à vingt minutes à pied de l'hôpital, n'est-ce pas ?

— Ça monte tout le temps, alors c'est un bon échauffement avant de courir, dit Danielle. Qu'est-ce qui vous a poussé à quitter Manchester pour Londres ?

Il n'avait pas envie d'en parler, du moins pas encore. Il avait mis Hayley au courant dans les grandes lignes. Étant donné qu'elle était sa chef, il devrait sans doute lui donner bientôt davantage de détails.

— C'était le moment de bouger, fit-il d'un ton léger.

— Haze m'a dit que vous aviez passé tout l'été en Islande, pour travailler avec votre frère ?

— J'ai pris une sorte d'année sabbatique.

— Pour faire des randonnées sur des glaciers, ce genre de choses ? J'ai vu toutes les photos, vous savez.

— Oui, j'ai emmené de petits groupes de touristes découvrir la région en 4x4 et, parfois, sur les glaciers.

— Il ne faut pas une formation spéciale pour faire ça ?

Il hocha la tête.

— À Manchester, je faisais partie d'une équipe de secours en montagne. Mon entraînement en escalade m'a servi lorsqu'il s'est agi de marcher sur les glaciers.

— Le rocher et la glace, dit Danielle d'un air pensif. Seriez-vous attiré par les sports extrêmes ?

Il la regarda, intrigué.

— Le seriez-vous aussi ?

— Je t'en prie, ne l'encourage pas, dit Hayley. Souviens-toi, elle porte un plâtre de marche.

— Je ne fais rien de très spectaculaire, protesta Danielle, mais j'avais vraiment envie de voir un glacier de mes yeux. J'avais espéré convaincre Haze de nous y aventurer quand nous serions là-bas. Marcher sur la glace et observer les baleines étaient les deux choses que je rêvais de faire.

— Allez en Islande l'été prochain, quand votre pied sera guéri. Je demanderai à Martin, mon frère, de vous emmener sur le glacier.

— Merci, j'accepte avec plaisir. J'étais affreusement jalouse devant les photos que Haze m'envoyait.

Elle saisit la main de Hayley et la pressa dans la sienne.

— Et ça prouve que j'ai eu raison de la pousser à partir. Elle avait besoin de faire une pause.

— Avant de prendre mon nouveau poste, ajouta aussitôt Hayley.

Sam surprit un regard entre les deux amies et il comprit à quoi Dani faisait allusion : Hayley avait besoin de tourner la page et d'aller de l'avant après la mort de son compagnon.

— L'Islande est l'endroit rêvé pour réfléchir, dit-il. Ça doit être lié à la qualité de la lumière de là-bas.

— Vous aurez du mal à marcher sur un glacier à Londres, dit Danielle, alors qu'avez-vous prévu de faire ici ?

— En fait, il y a des murs de glace d'escalade à Londres.

Il avait même prévu de s'y essayer lors de son prochain jour de congé.

— Et comme il n'y a pas besoin ici d'une équipe de secours en montagne, dit-il, je me suis proposé pour faire partie du MERIT.

C'était l'équipe médicale d'urgence, composée de médecins et d'infirmiers, qui intervenait en cas d'accident, lorsque des victimes gravement blessées réclamaient des soins d'urgence alors qu'elles se trouvaient prises au piège durant parfois plusieurs heures. On faisait aussi appel au MERIT en cas de catastrophes majeures telles qu'un accident de car ou un incendie industriel.

Hayley et Danielle échangèrent de nouveau un regard dont il ne saisit pas la signification. Mais ce n'était pas le moment de poser des questions.

— Mais ce que j'aimerais vraiment essayer, dit-il, c'est le *rap jumping*.

Hayley cligna des yeux.

— Je n'en ai jamais entendu parler. Qu'est-ce que c'est ?

— C'est comme la descente en rappel, mais le corps à l'envers, la tête face au sol.

— Vous voulez dire que vous montez en haut d'un immeuble par exemple, et que vous vous jetez dans le vide ? demanda Danielle.

— Oui, mais on est assuré tout le temps et on a un serre-frein pour ralentir la descente et atterrir en douceur. Je vais vous montrer.

Il chercha une vidéo sur Internet, puis tendit son téléphone à Danielle.

— Regardez.

Hayley et Danielle regardèrent la vidéo ensemble. Elles semblaient choquées.

— C'est *horrible* ! s'écria Hayley. Pourquoi prendre de tels risques ?

— C'est une question d'adrénaline. Et il y a toutes sortes de mesures de sécurité. C'est probablement moins risqué que de rouler à vélo dans Londres, or je le fais tous les jours pour aller travailler.

— Sans doute n'as-tu pas eu à soigner beaucoup de cyclistes blessés à Manchester, dit Hayley. Ma première semaine aux urgences m'a dissuadée à jamais de circuler à vélo dans Londres.

— Le risque est partout, dit-il.

— Mais certaines choses sont plus risquées que d'autres. Certaines sont…

Elle fit la grimace et détourna le regard.

— Oh ! laisse tomber. Je suis une rabat-joie.

Pourquoi était-elle aussi tendue dès qu'il était question de prise de risque ? Elle avait mentionné que son fiancé avait perdu la vie dans un accident industriel. S'était-il montré imprudent ? De quel genre d'accident s'agissait-il ? Mais il ne pouvait poser aucune question sans paraître indiscret. Il allait devoir attendre que Hayley ait envie de se confier à lui.

Il préféra changer de sujet de conversation. Durant le repas, il réalisa qu'il appréciait vraiment Danielle, sans qu'il y ait d'attirance physique entre eux. Ce qu'il aimait chez elle, c'était son énergie et son sens de l'humour.

— Vous voulez profiter de notre taxi ? demanda-t-elle au moment de partir. Je dis « notre » parce que Haze et moi habitons tout près l'une de l'autre.

— Je vous remercie, mais je vais retourner à pied à l'hôpital, je dois reprendre mon vélo. J'en aurai besoin demain pour aller travailler.

— D'accord.

Elle lui tendit la main, puis changea d'avis et lui donna l'accolade.

— J'ai été ravie de faire votre connaissance, Sam. Et je compte vous revoir vendredi, pour l'entraînement.

— Nous ne pouvons pas le faire vendredi soir, dit Hayley. Nous avons la soirée quiz au pub.

— Ah, désolée. Je suis tellement obsédée par cette course que j'avais oublié que c'était ce vendredi. Mon service va vous battre, cette fois. J'ai briefé l'équipe, ils ont bûché les questions portant sur l'art et la littérature. Nous sommes fin prêts.

Elle se tourna vers Sam.

— Et samedi, vous pourriez venir à l'entraînement ?

— À condition que ce soit le matin, dit-il. Je travaille le soir, ce samedi.

— Cela me va. On se retrouve ici à 9 heures ?

— Oui, à une condition. Vous me laisserez vous offrir café et pâtisseries après la course.

— J'adore cette idée ! fit-elle, l'air réjoui. À vendredi au pub, alors.

— À vendredi. Et, nous, on se voit demain au travail, ajouta-t-il en se tournant vers Hayley.

En les quittant, il essaya de ne pas attacher d'importance au fait que Hayley, contrairement à Danielle, ne l'avait pas serré dans ses bras pour lui dire au revoir.

Danielle attendit d'être dans le taxi et loin des oreilles de Sam pour interpeller Hayley.

— Alors, quand avais-tu l'intention de me dire que ton nouveau collègue était le type fabuleux que tu avais rencontré en Islande ? Allons ! Tu aurais dû savoir que je le reconnaîtrais, je l'ai vu sur tes photos.

— Heu... Excuse-moi.

— Bon, que vas-tu faire, à présent ? Reprendre les choses où tu les as laissées en Islande ?

— Mais non ! Nous sommes collègues.

— En quoi est-ce un problème ? La moitié des couples que je connais se sont rencontrés au travail. Et il est *adorable*. Je ne parle pas seulement de son physique. C'est vraiment quelqu'un de très bien. Pas le genre de type qui m'attire, mais toi, oui.

— Il roule à vélo. Il aime les sports extrêmes. Et je viens de découvrir qu'il faisait partie des équipes du MERIT. Il prend beaucoup trop de risques à mon goût.

— Il faut prendre quelques risques si l'on veut avancer, dit doucement Danielle. Ne jette pas le bébé avec l'eau du bain.

— Je ne peux pas me mettre en danger, Dani. Que se passerait-il si les choses tournaient mal ?

— Et si ce n'était pas le cas ? Tu sais comme moi que les équipes du MERIT n'interviennent que lorsque le terrain est sécurisé. Je trouve que tu devrais donner une nouvelle chance à Sam.

— Je ne peux pas. La disparition d'Evan a été un trou noir. Je ne peux pas revivre cela.

Elle prit une profonde inspiration.

— Oui, j'aime beaucoup Sam. Énormément. J'aime travailler avec lui, il est génial avec les patients, et il est… Bon, tu as fait sa connaissance.

Physiquement, c'était exactement son type et elle avait du mal à résister à la tentation. Chaque fois que, dans le parc, leurs doigts s'étaient frôlés par inadvertance, elle avait eu envie de lui prendre la main et de ne plus la lâcher.

— Je crois que lui t'aime aussi beaucoup, dit Danielle. Et plus que ça. Il suffit de voir la façon dont il te regarde.

— Nous étions d'accord pour être seulement amis. Ce serait trop compliqué, autrement. Nous travaillons ensemble.

— On peut très bien travailler avec son partenaire.

Hayley la regarda attentivement.

— Danielle Owens, auriez-vous par hasard quelque chose à me dire ?

— Mais non ! Je n'ai rencontré personne de particulier. De toute façon, il n'est pas question de moi, mais de toi et de Sam. Donne-lui une chance.

— Je ne peux pas. Je ne peux vraiment pas courir ce risque.

Mais le lendemain Hayley ne cessa d'y penser. Et le surlendemain. Elle était vraiment très attirée par Sam. Chaque fois qu'ils se frôlaient accidentellement lorsqu'ils travaillaient ensemble, elle était prise de frissons. Et, quand elle regardait sa bouche, elle se souvenait de ses baisers. Elle se rappelait ce que c'était que de faire l'amour avec lui. De se réveiller dans ses bras.

Mais comment avoir une histoire avec Sam alors qu'il se mettait volontairement en danger ? Alors qu'il était prêt à risquer sa vie pour sauver celle d'autrui ? Elle avait déjà connu ce genre de situations et en avait payé le prix. Douloureusement. Comment aurait-elle pu s'exposer à revivre la même chose ?

— Dis-moi, la soirée quiz ne commence pas avant 19 heures, n'est-ce pas ? demanda Sam au moment de la pause déjeuner.

— Exact.

— On prend un café ensemble avant ?

Elle aurait dû refuser. Mais quelque chose en elle la poussa à accepter.

Ils se retrouvèrent dans un café proche du pub où aurait lieu le quiz.

— Il y a quelque chose dont je voudrais te parler, dit Sam. Il s'agit des raisons qui m'ont amené à passer l'été en Islande. Et qui ont failli me faire abandonner la médecine.

— Tu n'as pas à me donner d'explication. Outre le fait que ce n'est pas moi qui décide des recrutements à l'hôpital, je sais déjà que tu es parfaitement compétent. Je t'ai vu faire sur le bateau lorsque nous avons porté secours à Milton Adams, et cela fait une semaine que nous travaillons ensemble ici. C'est plus que suffisant pour me convaincre que tu es un très bon médecin.

— Merci, j'apprécie. Mais je préfère te mettre moi-même au courant avant que la nouvelle ne s'ébruite. J'ai pris une année sabbatique parce que j'ai été suspendu.

C'était bien la dernière chose à laquelle elle s'attendait. Elle le regarda fixement.

— Tu as été suspendu ? Mais... pourquoi ?

— Nous avons perdu un patient. Il est venu nous voir en disant qu'il se sentait mal en point depuis une semaine. Son médecin généraliste lui avait recommandé de se reposer, mais cela n'allait pas mieux, alors il est venu aux urgences. Il avait eu une légère indigestion, rien de grave, selon lui. Je l'ai questionné et il a fini par me dire qu'il était diabétique.

— Il avait eu une crise cardiaque silencieuse ?

Le diabète créait parfois des lésions du système nerveux qui cachaient au patient les douleurs dans la poitrine lorsque survenait une crise cardiaque.

Il hocha la tête.

— J'ai voulu lui faire passer un ECG, car c'était la seule façon de savoir s'il avait eu une crise cardiaque silencieuse et, si c'était le cas, nous pouvions le mettre immédiatement sous traitement. Nous avons vérifié ses taux de sucre. Ils étaient trop élevés. Pendant l'ECG, son cœur s'est arrêté. Et nous n'avons pas pu le ranimer.

Il eut un soupir.

— Sa famille était effondrée. Ils n'acceptaient pas son décès et cherchaient un coupable. L'hôpital a dû mener une enquête pour déterminer s'il y avait eu une faute quelque part et, le temps de l'enquête, mon équipe a été suspendue.

— Et, bien sûr, on n'a rien trouvé contre vous, sinon tu ne pourrais plus exercer la médecine.

— Oui, nous avons été lavés de tout soupçon. J'avais établi le bon diagnostic et nous avions suivi le protocole point par point. Nous avions tout fait correctement. Mais nous n'avons pas pu sauver le patient.

— Il aurait très bien pu avoir cette nouvelle crise cardiaque n'importe où. Chez lui, sur la route de l'hôpital, ou même dans la salle d'attente. Comme il ignorait son état et ne suivait aucun traitement, ses vaisseaux sanguins et son muscle cardiaque avaient subi des dégâts qui le fragilisaient. Il ne pouvait pas survivre à une nouvelle crise. Ce n'était pas ta faute.

La réaction de Hayley le stupéfia. *Elle croyait en lui.*

Et elle ne le connaissait que depuis quelques semaines, alors que Lynda, avec qui il avait vécu trois ans, ne lui avait pas fait confiance. Ce qui lui avait fait perdre toute confiance en lui en tant que médecin.

— Je sais qu'on ne peut pas sauver tout le monde aux urgences, mais ce décès-là nous avait tous déstabilisés. Un membre de l'équipe a même décidé d'abandonner complètement la médecine.

— C'est vraiment dommage.

Elle marqua une pause.

— Cette situation a dû être particulièrement difficile à vivre pour toi juste après la rupture avec ton ex.

Il aurait pu choisir ce moment pour lui parler de Lynda, mais les mots restaient coincés dans sa gorge.

— Martin a deviné que je restais chez moi à retourner dans

tous les sens ce que j'aurais pu faire pour sauver ce patient. Il m'a proposé de le rejoindre en Islande, sous prétexte qu'il avait besoin de moi. Et aller là-bas m'a fait du bien. J'ai compris que je ne voulais pas avoir consacré treize années de ma vie à la médecine pour rien.

— Si tu n'avais pas la vocation, tu n'aurais pas réagi comme tu l'as fait, sur le bateau, lorsque la guide a réclamé un médecin.

— Je voulais donner un coup de main, et me tester. Je voulais voir si j'avais fait le bon choix en acceptant le poste ici.

— Tu as bien fait. Tu es exactement la personne qu'il nous faut dans l'équipe.

— Merci. Je n'allais pas à la pêche aux compliments.

— Je sais. Je te dis simplement ce que je pense.

Elle marqua une pause.

— Je garderai tout cela pour moi, même si j'imagine que Mike est au courant.

— Je l'ai signalé dans le formulaire d'embauche, et nous en avons parlé lors de mon entretien.

— S'il avait eu le moindre doute à ton sujet, il ne t'aurait pas engagé.

— J'avoue que j'avais une certaine appréhension lorsque j'ai soumis ma candidature.

— C'est compréhensible. En tout cas, je me réjouis que tu n'aies pas renoncé à la médecine.

Elle leva sa tasse pour trinquer avec lui.

— À la santé de l'équipe ! Bienvenue à Muswell Hill. Et par pitié sois brillant, ce soir, sur les questions de culture générale : Dani va être insupportable si l'équipe de la maternité nous bat au quiz.

Il sourit.

— À la santé de l'équipe !

Ce fut l'équipe des urgences qui remporta le quiz et le lendemain matin, au parc, Sam se fit un plaisir de taquiner Danielle lorsqu'ils se retrouvèrent avec Hayley pour la séance d'entraînement.

À la fin de la semaine suivante, il avait le sentiment de faire pleinement partie de l'équipe, comme si cela ne faisait pas quinze jours mais des années qu'il travaillait au Muswell Hill Hospital.

Ces pensées en tête, il appela la patiente suivante.

— Pauline Jacobs ?

C'était une femme d'âge moyen, obèse, au visage d'un teint grisâtre.

— Depuis quelques jours, je ne me sens pas bien, dit-elle. Je ne voulais pas encombrer les urgences, mais mon médecin ne pouvait me recevoir que dans deux semaines, alors le pharmacien m'a envoyée ici.

— Vous avez bien fait. Je m'appelle Sam Price. Puis-je vous appeler Pauline ?

— Bien sûr.

— Parlez-moi de vos symptômes, Pauline.

— Je me sens très fatiguée. J'ai l'impression d'avoir la grippe, mais on n'a pas la grippe au mois de septembre, pas vrai ?

Il sentit son sang se figer dans ses veines. Non ! Cela ne pouvait pas se reproduire, pas une nouvelle fois.

— C'est plutôt rare, en effet, dit-il.

— Et j'ai des étourdissements. Je suis essoufflée dès que je monte un escalier. Je sais que je dois perdre du poids et que je devrais faire de la gymnastique, mais entre mon travail et mes ados je n'ai pas une minute à moi. Je n'ai pas le temps de faire de l'exercice.

— Suivez-vous un traitement ?

— Je prends des statines pour mon cholestérol, des cachets contre l'hypertension, et d'autres pour le diabète.

— Y a-t-il longtemps qu'on vous a diagnostiqué un diabète ?

— Cela fait trois ans. Je fais vraiment attention à ce que je mange, mais j'ai du mal à maigrir.

— Je pense que vous avez eu une crise cardiaque, dit-il doucement.

— Mais j'aurais dû avoir une douleur dans la poitrine, non ? On voit ça, à la télévision, quand quelqu'un a une crise cardiaque.

— Je pense que vous avez eu ce qu'on appelle une crise cardiaque silencieuse. Cela arrive fréquemment. C'est le cas d'un quart des crises cardiaques au Royaume-Uni. Comme vous êtes diabétique, j'imagine que votre médecin vous a dit de prendre soin de vos pieds ?

Elle hocha la tête.

— C'est parce que le diabète peut provoquer des lésions nerveuses qui empêchent la transmission des signaux de douleur, expliqua-t-il. De même que vous ne sentez pas toujours les problèmes que peuvent avoir vos pieds, vous ne ressentirez pas non plus une douleur dans la poitrine. Je vais vérifier vos taux de sucre dans le sang et vous faire passer un ECG pour mesurer l'activité électrique de votre cœur. C'est sans douleur, ajouta-t-il pour la rassurer. Je vais simplement fixer quelques disques métalliques sur vos bras, vos jambes et votre poitrine, et les fils électriques transmettront toutes les informations dont j'ai besoin à la machine. Vous êtes d'accord, Pauline ?

— Oui.

Les taux de sucre dans le sang de Pauline atteignaient un chiffre beaucoup trop élevé. Lorsque Sam le montra à sa patiente, elle eut du mal à le croire.

— Mais je ne mange ni gâteau ni sucre ! C'est vrai, je vous assure.

— Le stress et la maladie peuvent entraîner une élévation du taux de sucre. Je vais vous prescrire de l'insuline pour le faire baisser, puis nous ferons l'ECG.

Les résultats de l'ECG lui indiquèrent exactement ce qui s'était passé.

— Bon, Pauline, il y a une bonne nouvelle, et une moins bonne.

— Dites-moi la moins bonne en premier, dit Pauline en faisant une grimace.

— Vous avez eu une crise cardiaque silencieuse. Mais, la bonne nouvelle, c'est qu'il s'agit d'un NSTEMI.

— Qu'est-ce que c'est ?

— Un infarctus du myocarde sans élévation du segment ST. C'est moins grave que l'autre type de crise cardiaque. L'arrivée du sang dans votre cœur n'est que partiellement bloquée, et seule une petite partie de votre cœur aura subi des dégâts. Je vais vous faire hospitaliser dans le service de cardiologie, où l'on vous donnera un traitement pour prévenir la formation de caillots. On vous fera aussi une prise de sang pour détecter la présence éventuelle d'une protéine appelée troponine, qui se trouve dans le sang s'il y a une lésion cardiaque. Vous aurez aussi un échocardiogramme qui révélera dans quelle zone le cœur a été endommagé. Et ils vérifieront vos artères pour savoir si elles ont légèrement rétréci.

— Si c'est le cas, que se passera-t-il ? demanda Pauline.

— Ils peuvent vous faire ce qu'on appelle une angioplastie. On fait passer un petit tuyau, un cathéter gonflable, dans une artère de l'aine ou du bras, pour qu'il aille jusqu'au cœur par les vaisseaux sanguins, guidé par une radioscopie. Le tuyau pénètre dans la partie rétrécie de l'artère coronaire et, là, on gonfle un petit ballon à l'extrémité du tuyau afin d'ouvrir l'artère, et d'y placer un petit dispositif métallique flexible qu'on appelle un stent.

— Et cela répare chaque...

Elle se tut brusquement et il comprit aussitôt ce qui se passait.

Non, l'histoire n'allait pas se répéter. Il n'allait pas laisser Pauline Jacobs mourir d'une crise cardiaque silencieuse.

— L'équipe d'urgence ! cria-t-il en appuyant sur un bouton.

Il inclina la couchette pour allonger Pauline sur le dos et, après lui avoir fait du bouche-à-bouche, il commença les compressions. L'équipe d'urgence arriva très vite avec le défibrillateur et fixa les électrodes sur la poitrine de Pauline.

— Elle a une tachycardie ventriculaire, annonça Hayley.

— Nous devons relancer le cœur, dit-il. Je continue les compressions jusqu'à ce que tu sois prête à la défibriller.

— En charge, dit Hayley. Écartez-vous !

Il cessa les compressions afin qu'elle administre la décharge électrique, puis il recommença la série de trente compressions, suivies de deux insufflations.

— Il y a toujours la tachycardie ventriculaire, dit Hayley. En charge. Écartez-vous.

Le deuxième choc n'eut aucun effet. Ni le troisième.

— Nous n'allons *pas* la perdre, dit-il. On continue. Adrénaline et amiodarone.

— C'est prêt, répondit Darryl, un infirmier.

Sam poursuivit les compressions tandis que Hayley administrait les médicaments.

— Darryl, peux-tu relayer Sam ? demanda-t-elle.

— Non, protesta celui-ci. Je peux continuer.

— Sam, dit-elle d'un ton doux mais ferme.

— Non. Je ne veux pas la perdre.

— C'est la raison pour laquelle tu dois laisser ta place à Darryl. Toi, tu administreras le prochain choc électrique. Tes bras sont fatigués. Darryl sera plus efficace.

Elle avait raison.

— D'accord. Désolé.

— Pas de problème.

— En charge, dit-il. Écartez-vous !

Cette fois, à son grand soulagement, la défibrillation fonctionna et le cœur de Pauline reprit un rythme normal. Elle était toujours inconsciente, mais au moins son cœur battait-il de nouveau.

— Parfait, dit Hayley, c'est du beau travail. Vous savez ce qui reste à faire. Sam, mettons-la sous oxygène, avec un contrôle de l'ECG. Darryl, appelle le service de cardiologie pour qu'ils l'hospitalisent chez eux. Ensuite, Sam, pourras-tu l'accompagner là-bas et faire la passation ?

— D'accord, dit-il.

— J'y vais, dit Darryl.

Une fois qu'il eut quitté le box, Hayley se tourna vers Sam.

— Ça va ?

— Oui, tout va bien.

C'était faux, mais il n'avait pas l'intention d'admettre à quel point il était secoué par ce qui venait de se passer. Tous ses doutes avaient resurgi.

Elle lui pressa l'épaule.

— Viens me voir si tu as besoin de moi, d'accord ?

— Merci.

Après avoir confié Pauline à l'équipe de cardiologie, il retourna aux urgences et s'occupa d'une adolescente qui se plaignait d'une douleur abdominale. Celle-ci s'avéra être due à un piercing au nombril qui s'infectait. Il soigna ensuite un jogger frappé à l'œil par une branche qui lui avait égratigné la cornée, puis il prit en charge un petit enfant atteint de convulsions.

Sa garde terminée, il alla voir Pauline. Elle était allongée dans son lit, mais parfaitement consciente.

— Merci, dit-elle à son entrée dans la chambre. Vous m'avez sauvé la vie.

— Je n'étais pas tout seul, le reste de l'équipe était là aussi. Comment vous sentez-vous ?

— J'ai l'impression d'être passée sous un camion.

— Désolé. Je suis sans doute responsable des bleus que vous

avez sur la poitrine. Je vous ai fait des compressions, et j'y suis peut-être allé un peu trop fort.

— Si vous ne l'aviez pas fait, je ne serais pas ici maintenant, dit-elle, les larmes aux yeux. Et dire que je pensais n'avoir pas grand-chose, et que je me trouvais stupide de venir à l'hôpital pour si peu.

— Je me réjouis que vous soyez venue. Vous êtes exactement à l'endroit qu'il faut.

— Ils vont me faire ce truc, le tuyau gonflable dont vous m'avez parlé.

Il sourit.

— Je suis admiratif du fait que vous vous souveniez de cela, vous qui vous êtes évanouie pendant mes explications. Je sais que je parle parfois d'un ton monotone, mais normalement pas au point de faire perdre conscience à mes auditeurs.

Elle éclata de rire, puis esquissa une grimace.

— Cela me fait mal !

— Il faut être un peu patiente. Bon, j'étais juste venu voir comment vous alliez.

— Je suis encore là, grâce à vous.

— Bien. Je vais vous laisser vous reposer.

Lorsqu'il retourna dans la salle de repos du personnel des urgences, Hayley était plantée devant son vestiaire.

— Ah, te voilà, dit-elle. Comment te sens-tu ?

— Très bien.

Il mentait. Il se sentait vidé. Mais Hayley et lui avaient prévu ce soir-là de courir dix kilomètres dans le parc et il ne voulait pas lui faire faux bond.

— Compte tenu de la journée que tu as eue, dit-elle, j'ai du mal à croire que tu te sentes en forme. Je sais dans quel état je serais si j'avais eu à traiter un cas qui me rappelait l'une des pires journées de ma vie. Alors, pas d'entraînement ce soir. Je te prépare un dîner. Oh ! rien d'extraordinaire, juste du poulet rôti, des légumes verts et des pâtes. C'est rapide à faire et excellent pour la santé.

— Je n'ai pas faim.

— Cela m'est égal. Moi je fais la cuisine, et toi tu manges. Et tu pourras ranger ton vélo chez moi.

— Je te trouve un peu autoritaire, dit-il en fronçant les sourcils.

Lynda aussi était autoritaire, à l'époque.

— Oui, en effet, reconnut-elle.

Cela le prit de court. Lynda, elle, ne l'aurait jamais admis.

— Parfois, après une dure journée, on a besoin de quelqu'un pour nous remettre sur pied, dit-elle doucement.

— Mais tu es censée t'entraîner pour la course.

— Je rattraperai cela à un autre moment, ne t'inquiète pas. Allez, viens.

Il n'eut pas la force de protester. Il la laissa l'accompagner jusqu'à l'abri à vélos et, après avoir récupéré le sien, la suivit jusque chez elle, marchant à côté d'elle en poussant sa bicyclette.

6

— Heureusement que j'habite au rez-de-chaussée, dit Hayley en faisant entrer Sam chez elle. Sinon, tu aurais dû monter l'escalier avec ton vélo.

Il l'avait rangé contre le mur, ce qui bloquait l'étroite entrée de l'appartement, puis il suivit Hayley dans la salle de séjour. Le logement lui rappelait celui qu'il avait à Reykjavik. Il était constitué d'une salle de bains, d'une chambre, d'une salle de séjour et d'une cuisine qui faisait aussi office de salle à manger. Tous les murs étaient couleur crème, et les meubles de teinte pastel, ce qui le faisait paraître plus grand qu'il n'était réellement. Dans la salle de séjour, des photos encadrées étaient posées sur le manteau de la cheminée et une grande bibliothèque offrait un mélange éclectique de littérature médicale et de romans. Des photos et des cartes postales maintenues décoraient la porte du réfrigérateur. Tout était net et bien rangé. À l'image de ce qu'était Hayley dans son travail.

— Puis-je me rendre utile ? demanda-t-il.

— Tu peux mettre le couvert et nous servir un verre. Il y a du vin dans le réfrigérateur, si cela te dit, ou une carafe d'eau filtrée.

Elle lui sourit.

— L'eau de Londres n'est pas vraiment géniale, en la filtrant on améliore un peu le goût. J'ai également une bouteille d'eau gazeuse dans le placard mais, évidemment, elle ne sera pas très fraîche.

— De l'eau plate, c'est très bien, merci.

— Les couverts sont dans le tiroir, près de l'évier, et la vaisselle et les verres dans le placard, juste au-dessus.

— D'accord.

Le simple fait de s'occuper de la table le mit à l'aise. Hayley prépara rapidement le dîner et, cinq minutes plus tard, ils étaient assis à la table de la cuisine devant une assiette bien garnie. Il n'avait pas très faim, mais s'en aller brusquement aurait été impoli, alors il se força à manger.

Le repas terminé, il attendit que Hayley eût servi le café pour lui poser enfin la question qui lui brûlait les lèvres.

— Tu ne me demandes pas de te raconter ce qui s'est passé ?

— Non. Il y a un temps pour encourager quelqu'un à parler, et un autre pour le laisser tranquille jusqu'à ce qu'il se sente prêt à se confier.

Parlait-elle d'expérience ? Très probablement en lien avec l'accident de son fiancé. Mais il aurait été indiscret de chercher à en savoir davantage.

— Merci, dit-il simplement.

— De rien. Maintenant, à toi de choisir : écouter de la musique, ou regarder quelque chose de léger à la télévision ? Cela dit, si tu veux un documentaire sérieux sur la physique quantique, je suis sûre qu'on peut trouver ça, fit-elle avec un sourire.

— Je crois pouvoir me passer de physique quantique, mais je te remercie. En fait, je n'ai pas de préférence.

Il aurait dû prendre congé, mais il appréciait vraiment ce qu'elle venait de faire : le laisser tranquille le temps qu'il se ressaisisse, tout en lui tenant compagnie pour qu'il ne rumine pas.

— Dans ce cas, dit-elle, tu vas devoir regarder mon épisode favori de *Friends*, celui où Monica se pose une dinde sur la tête. Et nous allons grignoter d'excellents biscuits au chocolat, mais il ne faudra pas le dire à Dani, elle me fait la guerre pour que je mange sainement jusqu'à la course. Elle me force à avaler des barres riches en protéines absolument infectes.

— Promis, je ne dirai rien.

Lorsqu'il l'entendit chantonner sur la musique du générique, il ne put s'empêcher de sourire.

— Tu aimes vraiment cette série, non ?

— Je l'adore ! Au point d'avoir acheté le coffret. D'après Dani, je suis comme Joey. Je pense qu'un bon sandwich peut tout arranger.

Il éclata de rire.

— Elle a peut-être raison.

— Mais c'est *vrai*. Et ça marche aussi pour les biscuits au chocolat.

— Sans doute.

En tout cas, il se sentait beaucoup mieux, assis près d'elle sur son canapé, avec une tasse de café et des biscuits.

Alors qu'ils regardaient la télévision, ils se rapprochèrent. Lorsqu'il lui passa un bras autour des épaules, elle s'appuya contre lui et il posa un baiser sur ses cheveux. Elle tourna la tête vers lui et le regarda, les pupilles dilatées. L'attirance qu'ils avaient éprouvée l'un pour l'autre en Islande était visiblement toujours là.

Incapable de résister davantage à la tentation, il s'empara de ses lèvres. Comme elle lui rendait son baiser, il sentit le désir croître en lui.

Mais il fut pris de remords.

— Désolé, dit-il dans un murmure en s'écartant. Je n'aurais pas dû. Mais cette journée a été affreuse.

Elle lui passa la main sur la joue.

— Je sais, mais rappelle-toi que tu as sauvé Pauline Jacobs, et que ce n'était pas ta faute si ton patient de Manchester est mort. En cas de crise cardiaque silencieuse, on n'a aucun indice sur les dégâts qu'a subis le cœur. Si d'autres médecins que toi avaient pris ce patient en charge, ils auraient obtenu exactement le même résultat. Ce n'était pas ta faute. Tu l'as toi-même dit, ses proches étaient effondrés de chagrin, ils avaient besoin d'un coupable. Tu as été blanchi de tout soupçon.

Mais son patient était mort. Il poussa un soupir.

— Pauline va être couverte de bleus à cause des compressions que je lui ai faites.

— Mais elle est là pour le raconter. Grâce à toi.

— Et grâce à toute l'équipe.

— Mais surtout grâce à toi. C'est toi qui as compris qu'il s'agissait d'une crise cardiaque silencieuse.

— Oui, sans doute.

Il prit une profonde inspiration.

— Je devrais m'en aller, dit-il, le souffle court.

— Rien ne t'y oblige.

Il eut un sourire plein de regrets.

— Oh ! mais il le faut. Parce qu'il me vient des pensées déplacées — vraiment déplacées — te concernant. Et je ne veux pas profiter de toi sous prétexte que tu me fais du bien, Hayley. Tu mérites mieux que cela.

En guise de réponse, elle l'embrassa de nouveau.

Bientôt, ils furent allongés sur le canapé. Sam, torse nu, avait glissé les mains sous le petit haut de Hayley.

— Heu… désolé, dit-il. Ce n'était pas censé arriver.

Elle lui caressa le visage.

— Je sais. Nous étions censés n'être que collègues. Peut-être amis. Sauf que je me souviens de l'Islande.

— Moi aussi. Alors, qu'allons-nous faire ?

— Le plus raisonnable serait que tu rentres tout de suite chez toi.

Sa façon de le dire laissait penser qu'il y avait une autre option.

— Ou bien ? demanda-t-il.

— Ou bien, j'ai une machine à laver. Je peux y mettre tes affaires.

Comme il l'avait fait pour elle la nuit où elle était restée chez lui, en Islande.

— Quelle option préfères-tu ?

— Les deux sont compliquées.

Il fronça les sourcils.

— Comment cela ?

— Nous devons aller travailler demain. Si tu restes ici et que nous arrivons ensemble à l'hôpital, les rumeurs vont aller bon train.

— C'est vrai. Et si je m'en vais ?

— Eh bien, pour parler franchement, je pense que nous ne ferons que retarder les choses.

— Alors, si cela ne se passe pas maintenant, ce sera pour plus tard ?

Elle hocha la tête.

Elle avait raison. Lui résister était de plus en plus difficile. Plus il la connaissait, plus il la désirait.

— Dans ce cas, ce serait peut-être plus simple que je reste.

— Mais je ne veux pas de ragots sur nous. Et tu sais ce que je pense des histoires entre collègues. C'est une mauvaise idée.

Elle prit une profonde inspiration.

— Alors ça doit rester entre nous.

Ils allaient devoir garder leur relation secrète. Comme si elle ne lui faisait pas confiance. Cela le mit mal à l'aise. Il avait déjà connu cela avec Lynda. Elle n'avait pas eu suffisamment confiance en lui pour rester à ses côtés lorsqu'il avait été suspendu. À quoi bon se lancer dans une nouvelle relation qui n'allait sûrement pas tenir la distance puisque Hayley voulait que personne ne soit au courant ?

— Ce n'est pas que je voie cela comme un secret honteux, dit-elle précipitamment.

Devinait-elle le cours de ses pensées ?

— J'ai simplement horreur qu'on parle de moi. Je ne supporte pas que les gens se taisent brusquement et prennent un air coupable quand j'entre dans une pièce.

Il comprenait. Lorsqu'elle avait perdu son compagnon, les gens avaient dû en parler et se faire du souci pour elle. Et, de toute évidence, elle détestait cela.

Sa condamnation des relations entre collègues le fit également s'interroger.

— Ton fiancé travaillait aussi aux urgences ?

— Non. Si cela avait été le cas, la situation aurait été pire encore. Les gens étaient pleins de bonnes intentions, mais qu'ils parlent de moi m'était insupportable.

Elle poussa un soupir.

— Il faut du temps avant d'être prêt à tourner la page.

Leur brève aventure en Islande l'avait-elle aidée à le faire et à se lancer dans une nouvelle relation ? Ou bien était-elle encore bloquée ?

Il ne prit conscience qu'il avait pensé à voix haute qu'en entendant Hayley lui répondre.

— Les deux, dit-elle. Je veux aller de l'avant. Je sais qu'Evan n'aurait pas voulu que je m'arrête de vivre. Comme moi, si c'était moi qui étais partie la première. J'aurais souhaité qu'il trouve quelqu'un qui l'aurait aimé autant que je l'aimais.

C'était ce qui faisait la différence entre Lynda et elle. Hayley avait aimé son compagnon pour ce qu'il était. Lynda, elle, avait aimé l'idée qu'elle se faisait de ce que Sam aurait pu devenir : un battant, un carriériste, un directeur d'établissement.

Elle avait imaginé qu'ils développeraient une sorte de partenariat pour diriger un hôpital de pointe. Mais cela ne correspondait en rien à ce que Sam souhaitait faire. Il voulait suivre les traces de son grand-père et être médecin. Consacrer sa vie à soigner des gens.

Il n'avait pas parlé avec Hayley de la façon dont elle envisageait son avenir professionnel, mais il était absolument certain qu'elle n'avait pas envie de s'occuper d'administration. Comme lui, elle semblait préférer se consacrer aux patients.

— Donc, si nous ne travaillions pas ensemble, y aurait-il une chance que tu acceptes de sortir avec moi ?

— Oui. Non. Je ne sais pas.

Elle se passa la main dans les cheveux.

— Tu veux que je te parle franchement ?

— Oui.

— C'est assez compliqué.

— Peu importe. Dis-moi.

— Il se passe quelque chose entre nous. Cela a commencé dès que je t'ai rencontré. J'ai envie que ça se concrétise, mais alors je me sens coupable, car je pense à Evan. Ensuite, je me sens stupide de culpabiliser ainsi, parce qu'il ne voudrait pour rien au monde que je réagisse de cette façon. Après, j'ai honte d'être aussi bête. Et puis j'ai peur de me lancer dans une nouvelle histoire.

— Je crois que tu es simplement une personne chaleureuse, gentille et attentionnée. Et c'est naturel de se sentir coupable, gênée et inquiète. Combien de temps avez-vous vécu ensemble, Evan et toi ?

— Deux ans et demi. Et toi ? Avec Lynda ?

— Trois ans, alors je sais ce que tu ressens. Si, après une séparation ou un deuil, on rencontre une autre personne qui nous attire et avec qui on a l'impression d'avoir beaucoup en commun, on ne peut s'empêcher de comparer cette nouvelle relation avec l'ancienne, et on se demande si on a raison de vouloir essayer encore une fois.

Ou bien si l'on fait une erreur. Mais il n'allait pas lui dire une chose pareille maintenant.

— Et on se demande aussi ce que les gens en penseront, s'ils ne trouveront pas que c'est trop tôt...

— Est-ce important, ce qu'en pensent les autres ?

— Probablement pas. Comme je le disais, c'est compliqué.

— Comme la vie en général. Tu m'as invité ce soir chez toi pour me faire à dîner et me réconforter après une dure journée. Mais, toi aussi, tu as besoin d'être réconfortée, à présent. Et peut-être pourrions-nous nous faire du bien, tous les deux.

— Tu veux dire que nous pourrions faire l'amour pour nous changer les idées et nous détendre ?

— Oui et non. Comme tu le dis, c'est compliqué, fit-il en lui caressant le visage. Une relation libre de tout engagement ne semble pas vraiment nous convenir, mais sommes-nous vraiment prêts l'un et l'autre à nous lancer dans une histoire durable ?

— Je n'ai pas la réponse. Peut-être pourrions-nous vivre les choses simplement, le temps de savoir ce que nous voulons et où tout cela nous mènera ? En gardant cela pour nous, juste toi et moi ?

— Oui.

Et il l'embrassa.

Elle se leva, le prit par la main et l'emmena dans sa chambre. Comme le reste de l'appartement, la pièce avait des murs couleur crème et des meubles de teinte pastel, et tout était net et bien rangé. Tout ici respirait le calme, à l'image de Hayley, et il aimait cela.

Il s'apprêtait à l'embrasser de nouveau lorsqu'il se souvint de quelque chose d'important.

— Nous ne pouvons pas faire l'amour. Enfin, pas tout de suite.

— Et pourquoi ?

— Je n'ai pas de préservatif.

— Mais moi j'en ai.

C'était étrange, car il était convaincu que Hayley Clark n'avait pas l'habitude de ramener des hommes chez elle. Ce qui s'était passé en Islande s'expliquait par l'irrésistible attirance qu'ils avaient éprouvée l'un pour l'autre. Une attirance qui était toujours là.

Il brûlait de l'envie de l'embrasser. De lui faire l'amour. De se perdre en elle et de la laisser se perdre en lui. Et il était convaincu qu'elle ressentait exactement la même chose.

S'il était rentré chez lui, il aurait broyé du noir au sujet de la journée qu'il avait passée. Ici, avec Hayley, il commençait à guérir.

Le lendemain matin, Hayley ouvrit les yeux juste avant que son réveil ne sonne. Elle se sentait merveilleusement bien.

Mis à part la nuit que Sam et elle avaient passée ensemble en Islande, c'était la première fois, depuis plus d'un an, qu'elle se réveillait dans les bras d'un homme. Si elle avait un peu le sentiment de trahir Evan, elle trouvait aussi délicieux de ne plus être seule et de commencer la journée auprès de quelqu'un.

Elle réveilla Sam avec un baiser.

— Allez, paresseux ! Nous travaillons tôt, aujourd'hui.

Il ouvrit aussitôt les yeux.

— Combien de temps faut-il pour aller à l'hôpital de chez toi ?

— Nous avons le temps de prendre une douche et un petit déjeuner. Prends la salle de bains pendant que je sors tes vêtements du sèche-linge. Il y a des serviettes de toilette dans le placard.

— Merci. Tu as un fer à repasser ? Je voudrais donner un coup de fer à ma chemise.

Elle releva qu'il n'avait pas imaginé lui confier cette tâche, même si elle l'aurait volontiers fait pour lui.

— Pas de problème.

— Et pendant que tu te doucheras, dit-il, je préparerai le petit déjeuner.

— Merci, c'est génial.

Lorsque, douchée et habillée, elle arriva dans la cuisine, le petit déjeuner était prêt.

— Quelle parfaite coordination, dit Sam en lui tendant un sandwich.

— Merci.

— Merci à toi pour hier soir, répondit-il. Tu as raison. Je revivais le drame de Manchester et j'avais besoin que quelqu'un me sorte de là. Pour me remettre sur pied, comme tu disais.

— Pas de problème, dit-elle.

Après la mort d'Evan, certaines personnes s'étaient comportées ainsi pour elle. Des gens qui l'avaient obligée à manger, à sortir de chez elle et à *fonctionner.*

Mais elle avait le sentiment que Sam lui cachait quelque chose. Elle le savait brillant et compétent. Même si être suspendu le temps d'une enquête était de nature à déstabiliser n'importe qui, il savait certainement qu'il avait fait tout ce qu'il fallait pour son patient. D'ailleurs, il avait été lavé de tout soupçon. Pourquoi sa compagne ne l'avait-elle pas soutenu pendant l'enquête ? Peut-être avait-elle un lien de parenté avec le patient qu'il avait perdu, et peut-être lui avait-elle fait des reproches ? Ou bien avaient-ils rompu juste avant l'enquête, auquel cas il avait pu penser que la rupture l'avait déconcentré dans son travail, l'empêchant de poser les bonnes questions au patient ? Il aurait alors pu se sentir responsable de ce décès.

Elle ne pouvait l'interroger à ce sujet, cela aurait été trop brutal. Et elle ne voyait pas comment aborder le sujet avec diplomatie.

Heureusement, il parla d'autre chose.

— Nous devons revoir ton programme d'entraînement. Dani a raison, courir en extérieur ou à l'intérieur, ce n'est pas pareil. Tu es libre, ce soir, après le travail, ou bien dois-tu t'entraîner à l'intérieur avec Dani ?

— C'est censé être un jour de repos, alors nous avons fait l'entraînement hier en remplacement.

— Bon, alors nous irons courir dans le parc ce soir.

Il marqua une pause.

— Et, ce week-end, tu es libre ? Nous pourrions faire quelque chose.

— J'aimerais bien.

Elle éprouvait un sentiment étrange à l'idée d'avoir de nouveau rendez-vous avec un homme. Mais si elle s'efforçait d'oublier les activités dangereuses qu'il aimait pratiquer, ou le fait qu'il se soit engagé dans l'équipe du MERIT, peut-être pouvait-elle laisser le passé et sa tristesse derrière elle et envisager un nouvel avenir avec lui.

Le petit déjeuner terminé, il insista pour faire la vaisselle.

— Alors, on se voit au travail ? demanda-t-il avant de partir pour l'hôpital. Et, ensuite, nous irons courir ensemble.

— D'accord. Sois prudent dans les rues avec ton vélo.

— Promis, dit-il en lui donnant un baiser léger. À tout à l'heure.

Elle se mordit la lèvre

— Et pour tout le monde, au travail…

— Nous sommes des collègues qui commencent seulement à se lier d'amitié. J'ai compris.

C'était ce qu'elle voulait. Cependant, à l'éclair de tristesse dans le regard de Sam, elle culpabilisa vaguement. Mais elle détestait les commérages. Même quand ils n'étaient pas mal intentionnés.

Au cours des deux semaines suivantes, Sam et Hayley devinrent de plus en plus proches. Au travail, ils prenaient soin de ne rien laisser voir de leur liaison et, quand ils sortaient ensemble, c'était toujours dans des lieux où ils ne risquaient pas de croiser des collègues.

Cependant, lorsque à la mi-octobre Sam organisa une sortie spéciale pour les membres de l'équipe, Hayley refusa d'y participer.

— Tu as perdu la tête, Sam. Le karting est déjà assez risqué, mais en faire sur *glace* ?

— Les karts sont équipés de pneus spéciaux, dit-il. C'est sans danger. Je ne comprends pas pourquoi tu t'inquiètes.

— Tu es un vrai casse-cou.

Il fronça les sourcils.

— Oui, j'aime les sports extrêmes. Ils me font me sentir vivant.

— Tu es fou !

Quelle réaction étrange. Elle avait voulu marcher sur le glacier, en Islande. Elle y avait même pris du plaisir.

Soudain, une pensée lui vint. Il avait envie que les choses se passent bien entre Hayley et lui, mais elle critiquait ses choix, comme Lynda le faisait. Était-il en train de répéter la même erreur ? Ignorait-il inconsciemment les signes qu'il y aurait des problèmes entre eux ?

Mais non ! Il était injuste. Hayley était quelqu'un de bien.

— Viens avec nous, dit-il. Même si tu ne conduis pas de kart, tu pourras toujours boire un verre et manger avec nous.

— Je n'aime vraiment pas ce genre d'activités. Amuse-toi bien.

Je serai de permanence, ce soir-là, alors quelqu'un d'autre, dans l'équipe, pourra se joindre à vous, s'il en a envie.

L'argument était imparable. Mais ne lui cachait-elle pas quelque chose ? Son attitude avait-elle quelque chose à voir avec la mort de son fiancé ? Il fallait qu'il trouve le moyen de le savoir, mais en faisant preuve de tout le tact possible.

Le jour de la sortie karting, Hayley travaillait. Elle envoya un texto à Sam.

Amuse-toi bien.

Pourquoi n'avait-il pas choisi une activité moins dangereuse ? Pourquoi avait-il besoin de ces poussées d'adrénaline ?

Elle se reprit. Elle devait cesser de s'inquiéter en permanence. Et elle reporta toute son attention sur ses patients.

Au milieu de l'après-midi, Sam arriva, l'air vaguement honteux, accompagné de Josh Willoughby, un jeune médecin entré récemment dans le service.

— Josh ? Qu'y a-t-il ?

— J'ai eu un petit accident. Je crois que je me suis... heu... cassé une côte.

— En faisant du karting sur *glace.*

Elle adressa un regard appuyé à Sam.

— On s'est bien amusés, Hayley, dit Josh. Ne fais pas de reproches à Sam, c'est ma faute. J'ai voulu faire le malin, je suis allé trop vite et j'ai raté un virage.

— T'es-tu cogné la tête ? A-t-il montré des signes de commotion cérébrale ? demanda-t-elle en se tournant vers Sam.

— Ma tête n'a rien eu. Ce sont mes côtes qui ont tout pris. J'ai entendu un craquement et ça me fait mal. Mais je n'ai pas d'enfoncement de la cage thoracique. Je peux respirer normalement. Une côte brisée se répare toute seule en un mois ; tout ce qu'il me faut, pour le moment, ce sont des antalgiques. Si je ne contrôle pas la douleur, je ne respirerai pas à fond et cela pourrait entraîner une infection.

Elle sourit presque malgré elle.

— Tu as appris tout cela chez nous ou à l'université ?

— Un peu les deux. Sam m'a déjà examiné et je sais que ça ira.

— Mais, si Sam t'a amené ici, c'est qu'il y a peut-être autre chose. Tu as quelque chose à me dire, Sam ?

— Je n'avais pas de stéthoscope sous la main et je veux être sûr qu'il ne souffre pas de pneumothorax. Il y a déjà des bleus là où il s'est cogné contre le flanc du kart, et c'est sensible. Il a mal quand il bouge ou quand il respire à fond. Je sais que c'est le cas lorsqu'on a une côte brisée, mais je veux être sûr qu'il s'agit bien de cela.

Après ce qui s'était passé à Manchester, il n'y avait rien d'étonnant à ce qu'il se montre aussi méticuleux.

— As-tu le souffle court ? demanda-t-elle à Josh. Ou mal près de l'épaule ?

— Non.

— Bon. Je veux t'ausculter. Peux-tu lever ta chemise ?

— Alors, c'est ce qu'il faut faire pour qu'une femme me demande de me déshabiller ? Me briser une côte ?

— Tu sais, un médecin *homme* te demanderait exactement la même chose.

— Rabat-joie, va !

Il ôta sa chemise et Hayley fit la grimace. Les ecchymoses étaient impressionnantes.

— C'est plutôt vilain, dit-elle.

— Et ce sera pire encore dans quelques jours, dit Josh avec entrain. Je vais bien, Hayley, je t'assure.

Elle l'ausculta. Sa respiration n'était pas absolument satisfaisante.

— Tu vas passer une radio.

— Je n'ai vraiment pas besoin..., commença Josh.

— Si, coupa-t-elle. Allons, sois gentil.

— Mais tu viens d'examiner tous les signes cliniques.

— Parfois, notre intuition nous dit qu'il y a un problème et, à trente-deux ans, j'ai eu le temps d'apprendre à l'écouter.

— Elle a raison, dit Sam. Les manuels n'enseignent pas tout. Cela vient avec l'expérience.

— D'accord, dit Josh. Va pour la radio.

En lisant les résultats sur l'écran de son ordinateur, elle vit immédiatement que Josh souffrait d'une légère déchirure du poumon, provoquée par la côte brisée. L'air qui s'en échappait restait coincé entre le poumon et la cage thoracique.

Lorsque Josh regagna les urgences, il était légèrement essoufflé.

— C'est parce que j'ai couru trop vite jusqu'ici pour que tu me signes ma décharge, dit-il.

— Bien essayé, répondit Hayley.

Elle lui montra les résultats de la radio sur l'écran.

— Regarde, Josh, il n'est plus question d'intuition, mais de constat. Si cette radio était celle d'un de tes patients, que dirais-tu ?

Il soupira.

— Je dirais que c'est un pneumothorax.

— Que faut-il faire ?

— S'il n'y a pas de maladie pulmonaire sous-jacente, la déchirure se réparera toute seule et le problème sera résolu au bout de quelques jours.

— Et si le patient est essoufflé ? demanda Sam. Ce qui est ton cas, non ?

— Alors, il faut drainer l'air, répondit Josh en plissant le nez. Je sais que cela peut paraître stupide, mais j'ai horreur des seringues et des aiguilles.

Hayley sourit et lui tapota l'épaule.

— Tout va bien se passer, mon chou. Tu connais la procédure. Avec l'anesthésie locale, tu ne sentiras rien. Je ne peux pas te laisser partir alors que tu as du mal à respirer après t'être brisé une côte en faisant du karting sur la glace. Un sport qui n'a rien de dangereux, bien sûr, fit-elle en lançant un regard de travers à Sam.

— Désolé, murmura-t-il, l'air contrit.

— D'accord, Josh, on y va. Cela va piquer.

Après avoir procédé à l'anesthésie locale, elle inséra à l'aide d'une aiguille un fin tuyau dans la paroi thoracique de Josh, puis le relia à une grosse seringue à trois voies.

— Le plus dur est fait, dit-elle.

Josh grimaça.

— Je déteste les aiguilles, mais tu ne te débrouilles pas mal.

— Heureuse de te l'entendre dire. Maintenant, je vais aspirer l'air avec la seringue, d'accord ?

— D'accord.

— Puisque tu es là, dit Sam, nous pourrions en profiter pour tester tes connaissances sur les antidouleurs.

C'était une façon intelligente de distraire Josh. Hayley sourit.

— Que prescrirais-tu à quelqu'un qui a une côte cassée ? demanda Sam.

— Du paracétamol ou des anti-inflammatoires et, si la douleur est modérée, je conseillerais de les prendre en alternance, à deux heures d'intervalle. Dans les cas les plus graves, il faut quelque chose de plus efficace, comme la codéine. Mais, avant de prescrire quoi que ce soit, je dois savoir si le patient est fumeur, s'il prend un traitement anticoagulant, s'il souffre d'hypertension, d'asthme, de problèmes cardiaques ou rénaux, ou d'ulcère à l'estomac, énuméra Josh en comptant sur ses doigts.

— Ou encore, dit Hayley, si la personne est enceinte, si elle a souffert d'une attaque ou si elle a déjà pris de l'aspirine. Tout cela est parfaitement exact, Josh. Entres-tu dans l'un de ces cas de figure ?

— Non. Mais je deviendrais vraiment célèbre si j'étais enceint, répondit-il, l'air pensif.

Hayley rit.

— Je n'en doute pas ! Bon, c'est fait. La douleur est-elle légère ou modérée ?

— Modérée.

— Tu prendras du paracétamol et de l'ibuprofène, aux doses normales, en les alternant avec un intervalle de deux heures, comme tu l'as suggéré. Si demain tu souffres davantage, viens me trouver et nous parlerons de la codéine. Tu travailles, demain ?

— Je ne reprends pas avant mardi.

— Bien. Rentre chez toi, prends tes antidouleurs et repose-toi. Ne soulève rien de lourd. Et dans quels cas dois-je te voir revenir ici immédiatement ?

— Si j'ai de la fièvre, une douleur dans la poitrine, si je crache des glaires ou que je n'arrive plus à respirer.

— Bien. Je compte sur toi. Tu peux partir. Et la prochaine fois que tu voudras faire quelque chose d'excitant, je t'en prie, n'écoute pas les suggestions du Dr Price ici présent, l'Homme-qui-adore-prendre-des-risques-inutiles.

— Promis.

— Je vais te raccompagner chez toi, dit Sam, une fois que je me serai confondu en plates excuses auprès du Dr Clark ici présent, également connu sous le nom de Dr Je-te-l'avais-bien-dit.

— Je vais dans la salle d'attente, fit Josh.

Dès qu'il fut sorti du box, Sam prit un air résigné.

— Allez, vas-y, Hayley, je t'écoute.

— Ce n'est pas la peine, tu as déjà tout dit à ma place. Pauvre Josh !

— Si cela peut te faire du bien, sache que je me sens vraiment coupable.

— Tous ces risques que tu prends… Cela n'a aucun sens, Sam. Pourquoi fais-tu cela ?

— Pourquoi es-tu si hostile à la moindre prise de risque ?

Parce que mon fiancé risquait sa vie tous les jours et qu'il en est mort.

Mais ce n'était pas le lieu ni le moment pour le lui dire.

— Pouvons-nous parler de cela plus tard ? demanda-t-elle. Je suis de permanence et la salle d'attente est pleine à craquer.

— Très bien. Si je nous cuisinais des pâtes fraîches quand tu auras terminé ? Nous pourrons alors discuter.

— D'accord.

— Chez toi ou chez moi ?

— Chez toi.

— Bien. Je t'attendrai vers 18 h 30.

Il était 18 h 30 tapantes lorsque Hayley sonna à la porte de Sam.

— Puis-je te servir un verre de vin ? demanda-t-il.

— Non, mais j'apprécierais une tasse de thé.

— Je m'en occupe, va t'asseoir.

Lorsqu'il revint dans la salle de séjour avec les deux tasses de thé, Hayley était assise, l'air triste, sur le canapé.

Il n'eut aucun mal à en deviner la raison, puisqu'elle avait promis de lui dire pourquoi elle redoutait tant tout ce qui pouvait présenter un danger.

— Je suis désolé de ce qui est arrivé à Josh, Hayley. Je ne voulais vraiment pas que quelqu'un se blesse.

— Personne ne veut cela et, pourtant, c'est ce qui arrive.

Elle prit la tasse qu'il avait posée devant elle sur la table basse.

— Et, ensuite, votre vie en est bouleversée.

— Qu'est-ce qui s'est passé pour que tu aies si peur du risque, Hayley ? demanda-t-il doucement.

— Evan, mon fiancé, était pompier. Il est mort dans un incendie industriel.

Tout devenait affreusement clair. Il devinait ce qu'elle allait lui dire. Qu'Evan avait essayé de sauver quelqu'un lors de l'incendie et qu'il avait perdu la vie.

— Evan risquait sa vie tous les jours, dit Hayley. Il était entraîné et connaissait bien son métier. Jamais il n'avait commis d'imprudence ni mis aucun de ses hommes en danger. Mais, ce jour-là, il y a eu un incendie dans un garage et un atelier. Et, bien sûr, dans l'atelier il y avait des produits inflammables partout, de l'huile, des produits chimiques, toutes sortes de choses qui rendaient l'incendie encore plus dangereux. Une bouteille de propane a explosé et les pompiers ont réussi à sortir deux autres bouteilles avant qu'elles n'explosent à leur tour. Puis quelqu'un a dit que le patron du garage était retourné à l'intérieur récupérer une chatte et ses petits dans le bureau situé sur la mezzanine. Et personne ne l'avait revu. Evan a pensé que l'homme avait perdu connaissance à cause de la fumée, et il est allé le secourir.

Elle frissonna.

— Le bâtiment s'est écroulé au moment où Evan montait l'escalier menant à la mezzanine. La dernière bouteille de propane était juste au-dessous de l'endroit où il se trouvait lorsque le bâtiment s'est effondré. Elle a explosé. Evan a été tué sur le coup.

Elle réprima un sanglot.

— Enfin, j'espère que cela a été instantané.

— J'en suis certain.

Tout devenait clair. Evan avait pris des risques pour sauver quelqu'un, et cela avait mal tourné.

— C'était quelqu'un de bien. Tout le monde l'aimait. Evan était prêt à tout pour secourir les gens.

Elle le regarda droit dans les yeux.

— Il te ressemblait beaucoup. Il se mettait en danger pour

aider les autres, comme toi. Sauf que, toi, tu pratiques aussi des sports extrêmes. Et je ne peux pas le supporter, Sam. Tu adores cela et je me sens minable de t'empêcher de faire quelque chose qui te plaît. Ce n'est pas bien de ma part. Mais cela me fait affreusement peur, et je suis si fatiguée d'avoir peur. Peur de te perdre, comme j'ai perdu Evan. Et je ne comprends pas *pourquoi* tu fais cela. Pourquoi tu te mets tout le temps en danger.

Il lui caressa le visage.

— J'ai toujours aimé les sports extrêmes. La poussée d'adrénaline que cela déclenche en moi me fait me sentir vivant.

Et il en avait eu vraiment besoin après avoir été suspendu, à Manchester.

— Dès tout petit, je faisais de l'escalade avec Martin et mon père, parce que nous vivions près du Peak District, et papa adorait grimper. Comme mon grand-père. Je crois que c'est dans mes veines. Aussi, quand j'ai eu l'âge de faire partie de l'équipe de secours en montagne, il m'a paru naturel de me joindre à eux. Et je n'ai jamais eu le moindre problème lors des sauvetages, pas même un bleu ou une égratignure.

— Tu ne penses jamais aux risques auxquels tu t'exposes ? demanda-t-elle, le regard lourd d'angoisse. Tu n'as pas peur de faire une chute ? Ou que la roche cède brusquement sous tes pieds et que tu te brises la colonne vertébrale au fond d'un ravin ?

— Si, j'y pense, et c'est pour cela que je me montre très prudent. Lors des sauvetages je respecte toutes les règles de sécurité, et lorsqu'il s'agit de mes loisirs je choisis des clubs que je sais sérieux en matière de sécurité. Oui, bon, Josh s'est cassé une côte aujourd'hui en faisant du karting, mais...

Il se tut.

— Mais ?

— Maintenant que tu m'as raconté ce qui est arrivé à Evan, je ne sais pas si je peux te le dire...

— Parle.

— Je ne veux pas que cela te fasse du mal.

— Je t'écoute.

— D'accord. Mais c'est toi qui auras insisté.

Il prit une profonde inspiration.

— Parfois, malgré toutes les précautions, un accident imprévisible arrive. C'est d'ailleurs pour cela que notre service des urgences existe.

Elle le regarda comme si son cœur était en train de se briser. Il lui caressa la joue.

— Je suis désolé qu'Evan ait perdu la vie. Mais il y a des risques dans tout ce qu'on fait, Hayley. En traversant la rue, on peut se faire renverser par une voiture, ou bien, en se promenant dans un parc, recevoir une branche sur la tête.

— La probabilité que ce genre de choses arrive est très faible. Mais en mettant tout le temps sa vie en danger, que ce soit pour des raisons professionnelles ou pour s'amuser, il ne faut plus se demander *si* on risque d'avoir un accident, mais *quand*.

— Si personne ne va porter secours aux gens en difficulté, il y aura des morts alors que les victimes auraient pu être sauvées.

— Je sais.

Elle avait l'air malheureuse.

— Et je culpabilise aussi à cause de cela. Je suis une égoïste. Mais, quand j'ai perdu Evan, j'ai eu l'impression d'être aspirée par un trou noir. Je ne veux pas revivre cela.

— Je me trompe ou Evan adorait son travail ?

— Depuis tout petit, il rêvait d'être pompier. Oui, il adorait son métier et il le faisait très bien.

Une larme roula sur sa joue.

— Et il est *mort*, Sam. Il a été tué en faisant son devoir.

Il essuya la larme avec son pouce.

— Je suis tellement désolé que tu aies subi tout cela. Et je voudrais pouvoir dire ou faire quelque chose, mais je n'ai pas le pouvoir de te ramener Evan.

— Je sais. Et c'est...

Elle avala sa salive.

— Je suis désolée.

— Il ne faut pas. Je suis content que tu te confies à moi. Je comprends maintenant pourquoi tu t'opposes tant aux prises de risque.

— Et tu t'es engagé dans l'équipe du MERIT.

— Oui, mais tu sais que cette équipe n'a le droit d'intervenir que lorsque la zone est sécurisée. Cependant, si tu veux que je renonce à travailler avec eux, je le ferai.

Elle secoua la tête.

— Je ne peux pas te demander ça.

— Tu ne demandes rien, c'est moi qui te le propose.

— Mais tu le regretterais et tu finirais par m'en vouloir.

— As-tu jamais dit à Evan à quel point son métier te faisait peur ?

— Non, parce que, en fait, je n'étais pas inquiète. Je pensais que rien ne pouvait lui arriver, je le savais très prudent. Mais le pire s'est produit. Et maintenant j'ai peur.

— Que dirait-il s'il était là aujourd'hui et que tu lui avouais à quel point son métier te panique ?

— Il dirait la même chose que toi. Je ne vois pas en toi un remplaçant d'Evan, Sam. Il se trouve simplement que tu portes à peu près le même regard sur la vie que lui, sauf que lui ne s'exposait pas au risque par plaisir.

— Je peux aussi renoncer à cela. En fait, j'ai pratiqué davantage de sports extrêmes après avoir été suspendu, simplement parce que cela me donnait quelque chose d'autre sur quoi me focaliser. Quelque chose qui me permettait de me sentir vivant au lieu de me morfondre en attendant le verdict. Mais maintenant je pourrais m'en passer.

Elle secoua la tête.

— Je n'ai pas envie que tu changes pour me faire plaisir. Ce serait une erreur.

— Mais tu as perdu Evan parce qu'il exerçait un métier dangereux. Chaque fois que je serai amené à intervenir sur un incident grave, tu seras morte de peur, surtout s'il s'agit d'un incendie. Je ne veux pas te faire vivre cela.

— Alors, soit tu arrêtes tout cela et tu m'en voudras de te freiner ainsi, soit tu continues et je serai paniquée chaque fois que tu auras à intervenir. C'est sans issue, fit-elle, l'air malheureux.

— Nous pourrions trouver une sorte de compromis. Peut-être que si tu m'accompagnais parfois lors d'activités qui peuvent paraître un peu risquées — pas du karting sur glace, je te rassure — tu t'apercevrais qu'en fait tout est sécurisé, et tu cesserais de t'inquiéter.

— Un genre de vaccination ? M'habituer au risque par petites doses ?

— En quelque sorte, oui. Ce serait un compromis. On pourrait essayer.

Elle esquissa une grimace.

— Je me sens mal, je suis horrible.

— Tu n'es pas horrible, dit-il en l'embrassant. C'est parce que tu tiens à moi.

Elle voulait qu'il prenne moins de risques par peur qu'il ne se blesse ou qu'il perde la vie, alors que Lynda, elle, voulait seulement qu'il se consacre davantage à sa carrière et à la fréquentation de gens « importants ». Peut-être devrait-il en parler avec Hayley.

Mais elle en avait eu assez pour aujourd'hui. Il n'allait pas lui ajouter ses propres interrogations sur les épaules.

— Merci de m'avoir parlé d'Evan, dit-il. Je sais que cela a dû être difficile pour toi. Et je suis désolé de t'avoir fait revivre ce cauchemar.

— Je... J'aurais dû t'en parler avant. Expliquer davantage.

— Je pensais que tu m'en dirais plus lorsque tu serais prête.

— Je suis désolée.

— Ne t'excuse pas, dit-il en l'embrassant. Tu as eu une rude journée et tu as besoin de manger. Donne-moi cinq minutes. Je vais faire des pâtes fraîches avec une sauce qui, hélas, ne sera pas maison.

Elle sourit.

— Cela m'ira très bien.

— Tu sais, je ne peux pas te promettre qu'il n'y aura plus jamais aucun danger. Même aux urgences, des choses peuvent arriver. Un ivrogne peut se montrer violent et nous blesser. Ou nous pouvons nous piquer avec une seringue alors que nous nous occupons d'un patient atteint du SIDA, ou encore...

Il la prit dans ses bras.

— Mais, si tu penses à tout ce qui *peut* arriver, tu perds la tête. Pourtant la probabilité qu'il se passe quelque chose de terrible est très faible et il est rare que le pire se produise.

Elle inspira profondément.

— Le psychologue que j'ai vu l'année dernière m'a tenu à peu près le même discours. Mais je n'arrive pas à me libérer de mes peurs.

— Ça va aller, Hayley. Nous allons y arriver. Nous trouverons un compromis qui nous conviendra à tous les deux.

Cela prendrait seulement du temps.

Et, pour elle, il était prêt à se montrer patient. Parce que Hayley était quelqu'un qui en valait la peine. Ils avaient tous les deux une chance que leur relation devienne quelque chose de vraiment bien.

7

La fin du mois d'octobre était enfin arrivée. Le vendredi qui précédait la course, Hayley effectua son dernier entraînement du soir avec Sam. Après avoir couru dix kilomètres dans le parc, ils rejoignirent Dani pour le dîner et discutèrent des stratégies à suivre durant la course, qui aurait lieu le dimanche suivant. Le samedi serait un jour de repos.

Le dimanche matin, ils se retrouvèrent tous les trois à 9 heures à Alexandra Park pour le départ de la course. Hayley s'équipa de son dossard numéroté et du dispositif électronique qui enregistrerait son temps.

Dani semblait un peu distraite, ce que Hayley attribua au fait que son amie regarderait la course au lieu de la disputer. Elle ne portait plus son plâtre, mais n'avait pas encore retrouvé toute sa mobilité.

Hayley se réjouit du froid sec et de l'absence de vent. Courir sous la pluie au milieu de bourrasques aurait été éprouvant. Elle espérait terminer la course en moins d'une heure et quart.

Quelques rues du quartier avaient été fermées à la circulation pour la matinée, car la course se déroulait en partie dans le parc et en partie sur le bitume.

C'était la première fois que Hayley disputait une course dans une foule et, au bout de dix minutes, elle découvrit à sa grande surprise qu'elle y prenait plaisir. Alors qu'elle effectuait le second tour, elle se sentit faiblir, puis aperçut Dani et Sam près de la ligne d'arrivée. Ils l'encouragèrent, lui redonnant de l'énergie pour les derniers mètres. Dès la ligne franchie, Dani et Sam la serrèrent dans leurs bras et l'émotion lui fit venir les larmes aux yeux.

— Tu as été merveilleuse ! s'écria Dani. Grâce à toi, nous avons collecté plein d'argent, nous allons pouvoir acheter notre nouvel équipement pour la maternité.

— C'est à toi que les gens ont fait des dons, répondit Hayley.

— Mais c'est toi qui as couru ! Merci, merci.

Hayley la prit dans ses bras, puis fit de même avec Sam.

— Merci à tous les deux, dit-elle. Je n'y serai jamais arrivée sans vous.

Sam la souleva dans ses bras, la fit tournoyer et l'embrassa.

— Tu as été brillante ! Je suis très fier de toi.

Puis il la remit sur ses pieds et posa son front contre celui de Hayley avant de réaliser ce qu'il venait de faire.

— Désolé. Je sais que nous devions garder notre histoire secrète, mais j'imagine que Dani est au courant, vu qu'elle est ta meilleure amie.

— Hayley ne m'a rien dit, mais j'avais deviné rien qu'en vous voyant vous regarder tous les deux, dit Dani en souriant. Et je m'en réjouis.

— Allons voir quel temps tu as fait, dit-il. Après, je vous emmène toutes les deux vous restaurer.

Hayley fut tout excitée en apprenant les résultats, elle avait couru les dix kilomètres en une heure dix minutes et treize secondes.

— Tu n'as jamais été meilleure, dit Dani, et c'est un temps vraiment excellent, surtout pour une première course officielle.

— Oui, je suis vraiment fier de toi, renchérit Sam.

— Cela ne veut pas dire que je vais me mettre à la course, je préfère de loin l'aérobic. Mais je dois reconnaître que j'ai bien aimé courir, je suis contente de l'avoir fait.

— Parfait.

Sam la tint par la main jusqu'à ce qu'ils trouvent enfin une table disponible dans l'un des cafés proches du parc.

Profitant du fait que Sam soit allé commander cafés et gâteaux pour tout le monde, Dani se tourna vers Hayley.

— Je ne t'avais pas vue aussi heureuse depuis la mort d'Evan. Tu es amoureuse de Sam, pas vrai ? Il est adorable. Je suis vraiment contente pour toi.

— Oui, je suis amoureuse. Ce n'est pas simplement une attirance physique. J'aime sa personnalité et ce que je ressens quand je suis avec lui.

— Mais… ?

Hayley se mordit la lèvre.

— Je n'arrive pas à accepter qu'il mette sa vie en danger.

— Cela peut se comprendre, vu la façon dont Evan est mort. Mais c'était un accident, Haze. Un horrible, un tragique accident. Cela ne va pas nécessairement se reproduire.

— Je sais. Il faut que je gère ma panique. Je n'ai aucune idée de la façon dont je réagirais si Sam était appelé pour intervenir avec l'équipe du MERIT. Je pense que je serais morte de peur tant que je ne serais pas assurée qu'il va bien.

— Tu dois en parler avec lui.

— C'est fait. Je lui ai raconté ce qui s'était passé pour Evan et il comprend ce que je ressens. Mais j'ai besoin de temps pour me raisonner.

À la fin de la semaine, Hayley et Sam eurent deux jours de congé.

— Nous pourrions aller au zoo de Londres, dit-il. J'aimerais voir les lions et les tigres. Et j'ai lu quelque part qu'on pouvait marcher le long du canal depuis Regent's Park jusqu'à Camden Lock. Qu'en penses-tu ?

— C'est une excellente idée.

Ils se promenèrent main dans la main dans les allées du zoo, contemplant les lions, les tigres, les gorilles, les girafes, et aussi les pingouins, les animaux préférés de Hayley.

Ils croisèrent nombre d'enfants accompagnés de leurs parents, et Hayley se prit à imaginer Sam et elle dans cette situation — profitant des vacances scolaires pour visiter le zoo, l'aquarium, le musée d'Histoire naturelle et ses dinosaures…

— On rêve ? demanda-t-il.

Elle sourit.

— Oh ! j'étais juste perdue dans mes pensées.

Leur relation était récente et ils n'avaient jamais évoqué, même en passant, comment ils voyaient leur avenir. Elle n'avait aucune idée de ce qu'il pensait d'une relation sérieuse ou de la paternité.

— Alors, as-tu réfléchi au cadeau pour le Père Noël secret ? demanda-t-elle, désireuse de changer de sujet de conversation.

— Ah, mais c'est censé rester confidentiel, répondit-il avec un sourire. Quand commence-t-on à s'occuper des festivités de Noël, ici ?

— Pas avant le 1er décembre. Mike est très strict à ce sujet. Pour des raisons d'hygiène et de sécurité, nous ne décorons que le hall de l'hôpital. Le 1er décembre, on dresse le sapin et chacun, en arrivant au travail, prend une décoration et l'accroche à une branche. Ainsi, c'est une œuvre collective.

— L'idée est jolie, ça me plaît. Et il y a aussi le repas de Noël.

— N'oublie pas qu'après on danse. Mais nous ne sommes pas le service où l'on fête le plus Noël. En pédiatrie, il y a la visite du Père Noël, et des bénévoles viennent distribuer des cadeaux aux enfants.

— Nous, nous sommes plutôt amenés à soigner les Pères Noël qui ont reçu un mauvais coup au pub après le travail en voulant mettre fin à une bagarre. Ou bien qui se sont démoli le dos avec un cadeau trop lourd.

— C'est exact. Le jour de Noël peut être sinistre aux urgences si les tensions familiales sont allées trop loin.

— Eh bien, il nous reste six semaines pour nous préparer. Mais je crois que je ne supporte déjà plus les chants de Noël et les babioles dont on nous inonde dans les magasins.

— Es-tu en train de me dire que tu n'aimes pas Noël ?

— Oh ! mais si. Je déteste courir les boutiques pour acheter des cadeaux, Internet est génial pour ça, mais j'adore être en famille, jouer à des jeux stupides, manger trop riche et regarder tous les vieux films qui parlent de Noël.

— Dani et moi, nous revoyons systématiquement *Love Actually*.

Elle se mordit la lèvre.

— L'an dernier, Noël a été horrible pour elle comme pour moi. Le mariage de Dani venait d'exploser, et moi je redoutais ce premier Noël sans Evan. Même si nous travaillions toutes les deux, je...

Elle haussa les épaules.

— Bon, cette année, ce sera beaucoup mieux.

— Pour moi aussi, ce Noël-ci sera mieux, dit-il d'un air pensif. Oh ! l'an dernier, cela n'a pas été horrible, mais nous étions dans la famille de Lynda, et ils ne fêtent pas Noël comme chez moi. Ils n'aiment pas les jeux stupides, ils ne font pas des sandwichs avec les restes de dinde et ils ne vont pas faire de l'escalade le matin du Boxing Day.

— Pour être franche, dans ma famille, on ne fait pas non plus ce genre de choses. Je parle de l'escalade.

— Et pour les jeux stupides ?

— Oh ! ça, ils adorent. Et si on perd on a des gages. Il faut chanter des chants de Noël à tue-tête, qu'on chante juste ou pas. Si on ne chante pas, on ne dîne pas.

— Cela me plaît.

Il marqua une pause.

— Alors, nous pourrions peut-être passer Noël ensemble, cette année ?

— Pourquoi pas ?

Elle prit conscience à quel point l'idée lui plaisait.

— Cela dépend du planning des permanences dans le service, fit-elle.

— Nous n'avons qu'à promettre tartelettes et chocolats à la bonne fée du planning.

Elle éclata de rire.

— Nous pouvons toujours essayer.

— Si nous allions déjeuner ? Il y a environ un quart d'heure de marche pour arriver à Camden.

— Parfait.

Ils longèrent le canal, admirant la vue. Ils marchaient depuis dix minutes lorsqu'ils entendirent crier.

— Mon petit garçon est tombé à l'eau ! Au secours ! Je ne sais pas nager !

Sam se rua dans la direction d'où venaient les cris, Hayley sur les talons.

Une femme, visiblement paniquée, se tenait avec un bébé dans un landau au bord du canal. Non loin, un enfant flottait dans l'eau, sur le ventre.

— Il est trop loin du bord pour qu'on l'attrape, dit Sam. J'y vais.

Il ôta son manteau et ses chaussures et, avant que Hayley n'ait pu dire quoi que ce soit, il plongea dans le canal.

Horrifiée, elle eut malgré tout le réflexe de téléphoner aux urgences.

— Un enfant est tombé dans Regent's Canal, dit-elle à son interlocuteur.

Elle précisa l'endroit.

— Quelqu'un qui m'accompagnait a plongé pour le sortir de là, dit-elle, mais l'enfant avait le visage dans l'eau. Je crois qu'il nous faut une ambulance.

— Nous vous en envoyons une immédiatement. Pouvez-vous rester en ligne pour nous tenir au courant ?

— Oui. En fait, je vais vous passer la mère de l'enfant, elle pourra répondre à toutes vos questions concernant son fils.

Elle posa la main sur le bras de la femme.

— Je suis au téléphone avec les urgences, dit-elle. Une ambulance va arriver, mais ils veulent rester en contact avec nous pour être tenus informés de ce qui se passe.

— Mon petit, oh, mon Dieu ! Mon petit ! gémit la femme d'une voix brisée par l'angoisse.

À cet instant, le bébé se réveilla dans le landau et commença à pleurer.

— Je suis médecin, dit Hayley, et mon compagnon aussi. Nous ferons le maximum pour votre enfant, mais il faudrait que vous parliez aux urgentistes. Ils ont besoin d'en savoir plus sur votre fils. Vous pouvez faire cela ?

— Oh ! mon Dieu !

— Je dois aider Sam à sortir votre enfant d'affaire. Je m'appelle Hayley. Et vous ?

— Alice.

— Et votre enfant ?

— Jack.

— Très bien, Alice, dit-elle en lui tendant le téléphone. Le service des urgences est en ligne. Ils vont vous poser des questions sur Jack, des questions auxquelles vous pouvez répondre parce que vous êtes sa mère. Et je vous chargerai aussi de leur dire des choses qu'ils doivent savoir. D'accord ?

— D'accord.

Alice, le visage livide, tremblait comme une feuille, mais prit le téléphone en berçant de l'autre main le landau pour calmer les pleurs du bébé.

Hayley s'agenouilla au bord du canal. Sam était en train de ramener le petit garçon. Se penchant vers lui, elle attrapa l'enfant qui ne respirait pas.

— ABC et ECR, dit-elle à Sam avec calme.

Les acronymes des procédures à suivre. Voies aériennes, respiration, compressions thoraciques, et réanimation cardio-pulmonaire. Il hocha la tête et, pendant qu'il se hissait sur la rive, Hayley allongea l'enfant sur le sol. Elle vérifia ses voies respiratoires et lui ôta de la bouche les herbes qui l'obstruaient. Après quoi, elle lui renversa la tête en arrière et lui leva le menton. L'enfant ne respirait pas. Elle ne sentait pas son pouls.

Elle lui pinça le nez et commença le bouche-à-bouche pour lui insuffler de l'air dans les poumons.

— Je vais lui faire des compressions, dit Sam.

Hayley appela Alice.

— Dites-leur que nous avons sorti Jack de l'eau et que nous avons commencé la réanimation il y a dix secondes.

Elle reprit le bouche-à-bouche et, après deux insufflations, vérifia de nouveau le pouls.

— Toujours rien, dit-elle à Sam.

Il continua les compressions.

— Alice, auriez-vous des vêtements secs, ou une couverture ? demanda Hayley.

— J'ai seulement de quoi changer le bébé.

Heureusement, celui-ci avait fini par se calmer. Il ne poussait plus maintenant que des petits gémissements.

— Est-ce que Jack respire ? demanda Alice, qui semblait malade d'inquiétude.

— Nous faisons notre maximum, répondit Hayley. Il ne faut pas vous affoler, car il arrive souvent, quand des petits enfants tombent dans de l'eau très froide, que cela leur coupe la respiration.

Son manteau à elle était sec. Elle pourrait en recouvrir Jack pour le réchauffer lorsqu'ils seraient parvenus à le faire respirer de nouveau.

Au bout d'un temps qui leur parut très long, leurs efforts furent enfin récompensés. L'enfant hoqueta et toussa.

— Alice, cria Hayley, dites-leur que Jack vient de retrouver une respiration spontanée.

Elle vérifia le pouls.

— Dites-leur aussi que le rythme cardiaque est maintenant revenu spontanément.

Alice répéta fidèlement ce que Hayley avait dit, mais il était évident qu'elle n'avait pas bien saisi la situation.

— Sa respiration est normale et l'on sent son pouls, lui expliqua Hayley. Dites-leur qu'on le met en position latérale de sécurité.

Elle ôta son manteau et en recouvrit Jack pour éviter l'hypothermie. Comme Alice tremblait toujours et que des larmes roulaient sur ses joues, Hayley lui reprit gentiment le téléphone et parla avec le service des urgences.

— L'ambulance sera là dans un instant, dit-elle ensuite à Sam.

Ils entendirent bientôt la sirène qui annonçait son arrivée et, quelques secondes plus tard, les paramédicaux se précipitèrent vers eux. Hayley et Sam leur cédèrent la place.

— Le centre d'appel nous a donné le moment exact où vous avez commencé la réanimation cardio-pulmonaire, celui où l'enfant a eu sa première respiration spontanée et celui de son premier battement cardiaque spontané, dit le chef des ambulanciers. C'est une chance que vous ayez pu sortir ce pauvre gamin de là.

Ils débarrassèrent Jack de ses vêtements mouillés et l'enveloppèrent dans une couverture bien chaude.

— Voici Alice, la maman de Jack, dit Hayley.

— Alice, nous allons emmener Jack à l'hôpital, annonça l'ambulancier.

Elle jeta un regard vers le landau.

— Nous pouvons vous emmener aussi, le bébé et vous, et même le landau. Nous allons connecter Jack à tout un tas d'appareils dans l'ambulance, mais ne vous inquiétez pas, c'est une procédure standard qui nous permettra de surveiller son rythme cardiaque et ses taux d'oxygène pendant le transport. À l'hôpital, ils continueront cette surveillance et vérifieront si, dans sa chute, il n'a pas été blessé au cou ou à la colonne vertébrale.

Alice hocha la tête.

— Merci.

Elle se tourna vers Sam et Hayley.

— Et merci infiniment à vous deux. Sans vous, il serait mort. Je ne sais pas comment vous remercier.

Visiblement, elle avait du mal à retenir ses larmes.

Sam lui sourit.

— Vous n'avez pas à nous remercier. Nous sommes tous les deux médecins urgentistes, nous n'avons fait que notre devoir, à ceci près que nous étions au bord d'un canal plutôt qu'à l'hôpital.

— Donnez-nous de ses nouvelles dans la soirée, demanda Hayley.

Elle indiqua son numéro de téléphone à Alice.

Après le départ de l'ambulance, Hayley se tourna vers Sam.

— Tu dois te changer et mettre des vêtements secs.

— Dans l'état où je suis, je doute qu'un taxi me conduise chez moi. Il y a des boutiques près d'ici ?

— Le marché de Camden n'est pas loin.

Il ôta son pull et ses chaussettes, puis remit son manteau et ses chaussures.

— Si j'achète des vêtements, dit-il, avec un peu de chance ils me laisseront me changer dans la cabine d'essayage.

— Ensuite, nous irons boire quelque chose de chaud.

Il ne fallut pas longtemps à Sam pour s'équiper d'un jean, d'un sweater et de sous-vêtements. Une fois habillé de neuf, il rejoignit Hayley.

— Cela ne t'ennuie pas si nous retournons chez moi boire un thé ou un café ? J'ai encore l'odeur de l'eau du canal et j'aimerais vraiment prendre une douche.

— Oui, bien sûr, je comprends.

Durant le trajet en métro, Hayley resta silencieuse. Un flot d'émotions s'agitaient en elle.

Sam avait plongé dans le canal sans la moindre hésitation, sans savoir ce qui pouvait se trouver au fond de l'eau — des herbes qui auraient pu le piéger, des morceaux de métal rouillé, ou même des rats susceptibles de lui transmettre la maladie de Weil.

Pire encore, Sam *connaissait* ses peurs et, malgré tout, il avait sauté à l'eau sans chercher un moyen moins dangereux de sauver le petit garçon...

Soudain, elle s'en voulut. Comment s'étonner que Sam ait réagi comme il l'avait fait ? Il était fidèle à lui-même. Il voyait un problème et il trouvait la solution. Il n'attendait pas que quelqu'un lui dise ce qu'il avait à faire. Il agissait, tout simplement.

Et elle risquait de le bloquer avec ses peurs.

Il avait fait preuve de courage, aujourd'hui. Il avait été merveilleux. Il avait sauvé un enfant. Au lieu de célébrer cela et de l'en féliciter, elle se comportait en parfaite égoïste en imaginant qu'elle aurait pu le perdre et se retrouver aussi désespérée qu'après la mort d'Evan.

Dès qu'ils furent de retour chez Sam, elle prépara deux tasses de thé pendant qu'il prenait sa douche. Il la rejoignit bientôt dans la cuisine.

— Veux-tu du sucre dans ton thé ? demanda-t-il.

— Non, je ne sucre jamais.

— Un thé sucré fait du bien après un choc.

— C'est une légende. Et je n'ai pas subi de choc.

— Tu n'as pas dit un mot depuis qu'on a pris le métro. Qu'y a-t-il ?

— Je... Tu as sauvé la vie de ce petit garçon.

— N'importe qui aurait fait la même chose.

Mais non. Pas de la façon dont il l'avait fait. La façon la plus risquée.

— Tu as plongé dans l'eau sans réfléchir au danger auquel tu t'exposais.

Le ton critique dans la voix de Hayley toucha une corde sensible chez Sam. En cet instant, elle ressemblait à Lynda. Il n'avait pas répondu aux attentes de Lynda. Et le ton qu'avait pris Hayley lui donnait l'impression de répéter la même erreur avec elle.

— Il ne s'agit pas de l'enfant, n'est-ce pas ?

— Non, dit-elle. J'ai vu comment tu te comportais en situation d'urgence, Sam, et tu m'as menti. Tu n'as pas songé une seule seconde à ta propre sécurité avant de passer à l'action.

— Qu'étais-je censé faire ? Le laisser se noyer ?

— Non, bien sûr !

— Je n'avais d'autre choix que d'aller le chercher. Tu le comprends, n'est-ce pas ?

— Oui. Si tu savais à quel point je me déteste de réagir ainsi. Je n'arrive pas à surmonter ma peur, Sam. Je ne supporte pas l'idée de te perdre, et tu *sais* pourquoi. Je suis déjà passée par là, fit-elle dans un gémissement.

— Alors tu m'en veux ?

Elle lui reprochait de lui rappeler la mort d'Evan ?

— Oui, je t'en veux, et je m'en veux encore plus car je sais que tu es ainsi fait, et je ne veux pas te changer.

En l'écoutant, il sentit ses doutes s'effacer. Elle n'était pas comme Lynda. Il la prit dans ses bras.

— Je suis désolé.

— Moi aussi. J'ai tort de réagir ainsi.

— Mais c'est compréhensible, dit-il en lui caressant les cheveux.

— J'ai peur qu'il ne se passe la même chose lorsque tu recevras un appel du MERIT. Si tu crois pouvoir sauver quelqu'un, tu voleras à son secours quel que soit le danger.

— Jamais je ne prendrai de risques stupides.

— Mais tu l'as déjà fait, et ce n'est pas pour me rassurer.

Il soupira.

— Lynda aussi détestait que je fasse partie des équipes de sauvetage en montagne.

— Ton ex ? Elle s'inquiétait pour toi, comme moi ?

— Pas exactement. Tu as peur que je me blesse, ou pire encore. Elle, elle trouvait que secourir des gens en montagne n'était pas assez prestigieux. Elle aurait voulu que je passe plutôt mon temps dans des conseils d'administration ou des comités quelconques.

— Mais pourquoi ? demanda-t-elle en fronçant les sourcils.

— Pour avoir une plus belle carrière.

— Mais tu es un homme d'action, pas un beau parleur !

— Lynda ne voyait pas les choses comme cela. Elle voulait me changer. Faire de moi un autre homme.

— Que voulait-elle que tu deviennes ?

— Directeur d'un hôpital, par exemple.

— Mais tu aurais passé ta vie dans un bureau à t'occuper de politique et de gestion, plus des patients. Je ne crois pas que cela t'aurait rendu heureux.

Elle le comprenait. Toute trace de colère s'effaça en lui.

— Est-ce pour cette raison que vous avez rompu ? demanda-t-elle.

— Oui. Même si, en fait, c'est elle qui m'a quitté. Je crois que je ne voulais pas voir la réalité. Je pensais qu'elle finirait par comprendre qui j'étais et que je ne changerais jamais.

— Je ne te demande pas de changer. Simplement… peut-être de voir les risques et d'y réfléchir.

Elle le regarda.

— Tu voudrais être directeur d'un hôpital ?

— Non. Je n'ai pas envie de diriger le personnel ou de gérer des locaux. Si j'avais voulu devenir directeur, j'aurais étudié l'économie ou le droit et je me serais dirigé vers la finance. Tout ce que je veux, c'est m'occuper des patients. Ce qui ne veut pas dire que je suis un pauvre type sans ambition.

Elle eut l'air stupéfaite.

— Mais non, bien sûr ! Ne me dis que c'était ce qu'elle pensait ?

— Elle trouvait que ma carrière n'avançait pas assez vite.

— De toute évidence, elle n'était pas médecin. Sinon, elle aurait su qu'on ne peut pas brûler les étapes durant la formation.

— En fait, elle est pédiatre. Et elle est déjà consultante.

— Ah ! Est-elle plus âgée que nous ?

— Non, mais elle fait partie de plusieurs comités. C'est une battante, et elle est très, très ambitieuse.

Il poussa un soupir.

— J'imagine qu'elle pensait que je la freinais dans sa carrière.

— Quel dommage ! Pour l'un comme pour l'autre.

— Peut-être était-ce pour cette raison que nous traînions les pieds pour fixer la date du mariage. Peut-être avions-nous du mal à admettre que nous avions fait une erreur. Je ne correspondais pas à ce qu'elle désirait vraiment, car le pouvoir ne m'intéresse pas, ni les intrigues politiques.

— Et elle, correspondait-elle à ce que tu désirais ?

— Je l'ai cru quand je l'ai rencontrée. Mais je sais maintenant que je veux quelqu'un qui m'apporte son soutien au lieu de passer son temps à me critiquer.

Hayley prit conscience qu'elle n'avait cessé de critiquer Sam. Pas seulement aujourd'hui, mais depuis qu'il était revenu à Londres. Elle s'était moquée de son besoin d'adrénaline. Et elle n'avait pas été juste envers lui.

— Je suis désolée. Je n'essayais pas de te déstabiliser.

— Je sais. Tu avais peur que je ne me blesse. Cela fait une sérieuse différence.

— Je t'ai critiqué.

Elle posa la tête sur l'épaule de Sam.

— Je me moque que tu sois directeur d'un hôpital ou tout au bas de l'échelle, du moment que tu prends plaisir à ce que tu fais. La vie est trop courte pour faire un job qu'on déteste.

Elle poussa un long soupir.

— Mais je n'y peux rien, j'ai une peur panique de tout ce qui présente un risque.

— J'essayerai, à l'avenir, de réfléchir avant de me jeter à l'eau, au propre comme au figuré.

Il marqua une pause.

— J'ai pris conscience aujourd'hui à quel point cela m'avait manqué — plonger pour sauver des gens. J'ai songé à intégrer l'équipe locale de secourisme, mais j'imagine que ce serait trop pénible pour toi.

— Je passerais mon temps à m'inquiéter, pensant que tu es coincé au fond de la rivière, ou bien qu'un immeuble s'est effondré sur toi.

— La probabilité que de telles choses se produisent est extrêmement faible. Surtout avec une équipe vigilante et compétente capable d'intervenir au moindre signe alarmant.

— Je sais tout cela, mais il y a une grande différence entre raisonner avec sa tête et ressentir avec son cœur.

— Je comprends, dit-il en la serrant contre lui. Je n'ai pas la réponse, là, maintenant, mais au moins nous parlons de ce problème. Nous trouverons un compromis. Cela prendra du temps, voilà tout. Et cela exigera de la patience.

Il était prêt à patienter, parce qu'il était tombé amoureux de Hayley. Au-delà de l'attirance physique, il éprouvait des sentiments pour elle. Elle était douce, drôle et gentille. Et elle avait une peur panique des activités qu'il adorait… Mais ils trouveraient une solution. Il en était convaincu. Cela prendrait simplement un peu de temps.

8

Michael Harcourt, le directeur du service, attendit que tout le personnel des urgences en poste ce jour-là fût réuni pour prendre la parole.

— Nous devons faire face à un incident majeur, dit-il. Il y a eu un gros incendie industriel de l'autre côté de Muswell Hill, dans une fabrique de vêtements. Les pompiers qui sont sur place pensent que cela a été provoqué par un problème électrique. Compte tenu de la présence de tissus et d'autres matériaux inflammables dans les réserves, le feu s'est propagé très rapidement. Nous devons faire le tri parmi les personnes qui viennent consulter, comme nous le ferons pour les victimes de l'incendie. Bien entendu, nous devons traiter les cas les plus graves ici, mais nous enverrons tous ceux qui souffrent de blessures légères aux pharmaciens du voisinage, aux médecins de famille ou au service d'urgences le plus proche. Toutes nos ambulances sont parties vers le lieu de l'incendie et une équipe du MERIT va venir d'Islington.

Hayley respira. Sam ne serait pas envoyé sur le terrain.

— Nous aurons à soigner des brûlures et des patients qui auront inhalé de la fumée, poursuivit Michael, mais nous ignorons le nombre des victimes et la gravité de leur état. Le service des grands brûlés est averti de la situation et j'ai convoqué tout le personnel. Vous connaissez tous la marche à suivre, nous sommes en code rouge. Des questions ?

Comme il n'y en eut aucune, il lut à haute voix la répartition des postes. Sam et Hayley étaient tous deux affectés à la réanimation, pour les cas les plus sérieux.

Avant qu'elle ne se dirige vers la salle de réanimation, Michael la prit à part.

— Ça va, Hayley ?

— Oui.

Tant qu'elle aurait à se concentrer sur ses patients et ne penserait pas à la raison pour laquelle ils se trouvaient à l'hôpital, elle tiendrait le coup.

— Bien. Mais j'imagine que cela va être difficile pour vous. Si cela devient trop dur, laissez tomber. C'est un ordre.

— J'ai compris. Merci, dit-elle en lui serrant la main.

— Nous veillons toujours sur les nôtres dans ce service.

Les blessés qui pouvaient marcher arrivèrent les premiers. Certains souffraient de brûlures, d'autres toussaient après avoir inhalé de la fumée. Ils avaient déjà été triés par le poste d'évacuation des victimes. Ceux qui pouvaient marcher étaient classés Priorité 3, ce qui signifiait qu'ils avaient besoin de soins, mais que cela pouvait attendre. Ils portaient des badges verts afin de faciliter leur identification. Les cas intermédiaires étaient classés Priorité 2 et portaient des badges jaunes. Les cas dits Priorité 1 étaient les plus urgents et nécessitaient une intervention immédiate. C'était une question de vie ou de mort. Ceux-là avaient des badges rouges et étaient amenés directement en salle de réanimation.

Mais Hayley savait que le tri était susceptible d'évoluer. Une personne blessée à la poitrine pouvait avoir été classée P3 mais, si elle développait un pneumothorax, elle se retrouvait en P2. Aussi y avait-il une seconde phase de tri avant qu'ils ne prennent les patients en charge, afin de voir si certains cas étaient devenus plus sérieux.

Sam l'attendait pour rejoindre la salle de réanimation.

— Comment ça va ? demanda-t-il.

— Ça va. Du moment que je suis trop occupée pour avoir le temps de penser.

— Veux-tu que je demande à Michael s'il peut t'affecter ailleurs, étant donné les cas que nous aurons à traiter en réanimation… ?

— Merci, j'apprécie, mais Michael m'a déjà dit de laisser tomber si cela devenait trop difficile. Et je préfère être en salle de réanimation, où je sais que je serai trop occupée pour avoir le temps de ruminer. Il faudra que je me concentre uniquement sur mes patients.

— D'accord. Mais promets-moi de me dire si tu as besoin de quelque chose, dit-il en lui pressant un bref instant la main.

— Merci, mais j'y arriverai.

En attendant l'arrivée des cas les plus graves, ils aidèrent tous les deux à soigner les blessures plus légères. Ils nettoyaient les brûlures, faisaient des pansements et donnaient aux patients des fiches d'information sur la façon de traiter les brûlures chez soi, et à quel moment il fallait faire appel à une assistance médicale.

Le premier cas sérieux fut celui d'un homme qui travaillait dans la réserve lorsque le feu s'était brusquement déclaré, le prenant au piège. Les pompiers avaient réussi à le sortir du brasier, mais il souffrait de brûlures profondes.

— Peter Freeman, cinquante ans, dit Dev, le chef des ambulanciers. Nous l'avons intubé et il a reçu de fortes doses d'oxygène.

Il leur tendit un sac.

— Nous lui avons ôté ce qui restait de ses vêtements et de ses bijoux, et nous avons tout mis là-dedans. Nous avons recouvert ses brûlures de pansements à pellicule de polyuréthane et posé dessus des serviettes mouillées pour le rafraîchir. Il les a depuis environ quinze minutes.

Il était important de refroidir le plus rapidement possible les zones brûlées, tout en veillant au risque d'hypothermie.

— Nous lui avons posé une canule et nous avons commencé à lui injecter un litre de liquide chaud durant le trajet, dit Dev. Nous lui avons aussi administré un antalgique.

— Parfait, répondit Sam. Merci, Dev. Et je vois que vous l'avez mis en position assise.

— La plupart de ses brûlures se situent sur le torse, les bras et le visage, expliqua l'ambulancier.

Mettre le patient en position assise diminuait le risque de gonflement. Or il était particulièrement important, en cas de brûlures à la tête et au cou, que la gorge n'enfle pas.

— Monsieur Freeman, je m'appelle Hayley, et voici Sam. Nous allons nous occuper de vous ici, aux urgences du Muswell Hill Hospital. On vous a mis un tube pour vous aider à respirer, ce qui vous empêche de parler, mais, si ce que nous faisons vous est pénible, levez la main et nous arrêterons. D'accord ? Et nous vous expliquerons chacun de nos actes, pour que vous compreniez ce qui se passe. Nous allons commencer par vous prélever un peu de sang afin de l'analyser. D'accord ?

L'homme eut un petit hochement de tête.

Elle prit un échantillon de sang qu'elle envoya au laboratoire afin d'avoir au plus vite les résultats concernant l'hémoglobine, la compatibilité directe et la coagulation.

— Maintenant, dit-elle, nous allons ôter les serviettes mouillées et les pansements pour examiner vos brûlures. Après les avoir nettoyées, nous vous poserons de nouveaux pansements. Cela risque d'être désagréable, mais nous ferons le plus doucement possible.

Sur la partie supérieure du torse de M. Freeman et sur le revers de ses mains et de ses avant-bras, la peau était sèche et blanche, sans aucune cloque. Ils évaluèrent alors l'étendue des brûlures en appliquant la règle des 9, qui consistait à estimer la surface du corps concernée en utilisant des multiples de 9.

— Plus de vingt pour cent de brûlures du troisième degré, dit Sam. Il va falloir l'opérer.

Enlever la peau et les tissus brûlés était une façon de prévenir l'infection et permettait aux blessures de cicatriser.

— Et nous devons regarder l'effet de choc possible, dit Hayley.

Le pansement en polyuréthane avait stoppé l'écoulement du plasma et du sang, mais plus la zone brûlée était étendue, plus grande était la probabilité que le patient ait subi un choc hypovolémique. Celui-ci se produisait lorsque le système circulatoire ne pouvait fournir suffisamment de sang oxygéné au corps, de sorte que les organes vitaux se trouvaient privés d'oxygène. Le problème, c'était que les signes les plus courants du choc — pâleur, peau moite et respiration superficielle — étaient masqués par l'état dans lequel se trouvait M. Freeman et le fait qu'il était intubé.

— Nous devrions lui poser un cathéter veineux central afin de surveiller sa tension artérielle, dit Hayley.

Sam approuva d'un signe de tête.

— Monsieur Freeman, dit-elle, nous devons surveiller votre tension artérielle, nous allons pour cela placer un cathéter spécial dans votre bras. Vous êtes d'accord ?

Il fit signe que oui. Aidée de Sam, elle mit le cathéter en place, cela leur permettrait non seulement de surveiller la tension artérielle, mais aussi d'introduire du fluide.

— Nous aurons aussi besoin de procéder à une escarrotomie, dit Sam.

S'il se formait un gonflement ou un œdème dans les tissus sous les zones brûlées, cela pouvait provoquer des problèmes de circulation. Et, lorsque cela concernait la poitrine, il pouvait aussi y avoir des problèmes respiratoires parce que les poumons ne pouvaient plus se gonfler normalement. Pratiquer une incision dans la peau brûlée soulageait la pression et mettait fin aux problèmes circulatoires.

Ils nettoyèrent les brûlures, puis les couvrirent d'un pansement. Protéger les terminaisons nerveuses exposées réduisait la douleur.

— Nous allons vous envoyer dans le service des grands brûlés, monsieur Freeman, dit Sam. Ils feront en sorte qu'il n'y ait pas d'infection. Vous allez avoir besoin d'être opéré et de greffes de peau sur le torse et les bras, mais le chirurgien vous expliquera tout cela en détail.

Après le transfert de M. Freeman, Sam et Hayley prirent en charge une patiente qui souffrait cette fois de brûlures aux jambes.

Sam se présenta rapidement, ainsi que Hayley, puis il expliqua ce qui allait suivre.

— Madame Marchant, nous allons examiner vos brûlures, nous les nettoierons et nous poserons un pansement. Mais dites-nous si quelque chose vous tracasse.

— Je… Je n'ai jamais eu aussi peur de ma vie.

Hayley remarqua la voix enrouée de la patiente. Peut-être avait-elle crié ou forcé la voix pour se faire entendre dans l'usine ? Ou bien cela signalait-il des problèmes dus à l'inhalation de la fumée ?

— Madame Marchant, puis-je vous demander de tousser et de cracher ? demanda-t-elle en lui tendant un mouchoir en papier.

L'air gêné, Mme Marchant s'exécuta.

Hayley jeta un bref coup d'œil au crachat et se détendit. Il n'y avait aucune trace de suie, pas plus que de signes de cyanose autour de la bouche de la patiente.

Toutefois, elle préféra s'assurer qu'aucun problème sérieux n'était à craindre de ce côté-là.

— Avant que nous regardions vos brûlures, je voudrais vérifier votre respiration, car si vous avez inhalé de la fumée il y a un risque d'empoisonnement au monoxyde de carbone.

Il était clair que Mme Marchant était parfaitement consciente et, si son pouls était trop rapide et sa tension artérielle trop élevée, c'était sans doute dû aux moments terrifiants qu'elle venait de vivre. Hayley l'ausculta, et tout semblait normal, y compris sa respiration. La voix rauque de Mme Marchant s'expliquait sans doute par le fait qu'elle avait crié pendant l'incendie.

Mais Hayley jugea nécessaire de procéder à une analyse de sang afin de déceler la présence éventuelle de carboxyhémoglobine.

— Je vais vous prélever un peu de sang pour le faire analyser, dit-elle.

— D'habitude, avoua la patiente, j'ai horreur des seringues. Mais ce n'est rien, comparativement au fait d'avoir été prise dans un incendie et d'avoir cru ne pas pouvoir en réchapper.

Evan avait-il vécu cela ? Avait-il compris qu'il ne pourrait pas s'en sortir ?

Elle chassa cette pensée de son esprit. Ce n'était pas le moment. *Concentre-toi.*

— Maintenant, dit-elle, nous allons examiner vos brûlures.

Elles étaient profondes. La peau était sèche, rouge vif et couverte de taches, et il y avait des cloques. Hayley nota l'absence de remplissage capillaire.

— Nous voulons vérifier votre degré de sensibilité, dit Sam. Je vais vous demander de fermer les yeux, madame Marchant. Je vais toucher vos jambes avec un morceau de coton hydrophile et je voudrais que vous me disiez si vous sentez quelque chose. D'accord ?

— Oui, répondit-elle en fermant les yeux.

Il prit un morceau de coton et tamponna à petits coups la peau de la patiente. Quand il dit à Mme Marchant qu'elle pouvait rouvrir les yeux, elle parut terrifiée.

— Je n'ai rien senti du tout. Est-ce que cela veut dire que je ne pourrai plus jamais remarcher ?

Il la rassura.

— Non, cela signifie que vous souffrez d'une brûlure dermique profonde.

— Qu'est-ce que c'est ? Une brûlure au deuxième degré ? Au troisième degré ?

— Entre les deux. Ce n'est pas aussi grave qu'une brûlure du troisième degré, et vous n'aurez pas besoin de chirurgie. Il vous faudra entre trois et huit semaines pour guérir, mais cela vous laissera des cicatrices.

Une larme roula sur la joue de Mme Marchant.

— Mon mari m'a toujours dit que mes jambes étaient ce que j'avais de plus joli.

— Votre mari sera trop heureux que vous soyez en vie, dit doucement Hayley. Il ne fera pas attention aux cicatrices si, *vous*, vous n'y attachez pas d'importance.

Elle savait de quoi elle parlait. Elle ne se serait pas souciée d'éventuelles cicatrices d'Evan.

Tout ce qu'elle aurait voulu, c'était qu'il *revienne.*

Sam remarqua la pâleur de Hayley.

— Tu veux faire une pause ?

— Non, ça ira. Les patients restent la priorité.

Ce devait être si dur pour elle, pensa-t-il. Mais c'était typique de Hayley de faire passer les patients avant ses propres sentiments. Et se concentrer sur eux lui évitait sans doute de penser aux circonstances de la mort d'Evan.

Alors qu'ils étaient en train de nettoyer et de panser les brûlures de Mme Marchant, en prenant soin de ne pas faire éclater les cloques, un homme d'âge moyen entra dans la salle.

— Brenda ? Brenda Marchant ? demanda-t-il. L'infirmière m'a dit qu'elle était ici et que je pouvais venir la voir.

— Par ici, dit Sam.

L'homme se rua vers eux.

— Oh ! Timmy ! s'écria Mme Marchant en fondant en larmes.

Son mari la serra dans ses bras.

— Oh ! mon Dieu ! Quand j'ai entendu les informations, j'ai cru que je t'avais perdue. Je suis allé à l'usine et ils m'ont dit qu'on t'avait amenée ici.

— Mes jambes. Elles sont brûlées. Elles garderont des cicatrices. Je vais être affreuse.

— Mais non ! Et ça m'est égal que tu aies des cicatrices. L'essentiel, c'est que tu ailles bien.

Sam vit le regard de Hayley s'embuer. Elle avait connu cette situation l'année précédente. Elle non plus n'aurait attaché aucune importance à des cicatrices si seulement Evan avait pu échapper à la mort, Sam en était convaincu.

— Excusez-moi, dit M. Marchant. Je vous dérange sans doute ?

— Vous avez cru la perdre, répondit Hayley. C'est normal que vous vouliez être avec elle. Vous pouvez vous asseoir dans un coin, si vous voulez rester.

Ils achevèrent les soins de Mme Marchant, expliquant tout en détail à son mari, et ils la firent admettre au service des grands brûlés.

Après quoi, Sam se tourna vers Hayley.

— Pause-café. Maintenant.

— Nous n'avons pas le temps !

— Il est important de s'hydrater, la journée va être longue. Je sais que tu es ma supérieure, et je ne peux donc rien t'imposer, mais je peux te mettre la pression. Et c'est ce que je fais.

— Je vais bien.

— Tu n'en as pas l'air.

Elle releva le menton.

— Je vais bien, je te dis.

Il était sûr du contraire, mais jugea préférable de ne pas insister. Ce n'était ni le lieu ni le moment.

— Bon, allons boire ce café et manger quelque chose, dit-elle finalement.

Ils se servirent au distributeur automatique, se partageant un sandwich en accompagnement de leur café, puis ils reprirent le travail.

Le patient suivant était un homme qui avait inhalé de la fumée et perdu conscience.

— D'après l'un de ses collègues, il s'appelle Keith Cooper, dit l'ambulancier. Nous ne sommes pas sûrs de son âge. Il doit avoir autour de la quarantaine, sans doute. Sa paroi thoracique bouge normalement et de façon symétrique, mais il souffre de cyanose. Nous l'avons intubé et mis sous oxygène. Il n'a toujours pas repris conscience.

— Bien, dit Sam. Je suis content que vous l'ayez intubé avant que l'œdème causé par l'inhalation ne rende cela impossible. Merci.

Il préleva un échantillon de sang chez le patient afin de le faire analyser. S'il s'avérait que plus de dix pour cent de l'hémoglobine totale étaient des carboxyhémoglobines, ils donneraient à Keith une thromboprophylaxie et ils continueraient à l'oxygéner. S'il avait inhalé des particules de carbone ou des fumées toxiques, il y avait un risque de trachéo-bronchite et de pneumonie.

Ils vérifièrent le pouls, la tension artérielle et la circulation de Keith.

— Il montre des traces de roussi sur les sourcils et autour du nez, signala Hayley.

— Nous l'avons mis sous oxygène et sous perfusion, dit Sam, nous ne pouvons rien faire de plus tant qu'il n'a pas repris conscience et que nous n'avons pas les résultats de l'analyse de sang. Je pense que nous devrions l'envoyer au service des grands brûlés, car il a besoin d'être ventilé encore un bon moment.

— Je suis d'accord.

Ils passèrent le reste de la journée à s'occuper de victimes souffrant de brûlures ou d'inhalation de fumée. Sam surveillait Hayley du coin de l'œil, prêt à l'aider si elle montrait le moindre signe de faiblesse. Mais elle agissait en vraie professionnelle, se focalisant sur les besoins des patients.

Il n'en attendait pas moins d'elle. Il avait apprécié sa force et son calme lorsqu'il l'avait vue pour la première fois, alors qu'elle portait secours à cet homme en pleine crise d'asthme alors qu'il n'avait pas son inhalateur avec lui.

Pendant qu'ils s'occupaient des patients, un pompier vint les voir.

— Haze ! J'ai entendu dire que tu étais là, alors je suis venu te dire un petit bonjour rapide. Est-ce que ça va ?

Il lui donna l'accolade en n'utilisant qu'un bras.

— Joe ! C'est bon de te revoir. Mais que t'est-il arrivé ?

— Le bâtiment s'est effondré sur nous. J'ai été atteint à l'épaule par des débris.

Hayley était devenue toute pâle.

— Oh ! je vais bien, poursuivit Joe, mais je m'en veux de n'être pas sorti à temps du bâtiment. Bon, je sais que vous êtes très occupés, je vais vous laisser, mais je tenais à passer te dire bonjour. Ne nous oublie pas, Haze. Tu nous as manqué.

— Dis à toute l'équipe que je pense bien à vous.

— Je le ferai, promis. Prends soin de toi.

Et Joe quitta la salle de réanimation.

Lorsque toutes les victimes de l'incendie eurent été vues et que la salle d'attente des urgences eut retrouvé son rythme habituel vint l'heure de rentrer chez soi. Sam fit en sorte de se trouver près du casier de Hayley lorsqu'elle entra dans le vestiaire.

— Une fois, dit-il, quelqu'un de très sage m'a pris en main alors que j'avais passé une très mauvaise journée, et cette personne m'a aidé à me remettre sur pied.

Elle le regarda sans rien dire.

— Je crois que tu as eu une dure journée, fit-il. Alors je vais t'emmener chez moi et te faire à dîner. Oh ! rien d'extraordinaire, ce que je trouverai dans le réfrigérateur. Peut-être de simples toasts au fromage, ou des pâtes au pesto.

— Je n'ai pas faim.

— Peu importe. Tu dois manger. Prends tes affaires.

Elle obéit et le laissa la prendre par les épaules pendant qu'ils quittaient l'hôpital.

— Et ton vélo ? demanda-t-elle alors qu'ils venaient de franchir la grille.

— Il restera ici cette nuit. Demain, je viendrai au travail à pied. Ce n'est pas un problème. Rentrons à la maison.

9

Sam emmena Hayley chez lui. Comme elle l'avait fait pour lui le jour où Pauline Jacobs avait eu une crise cardiaque silencieuse, il lui confia une tâche très simple pour lui changer les idées. Il lui demanda de mettre le couvert dans la cuisine pendant qu'il ferait cuire une omelette pour deux.

— Il y a de l'eau dans le réfrigérateur, et aussi de la salade, des tomates cerises et des desserts. Tu sais où sont rangés les couverts et la vaisselle.

Elle avait mangé à peine la moitié de la part d'omelette que Sam lui avait servie lorsqu'elle s'arrêta.

— Je suis désolée. Tu t'es donné tout ce mal, et je...

Une larme roula sur sa joue et elle s'enferma dans le silence, comme si la douleur devenue trop forte l'empêchait de s'exprimer.

Il savait ce qu'elle ressentait. Il savait ce que c'était que de n'avoir plus aucun espoir et d'être accablé de chagrin. Alors, il repoussa sa chaise, fit le tour de la table et, soulevant Hayley dans ses bras, il s'assit à sa place et l'installa sur ses genoux. Il la tint serrée contre lui, lui caressant les cheveux.

— Tout va bien, Hayley. Ce n'était qu'une omelette. Rien de bien compliqué. Que tu ne l'aies pas terminée n'a aucune importance. Tu as mangé un peu, c'est l'essentiel.

— C'est que...

Elle se mit à sangloter.

Il la laissa pleurer, attendant qu'elle se soit calmée pour lui tendre un verre d'eau, qu'elle but à petites gorgées.

— Parle-moi, dit-il. Ne garde pas tout cela dans ta tête et dans ton cœur, sinon cela va te détruire. Exprime-toi. Raconte-moi.

— L'incendie dans l'usine de vêtements… Il m'a fait revivre le jour où le feu s'est déclaré dans le garage et l'atelier. D'autant plus que ce sont les hommes de l'équipe d'Evan qui étaient sur le terrain aujourd'hui. Ses amis. *Mes* amis. Jusqu'à présent, je les avais évités parce que les revoir sans lui était trop dur. Aujourd'hui, c'était la première fois que je revoyais l'un d'entre eux depuis les obsèques d'Evan. Joe s'était montré si gentil. Je me déteste d'être aussi égoïste et pathétique. D'être aussi lâche.

— Tu n'es ni égoïste, ni pathétique, ni lâche. Ton attitude est parfaitement compréhensible. C'est dur d'être face aux gens lorsqu'on vient de perdre quelqu'un.

— Si cela avait été l'inverse, si c'était moi qui avais perdu la vie, Evan n'aurait jamais fui nos amis comme je l'ai fait. Il serait allé au Noël du service, il aurait participé au barbecue qu'on organise l'été. Mais je…

Elle secoua la tête.

— Cette journée a ravivé tous mes mauvais souvenirs et je déteste réagir comme je le fais. C'est mon *boulot*. Je devrais être capable de faire face à des incidents majeurs — tout comme tu dois pouvoir soigner des patients victimes de crises cardiaques. Je sais que nous ne pouvons pas sauver tout le monde, mais nous devons pouvoir oublier nos drames personnels pour ne penser qu'à aider les gens, parce que c'est ce que *font* les médecins.

— Et c'est exactement ce que tu as fait aujourd'hui. Tu as pris sur toi et tu as aidé les gens.

Il lui caressa les cheveux.

— J'imagine que c'était le premier gros incendie dont le service a eu à s'occuper depuis la mort d'Evan ?

— Oui.

— C'est vraiment très dur d'avoir à revivre la pire journée de sa vie.

— Et après il faut se ressaisir. Tout le monde vous demande en permanence si vous vous sentez bien, et il faut répondre oui, même si ce n'est pas vrai. Si on admet qu'on se sent mal, alors les gens ne savent pas quoi dire, ils se taisent quand ils vous voient, ou bien ils changent de conversation, et on sait que tout l'hôpital en parle.

Il comprenait son aversion pour les ragots, même s'il était convaincu que, dans le service, les gens étaient bienveillants. S'ils parlaient de Hayley, c'était parce qu'ils se faisaient du souci pour elle.

— Tu vivais avec Evan ?

— Oui, nous habitions à trois rues d'ici, dans un appartement un peu plus grand que celui-ci. Nous économisions pour nous acheter un logement. Mais, après sa mort, je me suis sentie incapable d'y rester. Je ne supportais pas qu'il ne soit plus là. Alors, j'ai déménagé et je me suis installée ici il y a un an.

— Tu vois encore la famille d'Evan ?

— Non. Il n'était pas très proche d'eux. Et ils vivaient loin de Londres.

— J'ai remarqué que tu n'avais pas de photo de lui sur ta cheminée ni sur la porte du réfrigérateur. Il n'y a que des photos de ta famille, de Dani ou du service des urgences.

— Je n'ai pas voulu mettre des photos de lui dans mon nouvel appartement. Cela me faisait trop mal de les voir.

— Peut-être que, maintenant, cela te ferait du bien d'en regarder quelques-unes. Elles te rappelleraient de bons souvenirs et t'aideraient à oublier cette dure journée.

Elle le regarda, comme si elle était surprise de sa suggestion.

— Peut-être, dit-elle. J'en ai sur mon téléphone.

— Cherche ces photos. Moi, pendant ce temps-là, je vais nous préparer du chocolat chaud, et nous pourrons peut-être regarder cela ensemble.

Lorsque le chocolat fut prêt, Sam le servit dans la salle de séjour. Assis côte à côte sur le canapé, ils commencèrent à faire défiler les photos sur l'écran du portable.

— Celles-là ont été prises l'été où il est mort, dit Hayley. Nous devions nous marier en septembre et, pour faire des économies, nous avions décidé de ne pas partir en vacances. Nous étions allés simplement à Brighton profiter un peu de la mer.

Ils posaient tous les deux sur la jetée, avec la mer à l'arrière-plan. Ils semblaient rayonner de bonheur. Et dire que cela avait été leur dernier été. Comme c'était triste !

— Il a l'air d'un gentil garçon, dit-il.

— C'était le cas. Il s'entendait bien avec tout le monde. Et il voulait consacrer sa vie à aider les gens. Comme toi avec l'équipe du MERIT.

Elle déglutit.

— Et cela me fait peur, Sam. Je ne pourrais pas revivre le même drame.

— Alors, c'est simple, je vais démissionner du MERIT. Je peux toujours sauver des gens en travaillant aux urgences.

Elle secoua la tête.

— Je ne crois pas que cela te suffira. Je sais que tes missions de secours en montagne te manquent. Et je ne veux pas t'empêcher de faire quelque chose que tu aimes.

— Alors, que proposes-tu ? Si tu ne veux pas que je quitte l'équipe du MERIT, mais que tu ne veux pas non plus avoir à trembler pour moi à chacune de mes interventions avec eux… On dirait que tu aimerais mieux que nous redevenions simplement collègues. Que notre histoire s'arrête là.

— Non ! Je ne veux pas cela non plus. Tout ce que je veux, c'est ne pas te perdre.

— Je ne veux pas te perdre non plus. Si être avec toi implique que je renonce à travailler avec MERIT, j'y suis prêt.

Il eut un petit sourire ironique.

— Cela te montre à quel point je tiens à toi, car jamais je n'aurais renoncé aux secours en montagne pour Lynda.

— Mais tu l'aimais, n'est-ce pas ?

— Oui, jusqu'au moment où j'ai compris qu'elle ne m'aimait pas pour ce que j'étais, mais pour ce qu'elle pensait que je pourrais devenir. Lorsque j'ai été suspendu, elle s'est dit que je ne deviendrais jamais l'homme qu'elle avait espéré.

Hayley fronça les sourcils.

— Elle t'a quitté après ta suspension ? Mais je pensais que vous aviez rompu avant ?

— Lynda a décidé de rompre avec moi la semaine qui a suivi ma suspension. Elle pensait que ma carrière était finie.

— Mais comment a-t-elle pu s'imaginer cela ? Tu es méticuleux dans ton travail. Il était évident que l'enquête te laverait de tout soupçon.

Cette confiance lui alla droit au cœur. C'était si éloigné de l'attitude que Lynda avait eue.

— Je dois être juste, il y avait toujours un risque que j'aie commis une erreur. Personne n'est parfait.

— Mais tu as été blanchi.

— Cela ne change pas grand-chose. Tu connais le proverbe selon lequel il n'y a pas de fumée sans feu ? Lynda craignait qu'en cas de possibilité de promotion pour moi les gens ne se souviennent de ce qui s'était passé et ne me préfèrent un autre candidat.

— Ce qui aurait été parfaitement injuste, dit Hayley. Tous ceux qui ont travaillé un jour avec toi *savent* que tu es un excellent médecin.

— Malgré tout, Lynda était convaincue que les gens se rappelleraient cet épisode et qu'ils auraient des doutes sur moi. Elle pensait qu'être la femme d'un médecin qui avait été suspendu nuirait à sa carrière, quels que soient les résultats de l'enquête.

Le regard de Hayley flamba d'indignation.

— C'est... C'est... Je n'arrive pas à croire qu'elle ait pu se montrer aussi égoïste et superficielle ! C'était ta fiancée ! Plus que n'importe qui d'autre, elle aurait dû te faire confiance, te soutenir !

— Ce n'est pas vraiment ce qui s'est passé...

— Elle n'a pas cru en toi. C'est horrible.

Elle secoua la tête.

— J'imagine que tu as dû avoir peur que l'histoire ne se répète. Tu t'es dit que, moi non plus, je ne te faisais pas confiance ?

— Probablement suis-je devenu légèrement paranoïaque. Ce que j'ai vécu avec Lynda a modifié ma façon de voir les choses. Quand tu as préféré que personne n'apprenne qu'on sortait ensemble, j'ai pensé que tu avais peut-être honte de moi.

— Mais non ! Je t'ai expliqué que c'était compliqué. Je sais qu'il est temps que je tourne la page, mais j'éprouve encore une certaine culpabilité. Et tu es le premier homme avec qui je sors depuis la mort d'Evan...

Elle se passa la main sur le visage.

— Je ne sais pas comment dire cela. Si nos collègues apprennent notre liaison, ils vont te mettre sur le gril, passer ta vie au peigne fin. Et tout le monde va parler de nous, les gens diront qu'ils sont contents que je passe enfin à autre chose — comme si j'avais remplacé Evan et que je l'avais éjecté de ma vie. Je ne le supporterai pas.

— On ne peut pas remplacer quelqu'un, dit Sam, et tu aimeras toujours Evan, c'est évident. Depuis combien de temps étiez-vous fiancés ?

— Un an et demi. Et nous sortions ensemble depuis un an lorsque nous avons décidé de nous fiancer.

— Il est clair que tu l'aimeras toujours, et c'est très bien ainsi, car l'amour est sans limites. Evan est une partie importante de ta vie. L'aimer et garder le souvenir de ce que vous avez vécu ensemble ne signifie pas que tu doives t'interdire de partager ta vie avec quelqu'un d'autre. Tu as le droit d'aimer un autre homme et de connaître avec lui une vie riche et heureuse.

« L'amour est sans limites. »

Hayley fit la moue, elle imposait des limites à Sam.

— Je ne peux pas te faire renoncer à l'équipe du MERIT, dit-elle. Cela fait partie de toi, de ta vie. Tu es un médecin urgentiste. Tu sauves des vies. Et je comprends combien c'est important pour toi de mettre tes compétences au service de ton objectif, qui est de te rendre utile là où on a vraiment besoin de toi.

Il hocha la tête.

— Mais toi aussi tu es importante pour moi. Je ne veux pas que tu te rendes malade d'inquiétude chaque fois que j'interviens quelque part.

— Essayons de voir les choses d'une façon rationnelle. Le responsable de l'équipe médicale ne laisserait personne prendre des risques inutiles. Tout médecin qui intervient sur le terrain porte un équipement de protection et il n'est autorisé à s'approcher du lieu de l'accident que si le responsable de la sécurité estime qu'il peut le faire sans danger.

— Exactement, dit Sam. La règle est de ne jamais se mettre en danger, parce qu'un secouriste est censé aider, pas causer des problèmes supplémentaires.

Mais Evan avait mis sa sécurité en jeu. Et il avait été tué.

Elle ne s'était pas exprimée à voix haute, mais il avait dû deviner le cours de ses pensées car il lui pressa la main.

— Je suis médecin, pas pompier. Je connais mes limites. Je ne prendrais jamais de risques inutiles.

Elle s'inquiéterait chaque fois qu'il serait en opération avec MERIT. Elle ne pourrait pas s'en empêcher. Mais, avec le temps, elle se convaincrait qu'elle n'allait pas le perdre.

— Je t'aime et je veux être avec toi, dit-il doucement. Mais je veux aussi que notre relation soit publique. Je ne veux pas avoir l'impression d'être un secret honteux que tu caches à tout le monde.

— Je n'ai pas honte de toi. Tu es un excellent médecin et un homme bien. Je suis fière de toi. Tu as vécu une expérience qui aurait poussé beaucoup de médecins à abandonner leur métier mais, toi, tu es encore là, faisant tout pour améliorer le monde.

Elle prit une profonde inspiration.

— Et tu as rendu mon monde à moi meilleur, Sam. Grâce à toi, j'ai redécouvert ce qu'était le bonheur, c'était la première fois que cela m'arrivait depuis la mort de d'Evan. Tu as raison, jamais je ne l'oublierai, mais il y a place dans ma vie pour une autre relation. Et je veux que, cette relation, ce soit avec toi.

— Je t'aime. Je trouverai un compromis, je mettrai un frein à ce goût du risque.

— Tu ne me convaincras jamais de faire de l'escalade, ni même du ski, et je ne pense même pas être capable de te regarder pratiquer ces sports, mais je ne t'empêcherai pas de faire ce qui te plaît tant. J'ai confiance et je sais que tu ne prendras pas de risques inutiles. Je m'inquiéterai, bien sûr, mais je t'aime tel que tu es et je respecte tes choix.

— Aujourd'hui a été une dure journée, dit-il en l'embrassant. Mais, à partir de maintenant, tout ira mieux, car nous serons ensemble.

Il marqua une courte pause.

— Le moment est peut-être mal choisi pour te poser la question, mais je pense que nous avons déjà perdu assez de temps.

Il se laissa glisser du canapé et s'agenouilla devant elle.

— Hayley Clark, je t'aime et je veux passer le reste de ma vie avec toi. Veux-tu m'épouser, de préférence le plus tôt possible ?

C'était l'Année du Oui. Une seule réponse s'imposait.

— Sam Price, je t'aime, moi aussi. Ma réponse est oui.

10

1er décembre

C'était le soir de la fête de Noël organisée par le service, près d'un mois avant le jour J. Elle se déroulait dans le pub du quartier, autour d'un repas pendant lequel les convives, coiffés de chapeaux en papier, ouvraient des papillotes et racontaient des blagues dont le niveau laissait à désirer, mais qui remportaient néanmoins un franc succès.

Michael Harcourt, le directeur du service, procédait à la distribution des cadeaux du Père Noël secret. Lorsque Josh se vit offrir un kart miniature et un gilet protège-côtes en papier bulle, il y eut un éclat de rire général.

Lorsque Michael eut terminé la distribution, Sam prit la parole.

— Il reste encore quelque chose à donner, mais je ne veux pas que Michael s'en charge. Je tiens à le faire moi-même.

Il fit le tour de la table et, arrivé devant Hayley, lui tendit une papillote. Elle sourit, car elle savait ce qu'il y avait à l'intérieur. Ils avaient décidé de rendre leur relation publique, et Sam avait choisi de le faire de façon spectaculaire. Elle tira sur l'extrémité de la papillote, libérant un petit écrin en velours. Tout le monde retint son souffle.

Sacrifiant à la tradition, Sam mit un genou à terre et tendit l'écrin à Hayley.

— Hayley Clark, me ferez-vous l'honneur d'accepter de devenir ma femme ?

— Oui.

Il sortit de l'écrin une bague de fiançailles ornée d'un diamant et la glissa à l'annulaire gauche de Hayley.

— Le champagne s'impose, dit Michael. Toutes mes félicitations à vous deux, ajouta-t-il en leur serrant la main.

— Avez-vous fixé la date du mariage ? demanda Dev.

— La veille de Noël, répondit Sam.

— Quoi, nous allons devoir attendre une année entière pour goûter à la pièce montée ? demanda Melissa, une infirmière.

— Heu... non, corrigea Hayley. C'est dans trois semaines.

— Quoi ? demanda Josh, abasourdi. Vous allez vous marier la veille de *ce* Noël-ci ?

— Oui, répondit Sam. Nous vous donnerons les invitations demain. Et nous espérons que vous viendrez nombreux.

— Comment allez-vous organiser un mariage en seulement trois semaines ? demanda Melissa. Je sais que vous êtes très efficaces tous les deux, mais un mariage...

— Nous avons averti les services de l'état civil il y a dix jours et réservé une salle près d'ici pour la réception. Ils s'occupent du bar et du buffet. Je vais louer un costume et Dani a déjà emmené Hayley faire les boutiques pour se choisir une robe. Et nous avons dressé une liste des personnes à qui demander un coup de main.

— Ma tante fait des gâteaux, dit Josh. Je peux lui demander de s'occuper de la pièce montée.

— Ma sœur est fleuriste, fit Melissa. Elle pourra se charger du bouquet de la mariée et de la décoration florale.

— Et moi, j'ai un frère photographe, ajouta Darryl. Je sais qu'il sera disponible la veille de Noël. Je peux le réserver pour vous.

— Et pour l'orchestre ? demanda Dev.

— Dani doit demander à Maybe Baby, répondit Hayley.

Les musiciens de la maternité et du service de pédiatrie de l'hôpital étaient souvent mis à contribution pour animer une journée ou une soirée festive.

Hayley sourit.

— Je crois que vous avez tous répondu à la question que Melissa se posait. On dirait que tout va bien se passer, grâce à un véritable travail d'équipe. Merci à tous pour votre soutien.

— Cela fait tellement plaisir de te voir de nouveau heureuse, Hayley, dit Melissa en la prenant dans ses bras. Vous formez un couple si charmant. Et c'est si romantique de se marier une veille de Noël. Ça va être le plus beau de tous les Noëls.

Michaël remplissait les coupes de champagne.

— Je suis d'accord, dit-il. Et je propose un toast en l'honneur de Hayley et de Sam.

— À Hayley et Sam, dirent-ils tous en chœur en levant leurs coupes.

La veille de Noël

— Tourne-toi que je vérifie que tout est parfait, dit Danielle en achevant de remonter la fermeture Éclair de la robe de Hayley.

Celle-ci obéit et tourna sur elle-même.

— Est-ce que ça va ?

— Mieux encore, répondit Danielle. Cette robe te va à merveille.

Hayley avait choisi une robe couleur crème sans manches, avec un corsage en dentelle décolleté en V et une jupe large, composée de plusieurs épaisseurs de tulle et d'organza, qui lui arrivait juste au-dessous des genoux.

Le rouge foncé de ses escarpins à hauts talons s'harmonisait avec le bouquet de roses qu'elle tenait à la main. La robe de demoiselle d'honneur de Danielle, une toilette style Empire qui lui arrivait aux genoux, était du même rouge foncé.

— Ne sommes-nous pas superbes avec nos diadèmes ? dit Danielle en prenant la pose devant le grand miroir où se reflétaient leurs deux élégantes silhouettes.

Mais il y avait dans le sourire trop éclatant de son amie quelque chose qui inquiéta Hayley.

— Oui, nous sommes superbes. Dani, tu es sûre que ça va ?

— Mais oui, bien sûr. Pourquoi cela n'irait-il pas ? C'est le jour de ton mariage.

Danielle ne lui dirait donc rien aujourd'hui de ce qui la tracassait. Mais elle tirerait cela au clair dans quelques jours, lorsque Sam et elle reviendraient de leur court voyage de noces en Islande.

— Je t'aime, dit-elle. Si tu ne m'avais pas poussée dans l'Année du Oui, je n'aurais pas rencontré Sam en Islande, je ne serais pas sortie avec lui quand il est arrivé à l'hôpital et je ne serais pas ici maintenant, en train de me préparer à l'épouser.

— Ne me fais pas pleurer, dit Danielle d'un ton menaçant. Je n'aurais pas le temps de rectifier mon maquillage… Ni le tien.

La mère de Hayley les appela, les voitures étaient arrivées : une ancienne Thunderbird noire dans laquelle cette dernière monterait avec Danielle et Joana, la sœur de Hayley, et une Rolls-Royce crème où prendraient place Hayley et son père.

— Vous êtes toutes les deux magnifiques, dit celui-ci en les regardant descendre l'escalier. Prête, Hayley ?

— Prête.

Elle s'installa avec lui à l'arrière de la Rolls-Royce pour rejoindre Sam qui l'attendait au bureau de l'état civil.

Rongé par l'impatience, Sam se sentait mal.

— Elle va arriver, lui dit son frère Martin pour le rassurer. Nous sommes en avance.

— Sans doute, répondit-il en soupirant.

À cet instant, la mère et la sœur de Hayley pénétrèrent dans la salle et s'assirent du côté gauche. La mère de Hayley adressa un sourire à Sam.

— Tu vois ? murmura Martin.

Anton Powell, obstétricien et guitariste du groupe Maybe Baby, avait apporté une guitare acoustique. Sur un signe de la mère de Hayley, il se mit à jouer. Sam entendit la porte s'ouvrir et se retourna. Hayley s'avançait vers lui au bras de son père, Danielle les suivait. Il sentit son cœur battre plus fort. Hayley était si belle ! Et, aujourd'hui, elle allait unir sa vie à la sienne. Pour toujours.

Une fois qu'elle eut pris place au premier rang, entre son père et sa demoiselle d'honneur, l'officier d'état civil, qui se présenta comme étant Camilla Fletcher, prit la parole.

— S'il y a dans cette pièce quelqu'un qui sait qu'il existe une raison légale empêchant ces deux personnes de se marier, il doit le dire maintenant.

Comme Sam s'y attendait, il y eut un grand silence.

— Je demande à présent aux futurs mariés de venir devant moi, continua Camilla. Avant de vous unir par les liens du mariage, j'ai le devoir de vous rappeler le caractère solennel des vœux que vous allez prononcer.

Puis vint le moment où, l'un après l'autre, Sam et Hayley prononcèrent le *oui* qui les engageait pour toujours.

— L'échange des alliances est la façon traditionnelle de sceller votre union, dit Camilla. Cet anneau symbolise l'amour éternel et il est le signe extérieur de la promesse que vous venez de vous faire l'un à l'autre.

Martin s'avança avec les alliances. Sam en prit une et s'adressa à Hayley.

— Je te donne cet anneau, symbole de notre amour. Je me donne à toi. Tout ce qui est à moi est à toi. Je promets de t'aimer, d'être fidèle et loyal, dans les bons comme dans les mauvais jours. Que cet anneau te rappelle toujours les mots que nous aurons prononcés aujourd'hui. Je t'aime.

Et il glissa l'alliance à l'annulaire de Hayley. Elle lui fit alors la même déclaration et lui passa la bague au doigt.

— Cette journée marque un nouveau commencement, dit Camilla. Je vous souhaite de vivre de nombreuses années heureux ensemble, en voyant vos espoirs et vos rêves se réaliser. Par-dessus tout, puissiez-vous vous faire toujours confiance et réussir à ce que la chaleur de votre amour enrichisse non seulement vos vies, mais aussi celle de tous ceux qui vous entourent.

Sam savait sans le moindre doute que Hayley avait confiance en lui, comme il avait confiance en elle. Au regard qu'ils échangèrent, elle savait exactement à quoi il pensait.

— Et maintenant, reprit Camilla, j'ai le grand plaisir de vous dire à tous les deux qu'aux yeux de la loi vous êtes désormais mari et femme. Vous pouvez sceller votre union par un baiser.

Sam ne se le fit pas dire deux fois. Il se pencha vers Hayley et l'embrassa au milieu des cris de joie et des applaudissements de leurs familles et de leurs amis.

Pendant que les pères des nouveaux mariés signaient le registre des témoins, Anton joua une célèbre chanson d'amour sur sa guitare.

Dani commença alors à chanter, bientôt rejointe par Joana, puis par Robyn, la belle-sœur de Sam, et finalement l'assistance au grand complet reprit en chœur cet air connu de tous.

Hayley se pencha vers Sam.

— C'est parfait, murmura-t-elle. L'amour est *tout* ce dont nous avons vraiment besoin.

Ils n'eurent qu'à traverser la rue pour rejoindre la salle où se déroulerait la réception. C'était une église de style gothique datant de l'époque victorienne, qui avait été transformée en centre d'art municipal.

— Excusez-moi un instant, dit Martin.

Quelques secondes plus tard, des flocons commencèrent à tomber sur toute la noce tandis que Martin était de retour, arborant un large sourire.

— C'est la veille de Noël, dit-il. Il fallait bien qu'il neige, non ?

— Mais comment as-tu fait ? demanda Hayley.

— J'ai loué une machine à neige ! Ne t'inquiète pas, les flocons sont biodégradables et non toxiques.

D'un commun accord, tout le monde entonna un chant de Noël célébrant l'arrivée de la neige.

Jamais Sam ne s'était senti aussi heureux. D'autant que son bonheur se reflétait dans le regard brillant de Hayley.

Le repas se déroula au premier étage du bâtiment. Une longue table recouverte d'une nappe blanche damassée et décorée de houx et de lierre occupait une extrémité de la salle tandis que de l'autre côté, près de la scène, se dressait un grand sapin de Noël au sommet duquel était accrochée une grosse étoile couleur argent.

Au cours du repas, chacun y alla de son discours. Le premier à se lancer fut le père de Hayley.

— Je serai bref, dit-il. Je veux juste souhaiter la bienvenue à Sam dans la famille. Et je suis si content de voir ma petite fille rayonner de bonheur. Je vous demande à tous de porter un toast en l'honneur de nos jeunes mariés.

— À nos jeunes mariés ! s'écrièrent les convives en levant leurs verres.

Sam prit ensuite la parole.

— Lorsque j'observais les baleines au milieu de l'océan Atlantique, je n'aurais jamais imaginé rencontrer l'amour de ma vie. Alors, je voudrais porter un toast en l'honneur de notre demoiselle d'honneur, Danielle. Si elle ne s'était pas cassé le pied, je n'aurais jamais connu une femme dont les yeux évoquent un ciel d'été islandais, et dont le sourire a le pouvoir d'accélérer les battements de mon cœur. Merci, Dani, d'être une magnifique demoiselle d'honneur et une merveilleuse personne, débordant d'énergie, dit-il en levant son verre.

— À Dani, dirent en chœur les invités.

Vint le tour de Martin.

— En tant que garçon d'honneur, je suis censé vous raconter de sulfureuses anecdotes sur mon jeune frère. Si je le faisais, nous en aurions pour toute la nuit et nous n'aurions plus le temps de couper le gâteau ni de danser. Aussi serai-je bref. Tout ce que je peux dire, c'est que, compte tenu du goût marqué de mon frère pour les situations extrêmes, je m'étonne qu'il n'ait pas proposé à Hayley de l'épouser au sommet d'une piste de ski ou dans un aquarium, au milieu des requins.

Tout le monde rit, surtout lorsque Sam ajouta d'un ton morose :

— Mais pourquoi n'y ai-je pas pensé ?

— Hayley est une personne adorable, reprit Martin, et elle rend mon frère heureux, ce qui, dans la famille, fait notre bonheur à tous. Je souhaite à Hayley la bienvenue parmi nous. Puis-je vous demander de lever vos verres en l'honneur des jeunes mariés, les nouveaux Dr et Dr Price ?

— Aux Dr et Dr Price ! répéta l'assistance.

Le gâteau de mariage de la tante de Josh se révéla être une étonnante pyramide de quatre couches superposées : citron, chocolat, vanille et fruits. Hayley et Sam coupèrent la première tranche ensemble, elle tenant le couteau et lui posant la main sur celle de sa femme.

Puis arriva le moment d'ouvrir le bal. Comme le groupe Maybe Baby jouait les premières notes de la chanson préférée des nouveaux mariés, Sam prit Hayley dans ses bras, se balançant avec elle au rythme de la musique.

— Je t'aime, lui dit-il à l'oreille.

Elle lui sourit.

— Je ne voudrais rien changer chez toi, même pas ton goût du risque... Car je t'aime et je te fais confiance.

Il l'embrassa.

— Joyeux Noël, docteur Price ! Et vive notre mariage et cette belle journée !

— Joyeux Noël, docteur Price, répondit-elle. Oui, vive cette journée remplie de bonheur, la première d'une longue vie à deux, tout aussi heureuse !

— Oui, une longue vie à deux, répéta-t-il en écho.

Et il comprit que ce qu'il ressentait en cet instant était ce qu'il y avait de plus beau au monde.

KATE HARDY

Le bébé du bonheur

Traduction française de
ANOUK

BLANCHE

HARLEQUIN

Titre original :
THEIR PREGNANCY GIFT

Ce roman a déjà été publié en 2018.

1

— J'ai hâte d'être débarrassée de toi ! s'exclama Dani. Tu me gâches la vie, tu m'empêches de faire tout ce que j'aime, et franchement je te déteste !

Tout en prononçant ces mots, elle s'aperçut — trop tard —, qu'elle n'était pas seule. Alex, le nouveau chirurgien obstétricien de la maternité, se tenait sur le seuil de son bureau. Forcément... La porte était restée entrouverte.

— Désolé de vous déranger en pleine répétition de discours de rupture...

— Discours de... Oh non, vous n'y êtes pas du tout.

Dani se sentit affreusement gênée.

— Je m'adressais à cette chose-là, indiqua-t-elle en désignant l'attelle qui lui entourait le pied.

— Je vois, dit Alex, le visage sombre.

Pas l'ombre d'un sourire.

Le Dr Alex Morgan ne souriait jamais. Il ne se liait avec aucun collègue de travail. Il exerçait son métier de façon très consciencieuse puis s'éclipsait, et plus personne ne le voyait.

Timide ? Hautain ? *Malheureux, plutôt*, songea fugitivement Dani en l'observant. Une raison particulière devait pousser ce bel homme brun aux yeux bleu-vert à se comporter de manière aussi distante.

Sauf que tous deux avaient une obligation à remplir : organiser, ensemble, le repas de Noël du service. Le tirage au sort les avait désignés, et ils ne pourraient pas se désister.

— Vous vouliez me parler ? demanda Alex.

— Oui, du réveillon. Vous vous souvenez que nous sommes les chargés de mission ? s'efforça-t-elle de plaisanter.

Alex acquiesça en esquissant une légère moue.

— On pourrait peut-être déjeuner ensemble aujourd'hui ? suggéra Dani à contrecœur.

Il était si peu aimable...

— Impossible. J'ai une réunion.

Évidemment. Et Dani était prête à parier qu'Alex ne serait pas disponible de sitôt.

Elle lui sourit, sachant qu'il resterait de marbre.

— Bon, auriez-vous un moment pour prendre un café après le travail au cours des deux prochaines semaines ?

Alex réprima un soupir. Puis il dut comprendre que Dani insisterait car il sortit son portable de sa poche et consulta longuement son agenda électronique, comme s'il était déjà très chargé.

— Demain ? proposa-t-il.

— Parfait, dit Dani, soulagée. Je vous attendrai devant la salle de staff après mon service.

— D'accord. Alors à demain.

Et, sans le moindre sourire, Alex tourna les talons.

Réprimant un haussement d'épaules, Dani entama la rédaction du compte rendu de sa consultation du matin. Celle de l'après-midi ne tarderait pas, il ne fallait donc pas qu'elle passe trop de temps au bureau. En ce moment, ses journées étaient si chargées... De plus en plus. Et tant mieux. Depuis son divorce, elle se plongeait totalement dans son travail. Cela lui permettait d'oublier à quel point celui qu'elle avait épousé l'avait déçue, et le chagrin fou qu'elle avait éprouvé.

Cela l'aidait à tenter, lentement mais sûrement, de tourner la page.

— Je suis le Dr Danielle Owens, madame Hamilton. Puis-je vous appeler Judy ? demanda Dani.

Sa patiente fit signe que oui. Elle avait l'air épuisée.

— D'après votre dossier, vous êtes actuellement enceinte de seize semaines, et votre sage-femme a insisté pour que je vous reçoive le plus vite possible, reprit Dani.

— Merci d'avoir trouvé un créneau pour moi, docteur Owens.

— Je vous en prie. Maintenant, dites-moi tout. Comment vous sentez-vous ?

— Affreusement mal. Je suis tout le temps malade. Je ne peux rien garder, pas même de l'eau. J'ai tout essayé : humer du citron, boire du thé au gingembre, manger un biscuit sec avant de me lever le matin… Je ne cuisine plus, et si je réussis à manger, il faut que ça ne sente strictement rien et que ce ne soit pas gras. Malgré tout, j'ai constamment mal au cœur…, ajouta Judy en grimaçant. Mon patron m'a renvoyée à la maison aujourd'hui… Il veut que je me repose.

Dani prit quelques notes. De toute évidence, les symptômes de Judy n'avaient rien à voir avec les habituelles nausées du matin de la femme enceinte.

— Vous avez maigri ?

— Beaucoup. Forcément…

— Forcément, répéta Dani qui entrevoyait déjà une possibilité d'explication. Écoutez, Judy, on va vous garder pour vous examiner et procéder à quelques examens. Une prise de sang, pour commencer.

— Je déteste les piqûres…

— On n'a pas le choix. On doit savoir ce qui se passe, pas vrai ? Il me faudra aussi une analyse d'urines.

Judy poussa un soupir découragé.

— Donc je ne peux pas rentrer à la maison…

— Pas avant qu'on ait identifié la cause de vos malaises répétitifs. Pouvez-vous demander à quelqu'un de vous apporter des affaires ici ?

— Mon mari, oui. Il va s'inquiéter…

— On le rassurera. Vous irez mieux bientôt, ne vous tracassez pas. Je vais discuter avec votre obstétricien dès que possible…

Jetant un coup d'œil au dossier de Judy, Dani vit qu'il s'agissait d'Alex Morgan. Pas de chance. Elle aurait préféré que ce soit le Dr Anton Powell avec qui elle s'entendait bien. Néanmoins, si Alex affichait une attitude distante auprès de ses collègues, il se montrait compatissant en tant que médecin, et très à l'écoute de ses patientes, surtout si elles étaient angoissées.

— Pourquoi vous froncez les sourcils ? Il y a un problème ? demanda Judy.

— Non, non, aucun, dit aussitôt Dani, désolée d'avoir paru inquiète pour rien.

Tout ça parce qu'elle avait pensé à l'énigmatique Dr Morgan.

Elle alla chercher une sage-femme ; appela la première qu'elle croisa.

— Jas, j'ai une patiente qui souffre sans doute d'hyperemesis gravidarum. Il faut qu'elle soit admise dès maintenant et mise sous perfusion au plus vite. Vous pouvez vous en charger ?

— Bien sûr, répondit Jas.

— Merci.

De retour dans son bureau, Dani présenta Jas à Judy.

— Judy, voici Jasminder Lund, l'une de nos sages-femmes les plus expérimentées. Jas, je te confie Judy Hamilton. Judy, je viendrai vous rendre visite plus tard, après mes consultations. Reposez-vous.

— Je vous suis reconnaissante, dit Judy en esquissant un pâle sourire. Grâce à vous, mon bébé ne sera pas en danger…

— On va tout faire pour qu'il aille bien, et vous aussi, affirma Dani. On va prévenir votre mari.

Une heure et demie plus tard, ses consultations terminées, elle alla voir Alex.

— Vous avez un instant ? J'ai besoin de vous parler d'une de vos patientes.

— Laquelle ?

À sa table de travail, Alex affichait un visage toujours aussi fermé.

— Judy Hamilton. Elle est déshydratée, elle perd du poids et est tout le temps nauséeuse à un degré anormal. Je soupçonne une hyperemesis et j'ai demandé à Jas de l'admettre en urgence. J'ai dit à Judy que j'irais la revoir aujourd'hui et que je vous parlerais avant.

Une légère inquiétude se refléta dans les yeux d'Alex.

— Judy Hamilton, vous dites ? Ça tombe bien, je suis disponible. Je vous accompagne, déclara-t-il en se levant aussitôt.

Agréablement surprise, Dani se dirigea vers le secteur d'hospitalisation en maternité. En chemin, Alex s'arrêta brièvement dans la salle de repos du personnel, équipé d'un réfrigérateur, pour récupérer des glaçons dans un bol.

— Un vieux truc, expliqua-t-il inutilement à Dani.

— Je sais, ça permet de lutter contre la nausée, approuva-t-elle, touchée qu'il y ait pensé.

Lorsqu'ils parvinrent dans la chambre de Judy, la jeune femme était malade, penchée au-dessus d'une cuvette. Sans un mot, et avant que Dani ait pu le faire, Alex prit une serviette en papier et l'humidifia. Quand Judy se redressa enfin, il lui épongea doucement le visage puis lui tendit le récipient plein de glaçons.

— Même si vous ne pouvez rien garder, sucer un peu de glace vous fera du bien.

— Oh ! docteur Morgan, je n'en peux plus, gémit Judy.

Dani échangea un bref coup d'œil avec Alex. Il souriait légèrement, l'air apaisant, mais elle percevait une lueur inquiète dans ses yeux clairs.

— On va s'occuper de vous, assura-t-il. Vous souffrez très probablement d'hyperemesis, une forme aggravée des nausées de grossesse. Le problème disparaît généralement au bout de trois mois...

— Je suis enceinte de quinze semaines !

— Justement, bientôt, ça devrait aller mieux.

— Mais... Je me sens tellement mal, soupira Judy. Qu'est-ce que j'ai fait pour que ça se passe ainsi ?

— Rien du tout, affirma gentiment Dani. Ce problème touche une petite proportion de femmes : il faut patienter, se reposer et éviter la déshydratation. Tels sont les principaux conseils, Judy. Maintenant, vous êtes sous perfusion, donc vous allez reprendre des forces. Tout se rétablira peu à peu, soyez-en certaine. Votre mari est prévenu et va vous apporter des affaires dès qu'il aura fini de travailler. S'il y a quoi que ce soit qui vous tracasse, on répondra à vos questions.

— N'hésitez pas, renchérit Alex. On est là pour vous aider et vous soigner.

— Merci...

Et, baissant la tête, Judy essuya les larmes qui ruisselaient sur ses joues.

Après avoir encore essayé de lui remonter le moral, Dani sortit de la chambre, suivie par Alex.

— Elle est à bout... Heureusement qu'elle est venue.

— Une chance que cette maternité ait suffisamment de lits pour faire face aux urgences… Ce n'était pas comme ça dans l'hôpital où je travaillais avant, ajouta Alex tandis qu'ils se dirigeaient vers leurs bureaux respectifs.

— Lequel ?

— York, dans le Nord. Je suis heureux d'être à Londres. Enfin, à Muswell Hill.

— C'est un peu comme une proche banlieue de Londres, dit Dani, étonnée de cet échange presque amical entre eux.

Ce n'était encore jamais arrivé. Un bon signe ? Peut-être, oui… Elle préférait quand les relations étaient détendues avec ses collègues, hommes ou femmes. On travaillait mieux. Jusqu'à présent, Alex s'était montré si distant qu'elle en avait déduit qu'il ne l'appréciait pas. S'était-elle trompée ? Et un médecin aussi prévenant auprès de ses patientes — il avait montré beaucoup de gentillesse envers Jody — ne pouvait pas être foncièrement antipathique, n'est-ce pas ?

Chassant ses interrogations, Dani salua poliment Alex puis gagna son bureau pour écrire quelques notes concernant Judy et les transmettre à l'équipe.

2

« Mon chéri, je suis désolée, j'ai une mauvaise nouvelle : Stephen est mort hier soir. »

Alex réécouta le message de sa mère pour la dixième fois. Impossible de l'accepter, et pourtant...

Son père biologique venait de décéder et il n'avait que cinquante-sept ans.

Donc si j'ai la même maladie que lui, je finirai de la même façon...

La pensée s'imposa de nouveau à Alex, glaçante.

S'il avait hérité du gène — et il existait cinquante pour cent de chances que ce soit le cas —, il ne lui restait plus que vingt-deux ans à vivre, dont cinq, les dernières, seraient un enfer.

Alex sentit l'angoisse lui nouer la gorge.

Si...

Ce n'était qu'une hypothèse. Ce serait pile ou face.

Alex décrocha le téléphone pour appeler ses parents, puis replaça le combiné. Que dire ? Comment exprimer de la tristesse suite à la perte d'un être qu'il connaissait à peine ? Il n'avait rencontré Stephen que deux fois, et ce dernier avait eu du mal à admettre qu'Alex était son fils.

Non, mieux valait rester silencieux plutôt que de formuler des platitudes, décida-t-il. Des mots ordinaires n'auraient aucun sens. Des banalités risqueraient peut-être même d'aggraver la tension qui existait entre ses parents et Alex depuis que sa mère lui avait révélé cette stupéfiante nouvelle huit mois plus tôt : l'homme qui avait élevé Alex n'était pas son père, et son père « de sang » souffrait de la maladie de Huntington à un stade avancé.

Alex marcha de long en large dans son bureau. En vérité, à cet instant, il n'était pas d'humeur à évoquer la réalité de cette pathologie, et encore moins à partager un semblant de compassion avec sa mère.

Pire encore, il éprouvait l'amer sentiment qu'il ne pourrait jamais parler de cette situation à personne.

Après quelques mois passés aux États-Unis pour tenter de prendre du recul, Alex avait fini par rentrer en Angleterre. Mais sa vie d'avant lui avait paru impossible à reprendre. Ses espoirs, ses projets, ses rêves... Tout semblait s'être définitivement écroulé.

Alors, la mort dans l'âme, il avait commencé à faire le vide autour de lui. Il avait d'abord rompu avec Lara, sa fiancée. Ensuite, il avait refusé de revoir Tom, son meilleur ami, et ce dernier avait fini par cesser de le contacter. Enfin, il avait arrêté de rendre visite à ses parents.

Alex s'était fait embaucher à l'hôpital de Muswell Hill, dans une ville où il ne connaissait personne, et c'était très bien ainsi.

Au fil des mois, il s'était efforcé de ne plus trop réfléchir ; de ne plus se souvenir...

Certes, par moments, Lara lui manquait affreusement. Puis la déception l'envahissait, suivie de la certitude qu'il avait agi pour le mieux.

Lara, jeune femme ambitieuse, n'avait pas voulu l'accompagner aux États-Unis le temps du congé sabbatique qu'il s'était octroyé. Sa charge de travail était trop importante, avait-elle expliqué. Par la suite, à son retour, Alex l'avait sentie plus froide. Quand il lui avait confié qu'il devrait, un jour, effectuer un dépistage génétique pour savoir si son père biologique lui avait transmis la maladie de Huntington, Lara s'était montrée encore plus distante. Évidemment. Comment aurait-elle souhaité poursuivre sa vie avec un homme probablement condamné à tomber gravement malade ?

On ne guérissait pas de la maladie de Huntington.

En tout cas, entre eux, ça s'était terminé.

Alex avait emprunté un autre chemin...

Dans une certaine solitude.

Une solitude choisie ; volontaire. À Muswell Hill, il tenterait de retrouver un semblant de paix intérieure.

C'était très bien ainsi, songea Alex en sortant de son bureau. Là, maintenant, retrouver sa collègue Dani ne l'enchantait pas, mais il s'était engagé, n'est-ce pas ?

Dans le service, c'était l'une des personnes les plus sympathiques. Une petite Vénus, s'était-il déjà dit. Silhouette féminine et dynamique, abondante chevelure noire nouée en queue-de-cheval, des yeux sombres qui paraissaient tout comprendre, une bouche rose, parfaitement bien dessinée, qui appelait les baisers...

En d'autres circonstances, Alex se serait volontiers laissé séduire.

— Merci d'être là à l'heure, dit Dani lorsqu'il la retrouva devant la salle de réunion, comme prévu.

Elle souriait, ce qui lui donnait un air très jeune, presque insouciant.

— On pourrait aller manger une pizza chez moi pour discuter de ce fameux repas de Noël, proposa-t-elle. J'habite juste à côté, on peut y aller à pied. Ce sera tout aussi pratique, vous ne croyez pas ? Tranquille, je veux dire. Et agréable après cette longue journée. Enfin...

Dani l'observa quelques secondes.

— Si vous voulez !

— Oui, bien sûr... Mais je ne resterai pas longtemps, prévint Alex, pris au dépourvu.

— Le temps nécessaire pour organiser ce qui doit l'être, j'espère ? insista Dani en fronçant légèrement les sourcils.

— Oui, ne vous inquiétez pas, soupira Alex. Vous pouvez marcher sans problème ? demanda-t-il en lui désignant son attelle.

— Je ne travaillerais pas si ce n'était pas le cas.

— Qu'est-ce qui vous est arrivé ?

— Fracture. Deuxième et troisième métatarses. Probablement à cause de mes nouvelles baskets de jogging...

Dani hocha la tête.

— Ce qui m'ennuie, c'est que je devais courir un marathon pendant une kermesse qui récolte des fonds pour l'achat du nouveau scanner du service pédiatrique. Heureusement, Hayley, ma meilleure amie, va se présenter à ma place.

— Formidable. Je veux bien participer, si vous avez besoin de soutien...

Dani sourit.

— Si vous voulez, mais je ne vous racontais pas tout ça dans ce but-là ! Et je parle trop... Bon, une pizza chez moi. Qu'est-ce que vous aimez ? demanda-t-elle en prenant son portable, déjà prête à commander.

Alex avait du mal à garder les idées claires. Cette femme était aussi ravissante que franche et... directive ! Ce qui n'était pas pour lui déplaire.

— Tout.

— Je vais être plus précise : est-ce qu'il y a quelque chose que vous n'aimez pas ? Olives ? Anchois ?

Il esquissa une grimace.

— Pas d'anchois, s'il vous plaît.

— Dans ce cas, on va faire simple. Une grande pizza jambon et fromage. J'ai de la salade au frigo, du vin rosé ou rouge, donc ça ira.

Et, avant qu'Alex ait pu répondre, Dani téléphona pour passer la commande tout en se dirigeant vers l'ascenseur.

Dehors, Dani ne parla plus, et Alex apprécia qu'elle ne pose aucune question. Elle était naturelle et pratique. Deux qualités qu'il avait déjà remarquées chez elle lorsqu'ils avaient eu l'occasion de travailler ensemble.

Malgré son attelle, la jeune femme marchait plutôt vite, et ils parvinrent bientôt à une résidence agrémentée d'un parc. Dani vivait au rez-de-chaussée, dans un appartement clair et spécieux équipé d'une terrasse décorée de plantes vertes.

— Je peux vous offrir trois sortes de thé, du café très fort, de l'eau ou du vin. Qu'est-ce qui vous ferait plaisir ? demanda-t-elle.

— Je ne sais pas, avoua-t-il, étrangement pris de court.

— Bon... Alors je choisis à votre place : du vin. Blanc, si ça ne vous va.

— Ce sera parfait, merci.

Alex admira de nouveau la capacité de Dani à organiser les choses sans se compliquer la vie. Elle était un peu autoritaire, oui, mais avec son si joli sourire ça ne posait décidément aucun problème. D'autant qu'elle avait bon cœur.

Elle lui servit à boire, l'invita à s'asseoir dans le salon, et quand le livreur apporta la pizza, de taille imposante, Alex voulut l'aider à mettre la table mais elle s'en chargea avant qu'il ait pu intervenir.

C'était presque... gênant.

— Ne vous inquiétez pas, tout va bien, assura-t-elle, devinant sans doute les pensées d'Alex. Régalez-vous et détendez-vous. Je pense que vous en avez besoin.

— Ça se voit à ce point ?

Dani se mit à rire.

— Disons que moi, je le vois...

Ils dînèrent en parlant peu mais en évoquant néanmoins le repas de Noël : les choix de menus, les traiteurs à contacter, sans pour autant prendre de décision.

Pour Alex, cette entrevue amicale, totalement inattendue, chez Dani en plus, semblait un peu irréelle. Leur conversation s'entrechoquait avec ses préoccupations, prenait même le dessus et, contrairement à ce qu'il aurait pu croire, ce n'était pas désagréable de penser à autre chose. Au contraire.

— Vous vivez seule ? lança-t-il, profitant d'un silence entre eux.

Dani l'observa d'un air amusé.

— Vous me posez une question personnelle ?

— Si ça ne vous dérange pas.

— Pas du tout. Je suis divorcée depuis l'été dernier, déclara-t-elle sans détour. Ce qui ne signifie pas que j'aie désespérément envie de refaire ma vie... Je préfère être claire !

Alex soutint le regard de la jeune femme. Un regard de braise. Ardent. Un peu taquin mais très franc.

— J'ai envie de profiter de la vie, précisa-t-elle. Le mariage, très peu pour moi.

— Pour moi également. Ça tombe bien.

Dani se mit à rire.

— Au moins, on est sur la même longueur d'onde ! Vous en voulez encore ?

Et elle lui servit un nouveau verre de vin. La pizza avait été délicieuse, et Alex commençait à se sentir bien. Mieux qu'il ne l'avait été depuis un moment, en tout cas. Les lumières douces du salon de Dani contribuaient aussi au bien-être qui l'envahissait.

Ils commencèrent à bavarder de choses et d'autres de façon plus détendue, en évitant, l'un et l'autre, de mentionner leur travail, et en oubliant même le repas qu'ils devaient organiser.

Dani décrivit une exposition de peinture qu'elle avait visitée.

Alex lui parla d'un livre qu'il avait aimé. Un peu à contrecœur, parce qu'il n'avait pas vraiment envie de se confier... Mais les mots venaient tout seuls.

Cela ne lui était pas arrivé depuis longtemps, réalisa-t-il soudain.

— Oh... Vous semblez soucieux, tout à coup, observa Dani.

— Pas du tout !

— Si... Plus précisément, vous avez l'air sombre.

Elle ébaucha un sourire compatissant.

— L'année dernière, à la même époque, je devais aussi avoir l'air très sombre. Mon ex-mari a décidé de divorcer juste avant Noël... Beau cadeau, n'est-ce pas ?

Alex garda le silence, pris au dépourvu par cette confidence si personnelle.

— Je suis désolé pour vous...

— Vous n'avez pas à l'être. Ainsi va la vie ! Nul n'est irremplaçable, pas vrai ? Mais sans les amis que ferions-nous ? poursuivit Dani. Les amis, les vrais amis, sont irremplaçables. Heureusement que ma meilleure amie m'a aidée. Elle m'a presque obligée à dire ce que j'avais sur le cœur...

— Vraiment ?

— Eh oui.

Une ombre se refléta fugitivement sur le joli visage de la jeune femme.

— Si elle n'avait pas été là, j'aurais sûrement mis plus de temps à me remettre. Certains chocs sont parfois affreusement éprouvants.

— J'en sais quelque chose. Je ne me remets toujours pas du dernier tour que le destin m'a réservé. Un vilain coup du sort...

Alex aurait voulu rattraper ces paroles, mais évidemment c'était trop tard.

— Désolé, je ne voulais pas m'épancher, marmonna-t-il, croisant le regard intense de Dani.

Mais elle continua à le contempler en silence pendant quelques secondes.

— Un vilain coup du sort... qui vous a rendu méchamment distant, c'est ça ?

— « Méchamment » distant ? Moi ?

Dani ébaucha une petite moue.

— Vous le savez bien, non ? Vous ne vous liez avec personne, dans notre service. Que vous soyez ici, chez moi, ce soir, est aussi inattendu que miraculeux !

— Le miracle de Noël ? plaisanta-t-il.

— Hum... En quelque sorte, peut-être, oui !

Dani émit un rire léger, un peu cristallin, qu'Alex trouva craquant. Puis elle le regarda, de nouveau sérieuse.

— Si vous voulez vous confier, n'hésitez pas. Je sais garder un secret.

— Oh ! ce n'est pas secret... C'est juste très difficile, et naturellement je ne souhaite pas que ce soit communiqué publiquement, dit Alex.

Il but une autre gorgée de vin et posa son verre sur la table basse en pin lasuré clair, comme le buffet. Un tapis écru, épais, recouvrait le parquet, donnant une note chaleureuse à la pièce. Le canapé était confortable... Et la jeune femme à côté de lui ? Ravissante...

Attentive.

Profondément gentille.

Comment ne pas avoir confiance en elle ?

— Ça tient en quelques mots, vous savez.

Alex s'éclaircit la voix avant de poursuivre.

— Ma mère m'a récemment appris que je n'ai pas été élevé par mon vrai père alors que je croyais que mes parents formaient un couple idéal. Ils sont ensemble depuis trente-sept ans.

— Oh...

Dani fronça les sourcils.

— Effectivement, je comprends le choc que vous avez ressenti.

— Un choc profond, oui. Stephen, mon père biologique, était un acteur de série B qui a laissé tomber ma mère, enceinte, pour tenter sa chance à Hollywood. Elle a eu une aventure avec lui alors qu'elle s'était provisoirement séparée de l'homme qui m'a élevé... Et qui est revenu vers elle quand elle m'attendait. Ils ont continué leur vie ensemble comme si de rien n'était. Mon père « de cœur » a toujours cru que j'étais son fils.

— Je vois. Mais pourquoi vous dire la vérité maintenant ?

— Parce que Stephen l'a contactée pour la prévenir qu'il avait la maladie de Huntington. Son médecin lui a demandé de mettre ses enfants au courant.

— Il en a eu d'autres ?

— Seulement moi. Et tout à l'heure j'ai appris que Stephen était mort.

Dani garda le silence quelques instants, visiblement pensive.

— Vous savez si vous avez hérité du gène de cette maladie ?

— Pas encore. Je n'ai pas eu le courage de faire le test. Je ne sais pas si je l'aurai un jour, avoua Alex, la gorge nouée. Je ne sais pas si je pourrai construire ma vie comme je l'aurais aimé... Pour être franc, je ne sais plus rien.

— Vous êtes en état de choc, résuma Dani. Et je le comprends très bien. Votre père, votre vrai père, celui qui vous a élevé, a aussi appris la vérité ?

Mon vrai père...

— Oui. Au début, il n'a pas pu l'accepter. Il est parti plusieurs jours. Mais il est revenu et, depuis, mes parents sont ensemble.

— Il aime votre mère...

— Beaucoup.

— Et il vous aime également, je suppose.

— Je crois... Il m'a vu grandir. J'ai toujours pensé qu'il était mon vrai père, comme vous dites.

Dani sourit et, à ce moment-là, Alex sentit quelque chose d'indescriptible se produire en lui. Une émotion inconnue l'envahit. Il n'avait jamais ressenti cela... Jamais. Une sorte de chaleur intense mêlée d'admiration, d'empathie... De désir.

— J'ai pris un congé sabbatique pour essayer de faire le point. Je ne suis pas certain d'avoir réussi... Bref, j'ai décidé de voyager aux États-Unis, puis je suis rentré en Angleterre et j'ai accepté le poste à l'hôpital de Muswell Hill pour commencer une nouvelle vie... Loin.

— Loin de ceux que vous aimez ?

— Loin en moi-même, murmura Alex, la gorge nouée. C'est une image, bien sûr... Concrètement, je ne donne plus de nouvelles. Mes parents vivent dans la région, mais je ne les vois plus. De même, mon ex-fiancée... Mes amis... J'ai l'impression que je repars de zéro... Ou que je dois repartir de zéro. Parce que je ne sais plus d'où je viens.

Dani comprenait tout, à présent. Elle avait imaginé qu'Alex Morgan ne l'appréciait pas, mais finalement, s'il était distant, c'était vraiment pour une tout autre raison.

Elle s'en était doutée.

— Ce qui est bizarre, reprit-il, c'est que je ne ressens rien suite à la mort de Stephen.

— Le contraire serait étonnant, vous ne croyez pas ? répliqua doucement Dani. Il n'a pas été votre véritable père. Il n'a pensé qu'à lui.

Alex l'observa d'un air surpris.

— Vous, au moins, vous êtes directe.

— Oui, je sais... C'est parfois mal pris, ajouta Dani, un peu gênée. J'espère que...

— Ne vous inquiétez pas, au contraire, j'apprécie, affirma Alex.

— Ouf... Tant mieux. En tout cas, ce que vous m'avez confié restera entre nous, assura-t-elle de nouveau, au cas où il aurait douté d'elle.

— Merci. Vous m'impressionnez, déclara alors Alex en la contemplant avec une franche curiosité.

— Pourquoi ? s'enquit Dani, troublée.

— Vous savez ce que vous voulez, et vous parvenez à vos fins... Je me trompe ?

— Ça dépend pour quoi... Je m'efforce d'avancer, quoi qu'il arrive, avoua Dani. Mais mon ex-mari, lui, me trouvait trop décidée et trop directive.

En prononçant ces mots, elle sentit son cœur se serrer. La blessure n'était pas totalement guérie.

— Confidence pour confidence, voici la mienne : la veille de Noël, il m'a annoncé qu'il me quittait pour une autre... qui était enceinte de lui, précisa-t-elle. Mais, avec moi, il n'avait pas vraiment voulu s'engager pour fonder une famille...

En conséquence, Dani avait été convaincue que c'était parce qu'il ne l'avait pas réellement aimée. Parce qu'elle n'était pas digne d'être aimée.

Alex la regarda d'un air chagriné. Puis il haussa les épaules.

— Excusez-moi, mais votre ex-mari a été stupide. Pourquoi

avoir une liaison quand on est marié à une femme aussi jolie et intelligente que vous ?

Touchée, Dani sourit.

— Les réponses auxquelles je pense seraient un peu cyniques. Et merci de ces compliments... Je n'étais pas en train d'en chercher.

— Je m'en doute. Je me suis contenté de décrire un fait.

— Alors encore une fois, je vous remercie.

Dani marqua une pause.

— Je pensais que vous ne m'appréciiez pas... À cause de votre froideur au travail.

— Je comprends, mais vous vous trompiez, rétorqua Alex sans détour. J'ai tout fait, jusqu'à présent, pour rester seul. Totalement seul.

— Pourquoi ? Pour vous punir ? Si c'est à cause du risque éventuel d'être porteur de la maladie de Huntington, c'est un peu dommage, dit Dani avec franchise. Parce que vous n'y êtes pour rien. En quoi ça vous empêcherait d'avoir des amis ?

— Je ne veux pas être une charge un jour.

— Une charge ? Mais vous ne savez pas si vous avez hérité de ce gène... Et d'ici vingt ans la médecine aura fait beaucoup de progrès ! affirma Dani. La solitude aggrave tout... Ce n'est pas une bonne chose de se couper des autres.

Après une brève hésitation, elle ajouta :

— Mon grand-père a eu la maladie d'Alzheimer. Il ne voulait pas devenir un fardeau... C'était hors de question. Alors qu'il était encore très peu atteint, il a fait promettre à ma mère de le placer dans un établissement spécialisé quand ce serait nécessaire. Au début, elle a trouvé cette décision très dure : elle s'est sentie coupable, triste, mal à l'aise... Mais peu à peu elle s'est rendu compte que lorsqu'elle voyait son père elle restait sa fille... Simplement sa fille. Elle n'était pas son aide-soignante. C'était bien mieux ainsi : les rôles étaient clairs, et depuis, entre eux, ça se passe très bien. Le plus difficile, évidemment, est de se rendre compte qu'il perd la mémoire définitivement, mais au moins est-il en accord avec son choix. Elle m'a demandé de lui promettre que si, à son tour, elle avait une maladie incurable, j'agirais de même avec elle. Il y a toujours une solution pour que le pire soit plus supportable pour tout le monde.

Alex hocha la tête, l'air grave.

— Oui, en théorie. Ce n'est pas facile à trouver.

— Parfois, on ne pense pas à ce qui est le plus simple, ou à des possibilités qui existent déjà. Et quelquefois il faut que ce soit quelqu'un d'autre qui vous montre quoi faire.

— Exact.

Il ébaucha un sourire.

— Merci pour tout, Dani. Pour la pizza et cette conversation qui redonne le moral.

— Avec plaisir. Je vous conseille sincèrement de renouer avec votre famille... Avec vos parents et vos amis.

— Je vais y songer, dit Alex, troublé.

Ils se levèrent en même temps.

— Attendez, avant que vous partiez...

Alex se tourna vers Dani, s'attendant à ce qu'elle ajoute quelque chose, mais elle s'avança et, spontanément, le serra dans ses bras pendant quelques secondes.

Une forte émotion le submergea.

Quand l'avait-on ainsi enlacé pour la dernière fois ? Et quand avait-il enlacé quelqu'un ? Cela remontait à des mois et des mois...

— C'était pourquoi ? demanda-t-il, le cœur battant, en s'écartant d'un pas.

Dani ébaucha un doux sourire.

— Pour vous réconforter, peut-être ? Je n'ai pas réfléchi... J'espère que vous ne m'en voulez pas.

Elle avait gardé une main sur l'épaule d'Alex. Ce simple contact lui donna alors l'impression d'être assoiffé comme quelqu'un qui vient de traverser un désert et qui, enfin, découvre une oasis. Comme enivré, Alex se rapprocha de la jeune femme et huma le parfum vanillé de sa chevelure.

Dani resta contre lui... Si près qu'il suffirait d'un tout petit mouvement pour l'embrasser sur la joue, au coin des lèvres...

Pour s'emparer de sa bouche.

Alex ne résista pas.

Il se pencha et goûta les lèvres pleines de Dani.

La jeune femme ne le repoussa pas. Au contraire, elle répondit à son baiser.

Alex savoura la chair sucrée et douce, aux arômes de fruit défendu. Il aurait rêvé de s'en délecter longuement si...

Revenant brutalement à la réalité, il s'écarta.

— Pardon...

— Non, murmura-t-elle en lui effleurant le menton.

— Non ?

— Ne t'arrête pas.

— Mais...

— Profitons de la vie. Juste un soir.

Alex crut avoir mal entendu. Pourtant, les mots de Dani, son invitation, étaient limpides.

— Est-ce que tu suggères qu'on...

— Oui.

Il sentit des frissons d'excitation le parcourir. Décidément, cette femme était aussi imprévisible qu'envoûtante.

— Pour moi, c'est l'« année du oui », reprit Dani. Avec mon amie Hayley, on a passé un pacte : on a décidé de dire oui à toutes les opportunités positives qui se présenteraient à nous. Tout ce qui pourrait nous faire du bien, nous procurer un peu de bonheur... Même brièvement. Par exemple, on devait aller en Islande ensemble, mais comme je me suis cassé le pied je n'ai pas pu...

— Et... ? interrogea Alex, intrigué.

— Je l'ai invitée à partir sans moi, et à faire tout ce qu'on avait listé ensemble : admirer le soleil de minuit, les baleines, randonner sur un glacier... Je suis affreusement jalouse qu'elle y soit allée, mais je n'allais quand même pas la retenir ! poursuivit Dani. Finalement, Hayley a admis que j'avais eu raison : elle a passé des vacances géniales.

— Je vois. Et ce soir ?

— On va se dire « oui ». Mais pas pour une année, juste pour une nuit ! proposa Dani avec une spontanéité déconcertante.

Alex eut conscience qu'il souriait. Ça aussi, ça ne lui était pas arrivé depuis longtemps... Sourire ? Lui ? Ces derniers temps, son visage demeurait sombre. Fermé à jamais, avait-il cru.

— Tu es sûre ?

— Certaine. Il ne faut pas trop réfléchir, poursuivit Dani. Je pense qu'on en a envie tous les deux… Ce sera sans conséquence. Sans problème. Un moment pour nous deux, secret. Notre secret.

Elle avait raison. Et elle aussi avait traversé une longue épreuve…

— Oui, murmura-t-il.

Il l'enlaça et l'embrassa passionnément.

3

C'était la première fois que Dani se montrait aussi entreprenante avec un homme. L'espace d'un instant, une interrogation délicate s'imposa à elle : d'une certaine manière, ne profitait-elle pas d'Alex ? Car il s'était ouvert à elle, lui avouant exactement pourquoi il gardait une telle distance entre les autres et lui.

Il était blessé par la vie ; vulnérable et seul.

Mais… elle aussi.

Elle avait passé des mois à se convaincre qu'elle avait tourné la page et fait le deuil de Leo. Elle n'aimait plus son ex-mari, et pourtant, quand elle y pensait, la pilule restait amère. Leo avait eu besoin de rencontrer une autre femme. Pourquoi ?

Sans doute s'était-elle montrée trop autoritaire, trop directive, pas assez aimante… Ce qui expliquait qu'il n'ait pas eu envie d'avoir un enfant avec elle.

Dani n'avait même pas confié cette vérité-là à Hayley, sa meilleure amie. D'un côté, elle avait eu honte — d'elle-même, de cet échec… De l'autre, elle refusait de s'apitoyer sur son sort. Autour d'elle, les situations semblaient bien pires ! Par exemple, Hayley avait dû enterrer l'amour de sa vie alors qu'elle avait à peine trente ans…

Peut-être qu'Alex et elle pourraient s'entraider ? Au moins un peu. Ils se feraient du bien.

Chassant les questions qui tourbillonnaient à son esprit, Dani caressa le visage d'Alex.

— Heureuse de ce oui.

— Moi aussi, murmura-t-il en lui embrassant le creux de la paume.

Ses yeux bleu-vert semblaient plus sombres ; plus intenses. Et Dani sentit son désir s'enflammer.

— Allons là où c'est plus confortable, proposa-t-elle.

Elle aurait pu imaginer qu'Alex lui tiendrait la main de façon romantique... Elle ne s'était pas attendue à ce qu'il la soulève dans ses bras avec autant d'enthousiasme que d'impatience.

— Quelle porte ? demanda-t-il en la portant dans le couloir.

— Celle de droite.

Alex ouvrit, alluma le plafonnier et ferma les rideaux sans poser Dani à terre. Puis il la fit glisser le long de son corps, et elle sentit alors à quel point il la désirait.

Étourdie, elle se blottit contre lui et l'embrassa.

Il lui déboutonna son chemisier lentement, vraiment lentement, en la regardant dans les yeux. Chaque fois que les doigts d'Alex lui effleuraient la peau, elle frissonnait.

— À mon tour, dit-elle en lui ôtant sa chemise.

Sa respiration s'accéléra.

— Belle musculature, docteur Morgan.

— Merci...

Il lui enleva son chemisier.

— Jolies épaules, docteur Owens. Tourne-toi...

Dani obtempéra, et il lui couvrit la nuque de baisers brûlants. Puis, d'un geste habile, il dénoua le chignon qu'elle torsadait rapidement avant de se rendre au travail.

Ses genoux tremblaient. Ces sensations délicieuses qu'elle était en train de ressentir dans les bras d'Alex... Elle les avait oubliées.

— Puis-je ? s'enquit-il, un doigt sur les agrafes de son soutien-gorge.

— C'est l'« année du oui », répondit-elle, appréciant néanmoins qu'il lui ait posé la question.

— Je sais, mais tu aurais pu changer d'avis...

— Je n'ai pas changé d'avis.

Alex lui défit son soutien-gorge et laissa la fine étoffe de dentelle glisser à terre. Puis il lui enveloppa tendrement le buste et les seins.

— Tu es belle...

Il l'embrassa dans le creux du cou, traçant un sillon sensuel imaginaire.

Un désir ardent s'empara de Dani.

— Alex…

— Je sais, moi aussi, murmura Alex.

Il l'invita à se retourner vers lui et déposa un léger baiser au coin des lèvres de Dani.

— Tu es magnifique.

Dani ferma les yeux. Magnifique, elle ? Depuis des mois et des mois, elle se sentait laide, rejetée et incapable de susciter du désir ou de l'amour. En conséquence de quoi, elle s'était encore plus détestée de s'apitoyer ainsi sur elle-même alors que tant d'événements terribles survenaient de par le monde.

Mais, à cet instant, les caresses d'Alex lui procuraient l'effet d'un baume qui, soudain, effaçait tous les maux. C'était comme un onguent miraculeux qui l'invitait à ne plus réfléchir, ne plus se souvenir… Seul comptait le moment présent.

Elle rouvrit les paupières et regarda Alex.

— Merci. Toi aussi, tu es magnifique.

Elle effleura la ceinture de son pantalon.

— Puis-je ?

— Oui.

Le timbre chaud d'Alex la fit frissonner.

Elle lui ôta son pantalon et le posa soigneusement sur le dossier d'une chaise. Alex laissa échapper un petit rire.

— Qu'est-ce qu'il y a ? s'étonna Dani.

— Tu es très organisée.

— Ah, oui… Si tu avais porté un jean, je l'aurais laissé par terre. Mais il s'agit de ta tenue de travail…

Alex l'interrompit en l'embrassant.

— Je te taquine. Pour être franc, j'aime la manière dont tu gères les choses, simplement et de façon directe. C'est adorable.

Ce n'était pas ce que Leo lui avait dit. Son ex-mari jugeait qu'elle avait besoin de tout contrôler, ce qui le frustrait et l'énervait. Aux yeux de Hayley, Leo avait accusé Dani d'être trop autoritaire parce qu'il voulait qu'elle endosse l'entière responsabilité de leur échec. Mais au fond d'elle-même, et à plusieurs reprises, Dani s'était demandé s'il n'avait pas eu raison.

— Dani…

La voix d'Alex était douce.

— Ce soir, le défi est de ne pas se poser de questions. On ressent… On se laisse aller. On est présents : là, maintenant. Ce soir, répéta-t-il.

— Oui. Pardon.

Il l'attira dans ses bras et lui caressa tendrement les cheveux.

— Ton ex ne t'a pas comprise…

— C'est sûr.

— Oublions le passé. Toi…

Il lui plaça un doigt sous le menton pour l'obliger à lever le visage et le regarder.

— Tu es ravissante. Craquante. Ne laisse personne t'affirmer le contraire.

La gentillesse d'Alex l'émut tellement qu'elle sentit des larmes lui piquer les paupières.

— Merci, murmura-t-elle.

— Je suis sincère.

Il lui désigna l'attelle qui lui enveloppait le pied.

— Ça doit te gêner…

— Je vais l'enlever. Il faudra que tu me portes sur le lit…

Le sourire aux lèvres, Alex lui ôta sa jupe et la plaça avec soin sur la chaise, à côté de son pantalon.

— Moi aussi, j'aime que les choses soient ordonnées.

Dani sourit, rassurée, pendant qu'il lui enlevait son attelle.

— Tu es belle, mais la lumière est trop forte, tu ne crois pas ?

— Oui… Éteins-la, et j'allume la lampe de chevet.

— D'accord.

Et tout à coup la chambre devint plus intime.

Et Dani se sentit bien, merveilleusement bien dans les bras d'Alex. Il la déposa sur le lit et la couvrit avec la couette avant de se glisser à côté d'elle. Une bouffée d'appréhension envahit Dani, mêlée d'une pointe de timidité, mais dès qu'Alex l'enlaça elle s'abandonna au plaisir d'être aimée… Et d'aimer.

Ce fut délicieusement doux et sensuel.

D'instinct, ils s'accordèrent, et leurs corps s'épousèrent avec autant d'harmonie que de facilité. Aucune gêne ne vint entraver leur étreinte. Ils s'embrassèrent, s'enlacèrent encore et encore, affamés l'un de l'autre…

La nuit durant, Alex fut à l'écoute de Dani, la comblant de caresses et la dévorant de baisers. Elle se montra tout aussi audacieuse et gourmande, se donnant à lui sans réserve. Elle savait que ce serait comme une parenthèse enchantée dans leurs vies respectives. Une parenthèse unique… Un moment hors du temps, qui ne se reproduirait pas. Alors, autant en profiter et savourer chaque instant…

Le lendemain matin, quand Alex se réveilla, il fut d'abord légèrement désorienté. Il ne se trouvait pas dans son lit, et une jeune femme, qu'il enlaçait par la taille, était lovée contre lui.

Dani…

Bon sang, sa collègue Dani. La petite Vénus…

Mais grâce à elle il se sentait détendu comme il ne l'avait pas été depuis des mois.

C'était un répit. Une pause qui, malheureusement, ne changeait pas la dure réalité de sa situation. Même s'il aurait aimé qu'il en soit autrement, cette nuit resterait unique entre eux. Un moment exceptionnel, un partage de sensations et d'envies, pour tenter de se faire du bien, le temps d'une étreinte…

Une consolation ?

Peut-être, oui. Un peu. Et cela avait fonctionné à merveille. Ils s'étaient vraiment entendus. Leurs corps s'étaient répondu dans un plaisir sans cesse renouvelé, culminant sans arrêt pour mieux jaillir… Il avait adoré faire l'amour avec Dani. Il avait adoré son corps ferme, galbé, tout en courbes et rondeurs comme il aimait, tellement féminine. Il avait adoré son parfum, ses baisers, son audace mêlée d'une émouvante timidité…

La nuit avait été intense.

Hélas, maintenant, le jour se levait, et la vie reprenait son cours.

Alex s'apprêtait à s'écarter de Dani pour sortir du lit, quand une sonnerie stridente retentit. La jeune femme sursauta, plaqua une main sur le réveil. Le bruit cessa.

Elle se tourna vers Alex et sourit.

— Bonjour…

— Bonjour.

Alex fut conscient de son ton détaché qui trahissait, sans nul doute, les pensées sombres qui l'envahissaient déjà.

Dani posa brièvement la paume sur la joue d'Alex.

— N'aie pas l'air aussi soucieux. Généralement, je vais à la gym avant de commencer mon service, donc tu as largement le temps de prendre ton petit déjeuner et de retourner chez toi pour te changer.

Bien sûr. Dani était l'organisation personnifiée.

— Merci, dit-il.

— Il y a des serviettes propres dans le placard de la salle de bains, si tu veux y aller en premier. Tu trouveras une brosse à dents neuve sur l'étagère du milieu.

Elle pensait à tout.

— Je vais préparer du café et du pain grillé.

— Tu ne seras pas en retard au club de gym ? s'inquiéta Alex.

— Aujourd'hui, je n'irai pas. Et, avant que tu commences à culpabiliser, sache que ça n'a rien à voir avec toi. Mon pied me fait un peu mal.

— Je comprends.

Alex marqua une pause.

— Dani, si la situation était différente…

Il s'efforça de lui sourire, touché par la gentillesse qui émanait d'elle.

— Je m'en veux de ne pas être capable de me projeter, de construire, d'imaginer une relation avec quelqu'un… Cette maladie de Huntington a radicalement tout changé, pour moi.

— Je le sais bien. On a été clairs, hier, ajouta Dani d'une voix douce mais déterminée. Pas plus que toi, je n'ai envie de liens. On l'a dit : cette nuit devait être la première et la dernière. Entre toi et moi, ça ne se reproduira plus… Et on n'y reviendra pas. Sois donc rassuré et ne culpabilise pas !

Alex la contempla, et quelque chose se vrilla en lui. Sensation étrange, inexplicable, comme une crampe au niveau de son cœur.

Au fond de lui, il aurait préféré qu'il y ait une deuxième nuit… Puis une troisième… Et d'autres, encore. Il s'était senti si bien en s'éveillant à côté de Dani.

Il chassa les visions impossibles qui surgissaient à son esprit.

— Je suis rassuré.

— Tant mieux…

Dani sourit de nouveau.

— Je le suis aussi. Au travail, on ne changera pas de comportement, d'accord ? Je veux dire qu'on pourra se parler, discuter, être aimable l'un envers l'autre… Ce genre de choses.

— Bien sûr. Mais on devra se revoir pour organiser ce fameux repas de Noël. On l'a simplement… ébauché. Ça ne suffira pas pour nos camarades de l'hôpital !

— C'est certain…

Dani se mit à rire.

— Et si on se donnait rendez-vous demain soir ? Uniquement comme deux amis, hein ? On ira au pub réservé pour la soirée de Noël, à deux pas d'ici. On étudiera les menus après avoir goûté les plats. Je crois qu'il y a quatre choix possibles, donc on n'a qu'à demander à des collègues de nous accompagner, ou alors, on se voit deux soirs d'affilée. Ou juste une fois en étant super gourmands !

Comme deux amis ? Dani ne souhaitait donc vraiment pas poursuivre…

Parfait !

— Tu sais qui convier ? demanda-t-il.

— Pour être sincère, non. Pas du tout. On n'a qu'à opter pour la simplicité, au fond. On n'a qu'à rester tous les deux.

— D'accord. En étant très gourmands.

— Exactement, dit-elle, les yeux brillants.

Contre toute attente, Alex se sentit soulagé de revoir Dani seule si vite, mais il évita de s'attarder sur ce qu'il éprouvait.

— Va prendre ta douche, ajouta-t-elle.

Et elle sortit du lit.

Alex éprouva une pointe de désir qu'il s'efforça aussitôt de chasser. Exactement comme il l'avait pensé lors de leur première rencontre, elle était comme une Vénus en modèle réduit, ronde et harmonieuse, musclée. Un adjectif lui vint à l'esprit : superbe.

Sauf que ce genre de qualificatif devenait hors de propos, à présent. Ils étaient censés redevenir des confrères, rien de plus, n'est-ce pas ?

Il ferma les yeux et entendit Dani éclater de rire.

— Alex, il est un peu tard pour te montrer timide.

— J'imagine.

Quand il rouvrit les paupières, elle était en train d'enfiler un peignoir en éponge.

— Désolée, je n'en ai pas pour toi, et même si j'en avais il ne serait pas à ta taille. Bon, je te laisse… Et je vais préparer le petit déjeuner.

— Merci.

Après s'être douché et habillé, Alex rejoignit Dani dans la cuisine. Elle buvait un café et finissait de manger une tartine de pain complet généreusement tartiné de beurre de cacahuète.

— Qu'est-ce que tu veux ? Toasts, céréales, fromage blanc ?

— Du pain grillé, mais je vais le préparer. Tu n'as pas encore enfilé ton attelle, donc il n'est pas question que tu me serves.

— Tu parles comme ma meilleure amie, se moqua gentiment Dani. Elle me ménage comme si j'étais de cristal, en ce moment. En tout cas…

Dani esquissa une moue.

— J'avoue que j'ai hâte d'avoir totalement récupéré. C'est long.

— Plus tu protégeras et soutiendras ton pied, mieux ce sera. Il faudrait que tu te reposes le plus possible… Idéalement, ajouta Alex, conscient que la jeune femme travaillait à temps plein.

— Je sais. J'ai été vigilante, du moins au début. Le verbe « se reposer » ne faisait pas partie de mon vocabulaire jusqu'en août dernier, et je déteste être obligée de me limiter, soupira Dani. Mais je n'ai pas le choix.

Elle haussa les épaules.

— C'est la vie. Bon, sers-toi. Le lait est au frigo, et la cafetière pleine. Je vais me préparer.

Qu'elle était facile à vivre, songea Alex tandis que Dani quittait la pièce. Avec elle, tout semblait vraiment simple !

Il jeta un coup d'œil autour de lui. La cuisine était blanche, fonctionnelle, bien rangée. Plusieurs photographies étaient fixées sur la porte du réfrigérateur avec des aimants et, tout en mangeant, il les examina avec curiosité.

Il reconnut la femme qui se trouvait en compagnie de Dani sur de nombreux clichés : Hayley, alias Haze, du service des urgences. La meilleure amie de Dani. Sur d'autres tirages, on voyait différents collègues de la jeune femme pendant des sorties en soirée. Sur l'une d'elles, en compagnie d'une dizaine de sages-femmes, Dani brandissait une boîte de biscuits métallique comme s'il s'agissait d'un trophée.

— Ah, là…

Dani la rejoignit à ce moment-là et lui désigna cette photo.

— C'est la seule fois, l'année dernière, où on a battu l'équipe du service des urgences pendant le quiz mensuel qu'on organise dans un pub. Est-ce que tu as une bonne culture générale ?

— Je crois…

Tout en répondant, Alex devina où elle voulait en venir. Ça ne lui plaisait pas du tout.

— Je parie que oui, reprit Dani d'un ton enthousiaste. L'équipe des urgences remporte régulièrement les tournois, et il faudrait qu'on ait une botte secrète pour qu'ils ne se considèrent pas invincibles. À mon avis, ça pourrait être toi.

— Je ne suis pas sûr d'être à l'aise quand il y a du monde.

— Ça se prépare, suggéra Dani. Commence peut-être par déjeuner avec deux ou trois d'entre nous aujourd'hui, au lieu de manger un sandwich tout seul dans ton coin en te cachant derrière un journal.

— Peut-être.

Mais Alex pressentait déjà qu'en la matière il n'aurait plus vraiment son mot à dire. De toute évidence, Dani voulait l'aider à émerger de son antre, et à devenir plus sociable. Que cela lui plaise ou non…

Elle consulta sa montre.

— Il faudrait que tu y ailles.

— Je vais d'abord faire la vaisselle.

— Il n'y en a pas tant que ça. Vas-y maintenant si tu ne veux pas être en retard. Je te retrouve à l'hôpital.

— Si tu insistes… Merci.

— De rien.

Dani posa brièvement une main sur le bras d'Alex et sourit de nouveau d'un air rassurant. Il eut toutes les peines du monde à ne pas l'enlacer et l'embrasser dans le creux de la paume, ou sur les lèvres.

— Alex, ce que je t'ai dit hier soir, je le pensais. Tout ce que tu m'as confié restera entre nous, évidemment, mais si tu as besoin de parler je serai là. Comme une amie.

Une amie… Si seulement elle avait pu être davantage pour lui.

— J'apprécie.

— Et souviens-toi que tu es le seul à décider quand tu voudras, ou quand tu seras prêt à faire ce test génétique.

Qu'il était agréable de pouvoir ainsi compter sur elle… De savoir qu'elle le comprenait et ne le jugeait pas.

— On se revoit au travail, ajouta Dani. Et je vais réserver une table pour demain soir pour qu'on reprenne notre organisation du repas de Noël.

— Bonne idée. Merci encore…

Un peu plus tard, Alex reçut un texto de Dani : elle avait réservé une table à 19 heures pour le lendemain soir, exactement comme prévu.

Et exactement comme il l'avait imaginé, elle lui demanda de déjeuner ce jour-là avec elle et Jas, l'une des sages-femmes.

Bien qu'il n'ait pas été très à l'aise au départ, lui qui s'était volontairement distancié de tout le monde au cours des derniers mois, Alex finit par se détendre et apprécia même ce moment.

— Je suis heureuse de faire davantage connaissance avec vous, dit Jas. Nos patientes vous trouvent sympathique, à l'écoute, mais je commençais à croire que vous snobiez vos collègues qui ne sont pas médecins !

Alex avait déjà travaillé avec ce genre de personnes hautaines. Une telle attitude lui paraissait inacceptable.

— Désolé de vous avoir donné cette impression. Je ne me place pas sur un piédestal !

— En fait, Alex est très timide, intervint Dani en esquissant un sourire qu'il trouva adorable.

— Et effectivement très sympa, renchérit Jas.

Alex ne put s'empêcher de rire.

— Vous allez me gêner !

— Tant mieux, répliqua Jas, les yeux pétillants.

Subitement, Alex se rendit compte à quel point cette complicité professionnelle lui avait manqué. Même si une part de lui-même continuait à penser qu'il devait rester distant, Dani avait marqué un point : il ne devait pas s'isoler pour autant.

Avant de reprendre son service, il remercia les deux femmes chaleureusement, attardant son regard davantage sur Dani. En si peu de temps, elle lui avait vraiment fait un bien fou...

Le lendemain, entre les interventions chirurgicales programmées et ses consultations, Alex ne put même pas entrevoir Dani. Elle lui laissa néanmoins un message pour lui rappeler qu'ils devraient goûter trois ou quatre plats ce soir-là, et peut-être deux desserts. Ce serait un festin !

Ils avaient prévu de se retrouver directement au pub. Alex venait de commander à boire au bar quand Dani arriva. Elle portait un pantalon ample pour dissimuler son attelle, un joli chemisier... Et du rouge à lèvres, remarqua-t-il aussitôt, ce qui n'était pas dans les habitudes de Dani. Pas au travail, du moins. Était-ce pour lui ? Alex sentit son cœur battre plus vite, et il regretta de ne pas pouvoir s'autoriser un baiser, même furtif.

Chassant les souvenirs brûlants de la nuit précédente, il la héla d'un signe de la main. Souriante, Dani s'avança vers lui.

Son sourire troubla Alex une fois de plus. Instantanément, il se rappela leur règle : dorénavant, ils étaient amis et collègues, rien de plus. Même s'ils se plaisaient, ils devraient, l'un et l'autre, respecter ce code de conduite.

— Je t'offre un verre ? proposa-t-il.

— Oui, merci. Une eau pétillante, s'il te plaît.

Une fois servis, ils se dirigèrent vers le restaurant. Le serveur les accompagna à leur table et, après qu'il leur eut apporté la carte, Dani sortit ses notes concernant le repas de Noël.

— Comme le réveillon tombe durant la semaine, on peut se permettre de l'organiser tardivement : il y a moins de réservations dans les différents restaurants du quartier, déclara-t-elle. Il y a d'autres endroits susceptibles de nous accueillir, mais j'ai mangé ici avec Hayley plusieurs fois, et je sais que la nourriture y est de qualité. On pourra bouger les tables pour créer un *dancefloor* : Maybe Baby s'occupe de la musique.

— Qui est-ce ? demanda Alex.

— Le groupe de l'hôpital. La moitié des membres vient de notre service, l'autre de la pédiatrie. De chez nous, il y a Anton, à la guitare, et Gilly à la basse. De la pédiatrie : Keely chante, et Marty est le batteur. Ils jouent pratiquement à tous les événements de notre établissement et interprètent aussi bien des hits actuels que des classiques.

— Très bien. Donc on n'a plus qu'à se charger du menu, des cotillons éventuels... Et peut-être de la venue d'un Père Noël ?

— C'est Jas qui verra quelle personne incarnera ce rôle essentiel ! dit Dani en souriant. Nous, on se concentre sur le menu. Il nous restera de l'argent pour des cotillons, à moins qu'on reverse la somme au Centre national de recherche sur le cancer...

— Bonne idée. Je suis contre le fait d'acheter ce genre de pacotilles qui finissent à la poubelle ou par terre. Si on a un beau sapin, ça suffit, tu ne crois pas ?

— Je suis d'accord.

Dani observa Alex et, un court instant, son regard parut plus brillant. Avait-il rêvé ?

— Alors, reprit-elle, à propos du repas, j'ai reçu les différentes propositions et j'ai vérifié sur le site web du restaurant : certains des plats sont disponibles ce soir. Le velouté de carotte à la coriandre, par exemple. Il y a aussi la mousse de saumon accompagnée de concombre mariné et de pain de seigle : ce sera parfait pour ceux qui préfèrent le poisson. Terrine de jambon avec du chutney à la pomme...

Dani leva les yeux du bristol qu'elle consultait et sourit.

— Pas mal, non ? Ce sera pour les amateurs de viande. Boulettes de quinoa aux légumes et épices... Pour les végétariens. Voilà nos entrées possibles. Qu'en penses-tu ?

— C'est parfait... Et pour le plat principal ? J'imagine qu'on aura la traditionnelle dinde et ses accompagnements tout aussi traditionnels ?

— Exact. Mais le chef propose aussi un rôti de bœuf, ce qui permet de choisir.

— Impeccable. Il faudrait également un plat de poisson et un plat végétarien.

Curieux, Alex avait imaginé que cette discussion serait ennuyeuse. Ce n'était pas du tout le cas. Au contraire, il était en train de passer un bon moment…

Peut-être, simplement, parce qu'il se trouvait en compagnie de Dani.

— Il y a une tourte au poireau, marron et cranberry, qui a l'air pas mal, lut-elle. Ou un risotto aux légumes.

— La tourte est plus en accord avec un menu de Noël. Et pour le poisson ?

— Du bar ou du saumon.

— On a déjà du saumon en entrée. Le bar me paraît plus approprié.

— Entendu. En dessert, on pourra choisir entre de la bûche, un cheese-cake au fruit de la Passion, ou un gâteau aux trois chocolats.

— Miam…

Dani sourit.

— Gourmand ?

— Un peu, oui. Tout ce que tu viens d'énoncer donne envie de manger. On va goûter ces plats ?

— Eh oui… Dès maintenant. Le chef a accepté de concocter de petites assiettes pour qu'on puisse savourer et donner notre avis en connaissance de cause.

— Excellent ! Et pour le vin ?

Les yeux de Dani pétillèrent.

— En harmonie avec les mets, cher docteur Morgan. Du rouge et du blanc. Ainsi que du champagne, évidemment. Uniquement des crus de qualité. On va déguster un peu de tout.

— Je m'en réjouis d'avance…

Et c'était sincère. Alex n'avait réellement pas passé une aussi bonne soirée depuis une éternité.

Alex Morgan s'avérait diablement séduisant… Et extrêmement sympathique. Maintenant qu'il n'était plus aussi glacial et distant, c'était un homme qu'elle aurait aimé pouvoir fréquenter normalement…

Si cela avait été possible.

Dani savait toutefois qu'elle ne devait rien imaginer ni espérer. La situation d'Alex justifiait qu'il ne puisse s'engager dans aucune relation. Quant à elle, ne s'était-elle pas promis de ne jamais plus tomber amoureuse d'un homme qui ne partagerait pas ses sentiments ? La double trahison de Leo l'avait tant blessée…

En vérité, bien qu'elle ait accepté cette « année du oui » avec Hayley, elle ne l'avait fait que pour aider sa meilleure amie à tourner plus facilement la page après la mort brutale d'Evan.

Pour sa part, Dani n'était pas du tout certaine d'être capable de s'abandonner en toute confiance, ce qui était indispensable en amour. Leo lui avait donné l'impression qu'elle n'était pas digne d'être aimée…

Et elle ne savait plus ce qu'aimer signifiait vraiment. Sa seule certitude ? Dorénavant, elle serait prudente. Très prudente.

Alex et elle étaient collègues, et amis. De bons amis. Point final.

4

— Dr Owens à l'appareil.

— Dani, c'est Hayley. On va admettre une patiente, une certaine Mme Kirby, qui a eu un accident de voiture. Elle est enceinte de trente-deux semaines. Les secouristes pensent qu'elle souffre d'une rupture de placenta. Elle est en état de choc, elle a mal, son utérus est dur, et ils n'ont pas pu palper correctement le bébé à travers la paroi abdominale.

Dani crispa involontairement la main sur le combiné. Si le placenta s'était déchiré, le pronostic vital de l'enfant pouvait fortement être engagé.

— La patiente va arriver d'ici dix minutes. Tu peux descendre ? demanda Hayley.

— Tout de suite.

Dani coupa la communication et interpella la première sage-femme qu'elle rencontra. Elle lui expliqua rapidement la situation.

— J'ai besoin d'un anesthésiste et d'un bloc opératoire, s'il te plaît.

— Je m'en occupe, dit Gilly. Je préviens les soins intensifs de néonatalogie pour qu'ils soient prêts.

— Merci, Gilly.

Dani alla ensuite frapper à la porte du bureau d'Alex. Elle lui décrivit le problème en quelques mots.

— Comme il y a de grandes chances qu'on soit obligés d'opérer, je peux compter sur ton aide dès maintenant ?

— Aucun souci. Je n'ai pas de consultation avant une heure et je vais simplement informer le secrétariat de l'endroit où je me trouverai, au cas où je serais en retard.

Alex ferma le dossier qu'il était en train d'étudier et éteignit son ordinateur.

— Que sais-tu de la patiente ?

— Elle a eu un accident de voiture. Elle est en état de choc, son utérus est dur, et on ne peut pas sentir le bébé.

— Rupture placentaire, j'en ai peur. Croisons les doigts pour que le bébé tienne le coup.

Alors qu'ils grimpaient dans l'ascenseur pour se rendre aux urgences, la main de Dani effleura par inadvertance celle d'Alex. Son cœur s'emballa aussitôt, mais elle s'obligea à se ressaisir. C'était ridicule !

Hayley les accueillit dans le hall.

— Je vous présente ? proposa Dani.

— Inutile, on a déjà travaillé ensemble, dit Alex.

— Ah, très bien. Haze, j'ai mis Alex au courant, expliqua Dani.

— Parfait. Je vais préparer des analyses et sélectionner quatre sortes de sang, avec du plasma prêt au cas où. Il y aura aussi une quantité suffisante de solution Hartmann. Les secouristes ont mis la patiente sous oxygène et lui ont posé une perf. Ils ne vont plus tarder.

— Très bien. On l'examinera et on fera une échographie, dit Alex. Vous avez un appareil portable ?

— Oui, je vais le mettre dans la salle d'examen, répondit Hayley.

— Si le bébé est toujours en vie et est suffisamment développé, on procédera à une césarienne au bloc, ajouta Alex.

— Et si le bébé ne se porte pas bien ? s'inquiéta Dani.

— On se focalisera sur la mère. Il faudra la soigner pour qu'elle ne fasse pas une CIVD.

Une coagulation intravasculaire disséminée ? Cela signifierait que le processus habituel de coagulation était interrompu. Dans ce cas, le sang formait de petits caillots et ne pouvait plus circuler librement, provoquant des lésions très graves. Entre dix et cinquante pour cent des patients atteints de cette pathologie ne s'en remettaient pas.

— Pauvre femme, murmura Dani.

— Je sais. C'est une épreuve terrible, admit Alex. J'espère qu'on pourra l'aider.

— On l'espère aussi, renchérit Dani, échangeant un coup d'œil avec Hayley.

Peu de temps après, les secouristes arrivèrent et procédèrent au transfert de la patiente. Une fois celle-ci installée dans la salle d'examen, Alex prit les choses en main.

— Je suis le Dr Morgan, obstétricien. Voici Dani, ma consœur gynécologue, et Hayley qui travaille aux urgences. Nous savons que vous avez eu un accident de voiture, et pour l'instant la situation paraît évidemment assez préoccupante. Mais rassurez-vous, on va tout faire pour vous tirer d'affaire, votre bébé et vous.

— Comment il va ?

Mme Kirby ôta son masque à oxygène. Sa voix était suraiguë à cause de la panique.

— Les secouristes n'ont pas pu entendre son cœur, ni le sentir…

— Le problème est que votre paroi utérine s'est durcie, ce qui complique la palpation, expliqua Dani. Je sais que ce sera difficile, mais pour le moment essayez de ne pas trop vous alarmer. Alex et moi allons vous faire passer une échographie pour tout vérifier.

— Peut-on prévenir quelqu'un de votre famille ? proposa Hayley.

— Merci, mon mari a déjà été prévenu. Il vient me rejoindre.

— Parfait. Maintenant, je vais vous examiner, dit Alex. Je voudrais que vous remettiez votre masque, et si jamais quelque chose est douloureux levez une main, d'accord ?

— D'accord… Mais que moi, j'ai mal, franchement ça m'est égal, gémit Mme Kirby. C'est mon bébé qui est le plus important !

Dani lui prit la main et l'aida à remettre le masque à oxygène.

— Soyez certaine qu'on va faire notre maximum.

Cependant, quand Alex examina Mme Kirby, Dani devina qu'il était inquiet.

— Je ne constate aucun saignement vaginal, déclara-t-il. Je ne vais donc pas procéder à une palpation interne.

Si le sang du placenta ne passait pas à travers le col utérin, cela signifiait que la rupture placentaire était dissimulée. Par conséquent, l'état de leur patiente était encore plus grave, et ils ne pourraient pas savoir combien de sang elle avait perdu.

— J'ai besoin d'un petit prélèvement pour vérifier la coagulation, intervint Hayley.

Elle s'exécuta rapidement. De son côté, Dani prépara l'échographe portatif.

— Je vais appliquer un peu de gel sur votre ventre, madame Kirby. C'est exactement le même genre d'examen que celui que vous avez passé à vingt semaines, donc essayez de ne pas trop vous inquiéter.

Elle jeta un coup d'œil à Alex. Le visage un peu crispé, il tenait la main de Mme Kirby. Il pensait clairement que les nouvelles ne seraient pas bonnes.

Reportant son attention sur leur patiente, Dani passa la sonde au niveau du bas-ventre puis forma des cercles plus larges. Elle ne décela pas de trace de rupture placentaire. Sur l'écran apparaissaient des mouvements : ceux du bébé... qui respirait. Les battements cardiaques ne semblaient pas très vifs, mais au moins le cœur vibrait !

Soulagée, elle fit un signe affirmatif à l'adresse d'Alex.

— Tout va bien, madame Kirby, annonça-t-il aussitôt. Votre enfant ne souffre pas. On va vous conduire au bloc pour une césarienne : il faut que votre bébé vienne au monde maintenant.

Mme Kirby ôta de nouveau son masque à oxygène.

— À trente-deux semaines... Ce n'est pas trop tôt ?

— Le bébé ne sera pas bien gros, c'est sûr, et il devra rester en néonatalogie pendant un petit moment, mais il sera hors de danger. Naître après trente-deux semaines de gestation, c'est tout à fait acceptable. De plus, ici, l'équipe est vraiment très efficace, assura Alex.

Mme Kirby ébaucha un pâle sourire.

Peu de temps après, au bloc, tout fut prêt : les doses de sang, le résultat des analyses... Dani fut soulagée de constater que le taux de coagulation était raisonnable. La transfusion fut mise en route et, pendant que Dani et Alex se préparaient pour l'intervention, l'anesthésiste s'adressa à Mme Kirby : il lui faudrait procéder à une anesthésie générale, expliqua-t-il, par conséquent, le mari de Mme Kirby ne serait pas autorisé à rester. En revanche, il pourrait voir le bébé juste après. Karin, du service de soins intensifs de néonatalogie, serait présente et apporterait un berceau.

— On commence ? demanda Alex.

Il effectua l'incision, assisté de Dani. Tout en admirant l'habileté dont il faisait preuve, elle ne pensait qu'au moment où le bébé pousserait son premier cri. Avaient-ils agi suffisamment tôt afin de prévenir le pire ?

Dani se rendit compte qu'elle avait retenu son souffle jusqu'à ce qu'un gémissement plaintif retentisse. Le son, la preuve de vie qu'elle avait appelée de ses vœux…

— Bien joué, dit Alex, s'adressant à l'équipe.

— Score d'Apgar un peu faible, mais il prend déjà des couleurs, indiqua Karin d'un ton rassurant.

— Beau travail, commenta Dani, s'adressant à Alex.

— Merci.

Il paraissait très soulagé, lui aussi.

— Je suis heureux qu'on ait pu intervenir à temps pour le bébé, commenta-t-il. Mais on a encore du travail à accomplir, que ce soit pour l'enfant ou sa mère.

Ils n'avaient pas eu la possibilité d'administrer une dose de stéroïdes favorisant le développement des poumons du nouveau-né. Par ailleurs, Dani savait que Mme Kirby aurait davantage de risques de souffrir d'une hémorragie post-partum à cause de la déchirure placentaire.

— On va la maintenir sous haute surveillance dans notre service, et le bébé sera également en soins intensifs. De cette manière, je l'espère, on minimisera les problèmes potentiels.

— Oui, autant que possible. Qui a un appareil photo ? poursuivit Alex. Ou faisons plus simple : qui peut photographier le bébé ? Sa mère a vécu une expérience traumatisante, et une image de lui, à son réveil, lui donnera le sourire.

— Je m'en occupe, proposa Karin. Avec votre portable, Alex ?

— Pas de problème.

Après quoi, Alex et Dani refermèrent l'incision et suturèrent les tissus. Le nourrisson fut emmené, et l'anesthésiste se chargea de refaire prendre conscience à Mme Kirby.

— Merveilleuse nouvelle, vous avez donné naissance à un beau petit garçon, annonça Alex dès qu'elle eut entrouvert les yeux.

— Oh merci… Comment va-t-il ? Je peux le voir ?

— Karin a dû l'installer en néonatalogie, et il faut attendre que vous soyez bien réveillée avant de vous conduire auprès de votre fils, mais elle l'a photographié pour vous.

Alex lui tendit son portable qui affichait l'image sur l'écran. La jeune maman resta muette, et des larmes d'émotion embuèrent ses yeux.

— Qu'il est beau…

— Magnifique, oui. Il pèse presque deux kilos, ce qui est tout à fait correct à trente-deux semaines.

— Il est parfaitement formé, renchérit Dani. Mains, pieds… Il est juste un peu fripé ! Mais d'ici peu il va grossir et grandir, ne vous inquiétez pas.

Mme Kirby acquiesça, l'air bouleversé.

— Merci… Mon mari est là ? Il peut voir notre bébé ?

— Il est sans doute auprès de lui en ce moment même, dit Dani. Je vais demander qu'on le prévienne de votre réveil.

— Merci, répéta Mme Kirby.

Elle sanglota doucement quelques instants avant de reprendre :

— Vous avez sauvé mon enfant… Vous êtes tous les deux des héros.

— Nous avons seulement fait notre travail, répondit Alex. On va vous emmener en salle de réveil et, quand on sera sûrs que vous avez récupéré de l'anesthésie, on autorisera votre époux à vous rejoindre.

— Ça ne devrait pas prendre trop de temps, assura Dani. J'imagine que l'attente vous paraîtra longue, mais essayez de ne pas trop vous inquiéter.

— Non, ça ira. Tant que notre bébé va bien…

— Il est entre de bonnes mains, affirma Alex.

« De bonnes mains »… Malgré elle, Dani se souvint de la douceur des doigts d'Alex sur sa peau. En un flash, elle se remémora tout ce qu'elle avait éprouvé dans ses bras. Ce plaisir fou…

Elle aurait facilement pu se laisser séduire… Et tomber amoureuse.

Impossible… Qu'est-ce que vous vous êtes promis, tous les deux ?

Surtout, que s'était-elle promis, à elle ? Un homme indisponible, préoccupé par ses problèmes, n'était pas fait pour elle.

À la fin de son service, Alex passa voir Mme Kirby.

— Comment vous sentez-vous ?

— Pas trop mal, répondit-elle en esquissant une petite moue.

Mais je sais que j'ai de la chance d'être là... Et je suis encore plus chanceuse parce que notre fils est en vie et en bonne santé, ajouta-t-elle après avoir jeté un rapide coup d'œil à son mari.

Ce dernier hocha la tête et sourit.

— Je suis bien d'accord. Merci à vous, docteur.

— Je vous en prie, je n'ai fait que mon travail. Karin m'a confirmé que votre bébé se porte bien, oui, et même qu'il est un sacré bagarreur ! précisa Alex.

— Elle nous l'a dit, en effet...

Mme Kirby échangea un nouveau regard avec son époux.

— Nous voudrions appeler notre fils « Alex », en votre honneur... Sans vous, il ne serait pas là.

— On a travaillé en équipe, rappela Alex. L'anesthésiste, Dani, Hayley et Karin...

L'émotion lui noua soudain la gorge. Un bébé porterait son prénom... Pour lui, qui n'aurait pas d'enfant, ni même de neveu ou nièce puisqu'il était fils unique, cette proposition prenait un sens très particulier que lui seul connaîtrait.

— Merci, dit-il. Je suis sincèrement touché.

Mme Kirby l'observa avec attention.

— Tout va bien, docteur ?

— Mais oui...

Alex lui sourit.

— J'ai beau avoir quelques années d'expérience, je suis toujours ému quand je mets un enfant au monde.

Il vérifia la température et le pouls de Mme Kirby, puis nota les mesures sur le tableau.

— Impeccable, tout va bien. Je vous revois demain. S'il y a quoi que ce soit, appelez-nous, promis ?

Un peu plus tard, rentrant chez lui, Alex s'efforça d'ignorer les pensées insistantes, et perturbantes, qui le gagnaient malgré lui.

La vie était courte. Ce qui venait de se produire avec sa patiente et son bébé prouvait, une fois de plus, que bien souvent tout ne tenait qu'à un fil. Dans son cas, il ne pouvait plus espérer bâtir un foyer, mais il n'était pas trop tard pour se rapprocher de nouveau de ses parents...

De son père. Son vrai père, comme l'avait formulé Dani. Celui qui l'avait aimé et élevé.

Sans réfléchir davantage, Alex prit son téléphone et envoya un texto à son père : serait-il libre samedi soir pour boire un verre ? Rien que tous les deux. Peut-être qu'en terrain neutre la situation semblerait plus simple à dénouer.

Au fond de lui, il espérait vraiment que Dani avait eu raison... Que Will avait peur d'être rejeté par Alex, et qu'en réalité il ne le rejetait pas, lui.

Il commençait à se dire que son SMS n'était pas arrivé, ou que son père avait dû éteindre son portable, quand son téléphone bipa.

OK. Dis-moi où et quand.

En lisant ces quelques mots, Alex se rendit compte à quel point il avait craint que Will refuse le rendez-vous. Il proposa le nom d'un pub qui servait une bière que son père appréciait, et Will se contenta d'un « OK » plutôt sec.

Alex s'obligea à ne pas interpréter la concision de la réponse. Will n'avait jamais été un bavard. Mais il avait aussitôt réagi à son appel, et c'était plutôt encourageant...

Rassurant.

Samedi soir, Will était déjà attablé quand, en avance de cinq minutes, Alex s'engouffra dans le pub.

— Je t'ai déjà commandé un verre de Championship ale, dit Will. Une bonne bière.

— Merci, dit Alex, heureux d'avoir choisi un endroit qui plairait à Will. Comment vas-tu ?

Will haussa les épaules.

— Je m'adapte et m'habitue tant bien que mal. Pourquoi voulais-tu me voir sans ta mère ?

— Je tenais à te parler en privé.

Will fronça les sourcils.

— Tu as des ennuis ?

Oui, mais ce n'était sans doute pas ce que son père redoutait, songea Alex.

— Papa, dans la famille, on ne se dit pas toujours tout, par pudeur ou par respect, je ne sais pas... On garde nos sentiments pour nous. Mais j'ai parlé à une amie de notre situation. Elle m'a aidé à voir les choses différemment.

— Elle ?

— On est juste collègues, précisa Alex avant que son père ait pu imaginer quoi que ce soit.

— Oh...

Will parut légèrement déçu.

— Je voudrais te présenter mes excuses, poursuivit Alex.

— Des excuses ? Pourquoi ?

Alex eut l'impression de remuer le couteau dans la plaie, mais il n'avait pas le choix. Il fallait qu'il aille au bout.

— Parce que je te rappelle ce qui s'est passé entre maman et Stephen à chaque fois que tu me vois.

Will parut choqué.

— C'est ce que tu crois ?

— Depuis que maman nous a dit la vérité, tu m'as plutôt évité, pas vrai ? Donc c'est ce que je me suis mis en tête, oui, avoua Alex. Mais si, quand tu me regardes, tu n'éprouves pas de colère ou de tristesse, dans ce cas, mon amie a raison.

— À quel sujet ?

Alex hésita, la gorge nouée. Cette conversation serait sans nul doute l'une des plus difficiles de sa vie. Mais, si cela leur permettait de se retrouver et d'avancer, il fallait qu'il ose tout dire.

— À propos du fait que maintenant je sais que tu n'es pas mon père biologique... Par conséquent, tu imagines peut-être que je ne te considère plus comme mon vrai père.

— Ah... Hum...

Puis Will se renfrogna.

Alex soupira.

— Papa, fais un effort... Tu ne t'exprimes jamais beaucoup, et c'est énervant.

Will le dévisagea avec stupeur.

— Tu m'as encore appelé papa ?

— Pourquoi t'appellerais-je autrement ? C'est toi qui as été présent et qui m'as élevé au cours des trente-cinq années qui viennent de s'écouler ! souligna Alex.

— J'en déduis que tu me considères toujours comme ton père ?

— Bien sûr, affirma Alex. La seule donnée qui ait changé est génétique. Pour moi, ça ne modifie strictement rien…

Il s'interrompit et ébaucha une grimace.

— En fait, si, il y aura du changement si j'ai hérité de ce gène-là, celui de la maladie de Huntington, mais à part ça, pour moi, rien n'est différent. C'est toi qui m'as appris à jouer au foot, à nager, à faire du vélo, à mieux travailler à l'école… C'est toi mon père. Tu l'as toujours été et tu le resteras tout le temps.

Un profond soulagement se refléta sur le visage de Will.

— Je suis heureux d'entendre ces mots.

— Tu croyais réellement que j'allais laisser un parfait étranger tenir ce rôle ? Pourquoi ne m'as-tu rien dit avant ? protesta Alex.

— Tu avais assez d'informations à digérer sans que j'interfère avec mes sentiments personnels. De toute façon, toi aussi, tu aurais pu t'exprimer, reprocha Will.

— Je le fais maintenant.

Will arqua un sourcil.

— Je croyais que devenir médecin impliquait de savoir formuler précisément, et au bon moment, ce qui est important.

Alex se mit à rire.

— Peut-être que si tu étais le conjoint d'une de mes patientes tu apprécierais mes manières… Il paraît que je suis à l'écoute et rassurant.

— Je n'en doute pas. En ce qui me concerne, je suis un orthopédiste de soixante-trois ans, à la retraite. Et, d'après ce que je connais de toi, tu as du mal à partager ce que tu ressens.

— Peut-être. Tel père, tel fils, pas vrai ? répondit Alex. En dehors du travail, je ne suis pas très sociable ni très bavard, je l'admets, mais j'apprends. J'essaie de m'améliorer.

Will parut songeur quelques instants.

— Il faudrait que je fasse un effort, moi aussi. Tu as raison, je garde trop de choses sur le cœur.

— Et maman ?

Will soupira.

— Avec elle, c'est aussi compliqué. Ce qui est idiot, vois-tu, c'est que si ta mère m'avait appris la vérité à l'époque, quand elle était enceinte, ça ne m'aurait pas dérangé. Je l'aimais tant... C'est le fait qu'elle ait gardé ce secret pendant toutes ces années qui me chagrine le plus. Je ne peux pas m'empêcher de me demander si elle ne m'a rien caché d'autre. Et, même si elle me jure qu'elle m'a tout dit, je ne peux pas m'empêcher, parfois, d'interpréter... D'imaginer.

Alex eut du mal à ne pas trahir son étonnement.

— Tu crois qu'elle a eu d'autres liaisons ?

— Pour être franc, ça m'a déjà traversé l'esprit, reconnut Will. Je ne suis pas fier de moi, mais je lui ai posé la question et je sais que je l'ai blessée en doutant d'elle à ce point...

Il haussa les épaules.

— Non, elle ne m'a pas trompé une fois de plus. Stephen l'a rencontrée à un moment où elle était vulnérable et malheureuse. On ne s'entendait pas bien, et j'étais parti à Édimbourg pour effectuer des remplacements. Je n'ai pas suffisamment dialogué avec elle... J'ai bêtement supposé qu'on recommencerait et repartirait ensemble comme avant... On a mis un couvercle sur les problèmes. Donc ce n'est pas entièrement sa faute.

Avant que sa mère lui révèle la vérité, Alex avait toujours considéré que ses parents formaient un couple parfait : un homme et une femme s'aimant depuis des décennies. Alors que tant de mariages se brisaient trop vite, celui de ses parents lui avait fait croire à l'amour absolu et durable. Découvrir qu'il était le résultat d'une aventure l'avait sidéré ; profondément choqué et meurtri.

Aujourd'hui, Alex se demandait aussi si, à cause de l'effet boomerang de la révélation, ses parents n'envisageaient pas de se séparer.

— Dis-moi franchement, vous voulez divorcer ?

À son grand soulagement, Will secoua la tête.

— J'aime ta mère. Je l'ai toujours aimée... Et je pense qu'elle m'aime. Mais ces derniers temps on marche sur des œufs, et j'ignore comment faire pour que la situation s'arrange.

— Et si vous alliez consulter un conseiller conjugal ? suggéra Alex. Le but serait de parler à quelqu'un qui sera extérieur, un tiers neutre qui ne prendra pas parti et ne vous jugera pas.

Will fit une grimace.

— Franchement, non. Laisser quelqu'un se mêler de nos problèmes ? J'aurais du mal...

Il marqua une pause.

— Pourtant, si c'est nécessaire pour que, ta mère et moi, nous nous retrouvions, je crois que je mettrai mon ego de côté et franchirai le pas. Je ne veux pas balayer trente-sept ans de vie commune comme ça...

Il esquissa un geste en l'air puis regarda Alex d'un air grave.

— Puisqu'on se dit tout, sache que ta mère pense que tu la sanctionnes.

— Comment ça ? s'inquiéta Alex.

— Tu ne viens plus nous voir.

— Je suis désolé. Je travaille tellement...

— Ce n'est qu'une excuse, et tu le sais bien. D'autre part, tu refuses d'effectuer le test génétique qui permettrait de vérifier si tu es porteur ou non.

Alex soupira.

— J'ai besoin de temps. Et si je ne vous rends pas visite c'est parce que j'ai peur que ma présence aggrave les tensions entre vous. Quant au test... S'il était positif, maman s'en voudrait encore plus. Au moins, si je ne fais rien, elle ne pourra pas culpabiliser davantage.

— Pourtant, pour la plupart des patients, c'est l'incertitude qui crée le plus de dégâts, objecta Will.

— Je ne suis le patient de personne.

— J'en ai bien conscience...

Will poussa un soupir.

— Et tu es adulte. Médecin, de surcroît. C'est ton choix.

— Savoir que je suis porteur ou non ne changera rien, répliqua Alex. Tu es au courant : il n'y a aucun traitement contre la maladie de Huntington, et aucune manière de prévenir l'apparition des symptômes, que ce soit par le comportement, le style de vie ou l'hygiène. Si la maladie doit se déclarer, elle se déclarera.

— Tu en as discuté avec ton am... Ta collègue ?

— Plus ou moins. Elle m'a dit que j'étais le seul à pouvoir prendre la décision de procéder au dépistage, quand je serais prêt.

Alex resta silencieux un court instant.

— Papa, si tu étais dans mon cas, est-ce que tu aurais envie de savoir si, d'ici une vingtaine d'années, ta vie se transformera peu à peu en enfer ? Souhaiterais-tu apprendre que tu ne pourras plus contrôler tes mouvements, que tu deviendras trop maladroit et trop oublieux pour pouvoir continuer à exercer le métier que tu aimes ? Que tu souffriras de sautes d'humeur et deviendras insupportable pour les autres ? Que tu auras du mal à avaler et même à parler ? Que tu auras besoin d'aide pour effectuer les tâches les plus simples… Au point d'avoir besoin d'une auxiliaire de vie tous les jours, d'abord une heure, puis deux, trois… Et plus encore ? Et que, pire que tout, tu seras un fardeau pour tes proches, tes amis… Qui finiront par se souvenir uniquement de toi sous l'aspect d'un invalide impotent, dépendant, triste…

Will répondit après un long silence.

— Personnellement, je suis du genre à planifier les choses. Donc je crois que, oui, j'aurais envie de savoir, d'une manière ou d'une autre. Si le test était négatif, eh bien, merveilleuse nouvelle. S'il était positif, je… ferais face. J'apprendrais à apprivoiser la maladie. Je préviendrais mes proches, j'organiserais la prise en charge… J'exprimerais mon affection et mon amour autant que possible. Et aussi longtemps que possible.

Il s'interrompit un court instant avant d'ajouter :

— Je ne le dis pas assez, Alex, mais je t'aime. Je t'ai aimé dès que je t'ai tenu dans mes bras, à la maternité. Et même si je ne suis pas ton vrai père…

— Oh ! mais tu es mon vrai père, affirma Alex. Tu m'as élevé, tu m'as tant donné… Et tu as toujours été là. Je suis désolé d'avoir été si loin de toi et de maman au cours des derniers mois.

Will ébaucha un sourire indulgent.

— Tu n'as pas à être désolé. Ça a été très difficile pour tout le monde.

— Oui… D'ailleurs, j'aurais préféré que maman n'ait jamais rencontré Stephen, marmonna Alex.

— Mais dans ce cas tu ne serais pas né… Et moi, vois-tu, je ne regrette pas que tu sois venu au monde !

Le visage de Will exprimait une telle sincérité qu'Alex en fut ému.

— Merci, papa.

— Viens nous voir. Invite ta collègue.

— Elle n'est vraiment qu'une collègue. Compte tenu de ma situation, je ne peux rien me permettre d'autre.

— Quel dommage…

Oui, en effet. Plus Alex connaissait Dani, plus il l'appréciait. Physiquement et psychologiquement. C'était une femme extraordinaire…

Qui méritait de rencontrer un homme capable de la rendre heureuse.

Il chassa les idées noires qui l'envahissaient de nouveau.

Will finit sa bière puis il se leva et donna une accolade affectueuse à Alex.

— Je dis ce que je pense, fiston. Viens nous voir.

— C'est promis, dit Alex.

Bien qu'on soit samedi et qu'Alex soit quasiment sûr que Dani devait être occupée, il l'appela sur le chemin du retour, dès qu'il eut quitté le pub.

À sa grande surprise, elle répondit.

— Bonsoir… Tu es chez toi ?

— Oui, pourquoi ?

— Est-ce que tu es disponible ? J'aimerais passer te voir quelques minutes.

— Bien sûr. Il y a un problème ?

— Non, rassure-toi. Je voudrais juste te parler de quelque chose.

— Pas de souci. Je t'attends.

— Merci, j'arrive.

Alex passa au supermarché pour acheter de jolies fleurs. Même si l'un des fleuristes les plus sophistiqués de Londres avait été ouvert à cette heure, il aurait parié que Dani préférait les compositions simples et champêtres. Après quoi, muni d'un bouquet, il gagna l'appartement de la jeune femme.

Quand, lui ouvrant, Dani vit les fleurs, elle ne cacha pas sa surprise.

— C'est en quel honneur ?

— Pour te remercier, dit-il.

Elle sembla encore plus perplexe.

— De quoi ? Mais je t'en prie, entre et explique-moi. Café, thé, vin ou eau ?

— Un café, ce serait super, merci.

Dani se dirigea vers la cuisine. Lui emboîtant le pas, Alex s'efforça de ne pas se rappeler ce qu'il avait éprouvé lorsqu'il l'avait embrassée dans cette pièce.

Après avoir préparé la cafetière, la jeune femme remplit un vase d'eau pour y disposer les fleurs.

— Elles sont très belles... Merci.

— C'est moi qui te remercie. Dani, tu te souviens de tes conseils par rapport à ma famille ? Eh bien, ce soir, j'ai retrouvé mon père dans un pub : on a bu un verre ensemble, et on a parlé... Vraiment parlé.

Dani ébaucha un sourire.

— Bonne nouvelle ! Et alors ?

— Alors tu avais raison.

Alex n'en revenait d'ailleurs toujours pas de s'être autant trompé.

— Il avait toujours envie de me voir. Mais il pensait que moi, je ne souhaitais plus garder contact... Parce que je ne le considérais plus comme mon père.

Les yeux de Dani brillèrent.

— Donc entre vous ça va mieux ?

— Oui. Sauf que sans toi je ne lui aurais probablement plus adressé la parole... Du moins au sujet de ce qui me préoccupe tellement.

— Je suis parfois trop directive, mais au fond mon caractère a des côtés bénéfiques, commenta-t-elle en souriant de nouveau.

Alex eut envie de l'enlacer.

Puis, instantanément, il se rappela sa promesse...

Leur promesse.

Prendre Dani dans ses bras, la porter jusqu'à sa chambre, la déshabiller, la caresser longuement... Même s'il rêvait de recommencer, ce n'était pas possible.

C'était même interdit.

— Tu ne veux pas de café ? s'étonna-t-il en constatant qu'elle ne préparait qu'une seule tasse.

— Non, je n'en ai pas envie. Surtout, j'ai commencé un régime spécial pour me remettre en forme... On va bientôt m'enlever mon attelle et j'entamerai la dernière phase de rééducation de mon pied. J'ai promis à Haze de boire suffisamment, ajouta Dani en se servant un verre d'eau.

— Haze... C'est Hayley, du service des urgences, c'est ça ?

— Exact. Elle court à ma place, tu sais ? Le fameux marathon… Ce soir, je me suis entraînée avec elle. Quand tu as appelé, je venais de rentrer.

— Tu t'entraînes avec elle ? répéta-t-il, perplexe, en regardant le pied encore plâtré de la jeune femme.

— Disons que je lui ai donné des conseils autant qu'elle m'en prodiguait, expliqua Dani. Au club de gym. Elle faisait sa séquence de jogging, et moi, j'étais assise sur un ballon à côté d'elle. Je lui suggérais tel ou tel changement de vitesse, d'intensité d'efforts… Ce genre de choses. Elle s'entraîne avec Sam à l'extérieur.

— Et qui est Sam ?

— Un collègue. On lui a expliqué l'enjeu du marathon, et il s'est impliqué à fond.

— Je vois. Puisque je suis là, je peux en profiter pour participer, moi aussi, dit Alex. Tu as un formulaire pour les dons, ou est-ce que tu gères ça en ligne ?

— Les deux.

Alex prit son portefeuille, en sortit tous les billets qu'il avait et les tendit à Dani.

— En guise de soutien.

Dani écarquilla les yeux.

— Je ne peux pas accepter.

— C'est destiné à moderniser l'équipement de notre service, donc si, tu peux, insista Alex. De plus, c'est toi qui vis l'« année du oui ». Par conséquent, compte tenu de la règle que tu t'es fixée, tu es obligée de dire oui, je me trompe ?

Après un bref instant où elle parut prise de court, Dani finit par sourire.

— En fait, tu as totalement raison !

Elle ouvrit un tiroir, prit un formulaire dans un classeur, un stylo et remplit les différentes cases. Puis elle fit signer le document à Alex.

— J'apprécie ton geste, dit-elle.

— Tant mieux. C'est solidaire.

Alex regarda la jeune femme et, malgré lui, son cœur s'emballa.

— Comment se passe l'entraînement pour ce marathon ? demanda-t-il, chassant immédiatement son trouble.

— Bien. Haze déteste courir, mais elle se débrouille très bien quand même. Sans elle, il faudrait que je rende l'argent que j'ai déjà reçu des sponsors.

— Haze est une femme sympathique.

— Très sympa. On s'est rencontrées lors de notre première journée d'étudiantes en médecine. Elle louait une chambre juste à côté de la mienne. J'avais du chocolat chaud, elle avait des cookies, on se sentait toutes les deux très seules et loin de nos familles, et on s'est mutuellement remonté le moral, confia Dani. Depuis, on est restées très proches.

C'était un peu de cette manière qu'Alex avait rencontré Tom, son meilleur ami… Sauf qu'il l'avait dorénavant écarté de sa vie.

Peut-être était-il temps de le recontacter et de lui expliquer ce qui se passait, comme il l'avait fait avec son père.

Peut-être devrait-il appeler Tom.

Incroyable… C'était grâce à Dani… Elle était en train de lui redonner confiance en lui.

5

Au cours des deux semaines suivantes, Dani parvint à persuader Alex de la rejoindre le midi pour déjeuner avec d'autres collègues du service. Elle fut soulagée de constater que, peu à peu, il se déridait. Plus détendu, il se montra moins distant et sembla apprécier les quelques plaisanteries échangées entre eux. Leurs relations professionnelles en furent améliorées. Pour tout le monde, pas seulement Dani.

Cependant, elle ne réussit pas à le convaincre de participer au grand quiz organisé au pub du coin avec l'équipe du service des urgences. Alex réserva malgré tout sa place au repas de Noël, et la sortie pizzeria-bowling du mois suivant parut l'intéresser. Autant de progrès... De pas en avant vers une meilleure intégration et, surtout, un mieux-être. Dani était ainsi : quand quelqu'un n'allait pas bien, elle ne pouvait pas s'empêcher d'essayer de l'aider. Là, il s'agissait d'Alex, quand même...

Alex.

Le temps s'écoulait, elle pensait à lui un peu trop... Et pestait intérieurement de ne pas pouvoir aller courir. Ça l'aurait aidée à maîtriser ses émotions, à ne pas laisser les images s'imposer à elle : les souvenirs de cette nuit-là, de leur étreinte, l'assaillaient régulièrement. Fidèle à sa promesse, Dani les chassait et refusait de s'y attarder. Peu à peu, elle oublierait.

Fin octobre, un dimanche, elle fut invitée à déjeuner chez Hayley qu'elle trouva en compagnie de Sam. Tous deux ne se quittaient plus, et la préparation du marathon n'était plus le seul prétexte. Sportif, Sam avait beaucoup de charme. Pendant le repas, Dani remarqua qu'ils riaient souvent en même temps, et à un moment, Hayley rougit légèrement alors qu'elle croisait le regard de Sam. Oh ! oh ! c'était bon signe !

Si seulement elle n'avait pas ressenti ces crispations dans le bas du ventre depuis la veille, et ces tiraillements peu agréables au niveau des seins, Dani aurait participé plus joyeusement à la discussion. Elle dut faire un effort afin de ne rien divulguer du malaise indéfinissable qui l'envahissait. Pour une fois que Hayley allait vraiment bien, elle refusait de gâcher ce moment !

Ce ne fut qu'en rentrant chez elle cet après-midi-là que Dani comprit ce qui, inconsciemment, la tracassait autant.

Ses règles avaient presque quinze jours de retard.

C'était certainement à cause du stress. Au travail, elle gérait les situations au mieux, toujours sous pression, et son pied la faisait encore souffrir. Même si elle affirmait à tout le monde qu'elle se débrouillait, que ce n'était pas grave, ça l'irritait de ne pas pouvoir faire autant de sport que d'habitude. La gym lui permettait de décompresser mais pas autant que le jogging, qui lui manquait.

Alors ce retard… Quel lien y aurait-il avec sa folle nuit du mois précédent avec Alex ?

Aucun.

Ils avaient fait l'amour en utilisant des préservatifs : elle avait gardé une boîte achetée longtemps auparavant. Ils avaient été très prudents et attentifs.

D'un autre côté, étant obstétricienne, Dani savait pertinemment que ce mode de contraception n'était pas fiable à cent pour cent. Combien de patientes enceintes lui avaient confié que leur grossesse n'était pas désirée ? Que c'était un « accident de préservatif » ?

Dani s'obligea à chasser cette pensée de son esprit. Pourquoi envisager cette inquiétante hypothèse ?

Mais plus elle s'efforçait de ne plus y songer, plus la question s'imposait.

Si une autre femme lui avait décrit les symptômes qu'elle éprouvait, Dani aurait inévitablement souligné la possibilité d'une grossesse : le café lui déplaisait alors que jusque-là elle en avait toujours savouré les arômes, elle éprouvait de légères nausées, sa poitrine avait un peu gonflé…

Mais c'était sûrement parce que ses règles n'allaient plus tarder. D'où les crampes dans le bas-ventre. Tout le reste n'était qu'imaginaire !

Un imaginaire entêtant...

Obsédant.

Finalement, au lieu de retourner directement chez elle, Dani alla acheter un test à la pharmacie. Elle le ferait, constaterait le résultat négatif et, enfin, pourrait s'ôter cette idée absurde de son esprit. Comme si elle pouvait être enceinte !

Une fois à la maison, Dani fut incapable d'uriner sur le bâtonnet. De pire en pire, se dit-elle, exaspérée, en s'obligeant à boire deux grands verres d'eau. Elle marcha de long en large dans son appartement pendant quelques minutes, inspira calmement puis recommença. Cette fois, elle parvint à produire l'échantillon urinaire nécessaire. Heureusement ! Elle posa la tige sur le rebord du lavabo et se lava les mains.

Elle avait acheté un modèle ultra-récent avec affichage numérique pour qu'il n'y ait aucun risque de faux résultats. D'ici trois minutes, elle serait fixée.

Une petite ligne lumineuse en dessous de l'écran prouvait que le test fonctionnait correctement. Au fur et à mesure que les secondes s'écoulaient, le trait diminuait : aucune erreur d'interprétation ne serait donc possible.

Dani sentit une bouffée d'appréhension l'envahir quand la ligne s'effaça complètement.

Plus qu'une minute à attendre... Elle n'aurait jamais pu imaginer que ce serait aussi long.

Tout va bien ! Tu veux juste te rassurer !

Sur l'écran, les mots « **Pas enceinte** » apparaîtraient en lettres noires, et elle se moquerait d'elle-même. Quelle imagination débordante elle avait !

Dani regarda ailleurs pendant un court instant.

Lorsqu'elle posa de nouveau le regard sur l'écran, elle crut que son cœur cessait de battre.

Au lieu du message rassurant auquel elle s'attendait, un seul mot s'affichait :

« Enceinte ».

Dani cligna des yeux. OK, elle devait être victime d'une hallucination provoquée par la fatigue et la panique.

Mais quand elle regarda derechef, elle vit la même chose.

Huit lettres.

« Enceinte ».

Ce n'était pas une erreur.

Impossible et pourtant…

« Enceinte ».

Dani s'aspergea le visage à l'eau froide et jeta encore une fois un coup d'œil. Aucun changement. Le résultat apparaissait toujours, comme un défi : *oui, tu es enceinte, que tu le veuilles ou non* !

Une étrange émotion l'envahit, mélange d'incrédulité, de joie et de peur. Un an plus tôt, elle aurait été folle de bonheur… Surprise aussi, certainement, vu que Leo et elle ne faisaient plus beaucoup l'amour, mais un sentiment d'allégresse l'aurait dominée. Mettre au monde les enfants des autres l'avait toujours comblée, sans pour autant répondre à tous ses rêves. Elle avait eu envie d'un bébé… à elle. Elle avait eu envie de fonder une famille avec son mari. Sauf que, lorsqu'elle avait abordé le sujet, Leo lui avait affirmé ne pas être prêt : il voulait évoluer professionnellement, obtenir une promotion à laquelle il aspirait tellement qu'il travaillait plus, toujours plus. Dani avait fini par laisser tomber le projet en se répétant que ce n'était que partie remise. Plus tard, Leo et elle deviendraient parents. Plus tard, oui…

Mais la vérité avait été douloureuse : Leo avait évolué, en effet, en compagnie d'une autre… qui avait vite attendu un enfant de lui.

Ce que Leo avait refusé à son épouse, il le vivrait avec cette femme-là.

Dani s'efforça de retrouver une respiration normale. Un an plus tard, ce souvenir de cette trahison continuait à lui briser le cœur.

Hayley, sa meilleure amie, n'avait même pas su qu'elle avait rêvé de devenir mère à ce moment-là.

Et voilà qu'aujourd'hui elle était enceinte d'un homme qu'elle connaissait à peine, se dit-elle, abasourdie.

Elle s'assit. Dans son esprit, tout semblait s'entrechoquer. Le passé, le présent et l'avenir. Était-elle heureuse ? Affolée ? Stupéfaite ? Elle ne savait pas vraiment… Une grossesse accidentelle, voyons… Ça n'arrivait qu'aux adolescentes irréfléchies, pas à une adulte de trente-deux ans, gynécologue obstétricienne qui n'avait pas été suffisamment attentive à sa contraception, pas vrai ?

Danielle Owen, réagis et agis ! s'ordonna-t-elle. *Tu as toujours été organisée ! Mme Je-Conseille-Tout-Le-Monde, c'est toi ! Alors trouve une solution ! Que dirais-tu à quelqu'un d'autre qui serait dans ta situation ?*

Oui, c'était peut-être le bon moyen… Faire comme si ce n'était pas elle qui était concernée afin de prendre du recul…

S'exhortant au calme, Dani alla s'asseoir à la table de la cuisine, s'empara d'un carnet et d'un stylo puis commença à établir une liste.

- Parle au père.

Dans la mesure où ils ne formaient pas un couple, et compte tenu de ce qu'ils s'étaient promis, la conversation risquait d'être délicate. Le problème de l'hypothétique maladie de Huntington compliquait beaucoup la situation. Si Alex avait hérité du gène défectueux, il existait cinquante pour cent de chances qu'il le transmette au bébé. Seul un examen génétique permettrait de savoir si Alex était porteur ou pas, et elle savait qu'il n'était pas décidé à franchir le pas.

Peut-être que cette discussion devrait se dérouler… plus tard.

Dani écrivit la deuxième possibilité.

- Parle à ta meilleure amie.

Sauf qu'elle était certaine que Hayley commençait enfin à être de nouveau heureuse depuis le drame qui avait saboté sa vie : son fiancé Evan, pompier professionnel, était mort en essayant de sauver une victime dans un incendie. Hayley méritait de vivre pleinement au lieu de se soucier de Dani…

- Parle à ton médecin.

Oui, bien sûr, mais cet entretien-là se ferait forcément au cours des prochaines semaines. On était dimanche après-midi, et aucune consultation n'était proposée en dehors de celles des urgences.

Dani réfléchit et porta son regard sur son premier choix. Discuter avec le père.

Bon. Il faudrait qu'elle soit très vigilante à sa manière de lui révéler la nouvelle. D'autant qu'elle ne connaissait pas suffisamment de faits à propos de la maladie de Huntington pour oser aborder la question.

Ah, le manque de connaissances… Voilà un problème qu'elle pouvait résoudre !

Dani alluma son ordinateur et commença à surfer sur Internet.

Au bout d'une heure, elle arrêta ses recherches, découragée. Alex n'avait pas exagéré. Il n'existait pas de traitement, et strictement rien pour prévenir l'apparition de la maladie. On ne savait pas quand les premiers symptômes pouvaient se manifester : les données médicales demeuraient vagues à ce sujet.

Dani pensa alors à Emma, une amie avec laquelle elle avait fait ses études, et qui s'était spécialisée en procréation médicalement assistée puis en génétique. De plus, Emma travaillait dans un autre hôpital que celui où exerçait Dani, si bien que si toutes deux se parlaient aucune rumeur ne serait à craindre. Dani ne voulait surtout pas qu'au détour d'un couloir Alex apprenne ce qu'elle avait entrepris pour en savoir davantage.

Elle appela aussitôt Emma.

Compte tenu de la malchance qui la poursuivait ces derniers temps, elle ne fut pas étonnée de tomber sur le répondeur. Elle laissa un message en s'efforçant d'adopter un ton aussi enjoué que possible :

« Salut, Emma, c'est Dani. J'aurais aimé te voir et discuter avec toi de quelque chose d'important… On pourrait peut-être manger une pizza toutes les deux ? Rappelle-moi dès que tu peux ! »

Il lui restait donc le reste de l'après-midi pour réfléchir, nettoyer son appartement, se reposer peut-être un peu aussi… Et envisager comment, et quand, elle annoncerait la nouvelle à Alex.

Dani n'avait toujours pas trouvé de solution quand son portable sonna.

— Allô, Dani, c'est Emma ! Désolée d'avoir raté ton appel tout à l'heure. J'avais laissé mon téléphone en mode silencieux parce que je gardais ma nièce. Il fallait qu'elle s'endorme…

— Je comprends très bien, assura Dani. Comment vas-tu ?

— C'est plutôt à toi que je devrais poser cette question. Tu m'as semblé inquiète.

— Pas faux. J'ai besoin que tu me conseilles pour l'une de mes patientes qui fait face à un problème d'ordre génétique.

— L'une de tes patientes ?

Emma ne put cacher sa surprise.

— Il vaudrait sans doute mieux que tu en discutes avec l'équipe de généticiens de Muswell Hill, puisque tu t'occupes d'elle.

— Ce serait possible si la situation n'était pas aussi délicate, répliqua Dani.

— Je vois. Je suppose que cette personne travaille également avec toi, et elle ne souhaite pas que sa grossesse s'ébruite...

C'était tellement proche de la vérité que Dani n'eut presque plus l'impression d'être en train de mentir.

— Oui.

— D'accord, je vais essayer de t'aider. Tu es libre ce soir ?

Dani sentit des larmes de soulagement lui piquer les paupières.

— Oui, je le suis.

— Parfait. Chez Luigi à 19 h 30 ?

— J'y serai. Et c'est moi qui t'invite, précisa Dani. Je t'oblige à travailler encore après ta journée !

Emma se mit à rire.

— Ce sera avec plaisir. À tout à l'heure.

Une fois qu'elles furent au restaurant, attablées, Emma désigna l'attelle que Dani portait autour du pied.

— Tu n'as plus de plâtre, mais tu as encore besoin d'appui...

— Oui, même si ça commence à aller vraiment mieux. Je retourne à la gym, je marche correctement et je n'ai presque plus mal, confia Dani. Bon, j'ai encore des séances de kiné.

— J'imagine. Qu'est-ce qui t'est arrivé, déjà ? interrogea Emma.

— Fracture du métatarse. Je suis tombée juste après avoir fait un jogging.

— À l'hôpital ?

— Oui, sur le parking. J'ai glissé bêtement. Je cours tout le temps... Mes consultations sont globalement statiques, mais après ce sont les visites, les accouchements, les soins... Je cours tout le temps.

— Je m'en doute. Tu es plus stressée que moi qui passe ma vie assise dans un labo !

Après qu'elles eurent commandé — et Dani expliqua qu'elle ne boirait que de l'eau parce qu'elle suivait un régime —, Emma prit une gorgée de vin rouge en l'observant avec curiosité.

— Qui est cette amie pour laquelle tu te fais tant de souci ?

— Ce n'est pas une amie mais une patiente, rectifia Dani. Nous sommes assez proches, en effet, pour des raisons personnelles... Bref, elle est au tout début de sa grossesse et elle s'inquiète parce que le père de l'enfant souffre peut-être de Huntington.

— Peut-être ? Il ne s'est pas fait dépister ?

Dani secoua la tête.

— Pas pour l'instant. Il a perdu un parent de cette maladie, mais je crois qu'il n'ose pas... Elle sait juste qu'il aurait cinquante pour cent de chances d'avoir hérité du gène défectueux.

Emma resta pensive quelques secondes.

— C'est le gène numéro 4 qui est en cause pour cette pathologie. Si le père de l'enfant est porteur, son enfant aura une chance sur deux d'être atteint.

Dani avait déjà lu ce pronostic effrayant. Que ferait-elle si le test s'avérait positif pour Alex ? Accepterait-elle de laisser la grossesse se poursuivre en sachant qu'elle mettrait au monde un enfant susceptible de développer cette maladie neurodégénérative pour laquelle aucun traitement n'existait à ce jour ? Pire encore, son enfant risquerait de mourir vers quarante ou cinquante ans, après avoir enduré une invalidité croissante nécessitant une prise en charge globale et permanente jusqu'à la fin de son existence...

D'un autre côté, l'idée d'interrompre la grossesse lui paraissait inacceptable. En tant que médecin, sa philosophie consistait à protéger la vie, quoi qu'il arrive.

Quelle que soit l'option qu'elle choisirait, le bébé serait otage de sa décision. Pour le meilleur ou...

Dani sentit une boule se former dans sa gorge.

— Qu'est-ce que tu conseillerais à ma patiente ?

— Elle doit absolument demander à son conjoint de faire le test, déclara Emma sans détour. Si le résultat est positif, il faudra également procéder à des analyses sur le fœtus.

Ce qui poserait deux problèmes, songea Dani. Pour commencer, Alex n'était pas son conjoint. En soi, ce n'était pas le plus perturbant : la famille monoparentale ne l'inquiétait pas. Elle avait des amies qui s'en sortaient plutôt bien sans compagnon ni mari. Elle recevrait de l'aide de la part de sa famille...

Le vrai problème était autre, et Dani espéra qu'Emma lui proposerait une stratégie différente.

— C'est logique, dit-elle, sauf que cet homme ne veut pas faire de test.

— Ah...

Emma esquissa une grimace.

— Ça ne facilite pas les choses. Elle est enceinte depuis peu, c'est ça ?

— Oui. Elle a fait le test de grossesse cette semaine parce que ses règles ont du retard. Je pense qu'elle est à six semaines.

— Le tout début, vraiment. La pauvre, elle doit beaucoup s'inquiéter, soupira Emma. Le risque génétique est de cinquante pour cent. Si son conjoint est porteur, le bébé a vraiment une chance sur deux de l'être aussi... La situation est très difficile. Tu imagines ?

— Oh oui, murmura Dani.

« Difficile » était un euphémisme. Ce matin-là, elle se sentait si fatiguée qu'elle pensait simplement avoir contracté un virus... Maintenant, elle savait qu'en réalité elle était enceinte, et que son bébé souffrirait peut-être de l'affreuse maladie neurodégénérative qui avait emporté le père biologique d'Alex !

— Peut-on procéder à une analyse de l'ADN prénatal sans impliquer le père ?

— Théoriquement, oui. On peut faire un PVC, un prélèvement de villosités choriales, entre dix et quatorze semaines.

Dani hocha la tête. Il s'agissait de prélever un échantillon placentaire via l'abdomen en utilisant une seringue. Le placenta se composait du même matériau génétique que le bébé, si bien qu'une analyse donnerait les mêmes résultats que si des cellules du fœtus avaient été prélevées. Toutefois, le procédé était risqué.

— Le problème n'est pas seulement la possibilité de provoquer une fausse couche, poursuivit Emma, devinant les pensées de Dani. Ce genre d'examen pose un cas de conscience très douloureux et compliqué. On enfreint les droits du père : si le fœtus s'avère porteur du gène, cela implique que le géniteur l'est également et qu'il sera amené à le savoir sans avoir lui-même fait de test. D'autre part, les médecins peuvent procéder à l'analyse génétique sans avoir besoin d'un accord, puisqu'ils ne peuvent rien demander au bébé...

— C'est un problème moral et éthique, admit Dani. Mais, si on fait abstraction de cet aspect-là, on peut vraiment pratiquer un examen prénatal ?

— Oui, c'est possible, répondit Emma. Mais, en raison du code de bioéthique qui nous régit, la mère serait obligée de signer un accord préalable d'avortement thérapeutique au cas où les résultats seraient positifs.

Choquée, Dani contempla son amie en silence pendant quelques instants.

— Si le bébé a hérité du gène, il faut que la mère s'engage à avorter ?

— Eh oui. C'est une décision affreuse, reconnut Emma. Dommage que le médecin traitant de ta patiente ne l'ait pas conseillée avant qu'elle envisage une grossesse. Elle aurait pu avoir d'autres choix pour éviter de courir de tels risques. Par exemple, elle aurait pu recourir à un diagnostic génétique préimplantatoire : c'est le domaine de recherche dont je m'occupe, en ce moment. Concrètement, si un couple sait qu'une maladie génétique touche l'un des deux partenaires, ils peuvent opter pour une FIV. Après la fécondation in vitro, on attend deux ou trois jours, le temps que l'embryon se divise en huit cellules. On en prélève une pour vérifier la présence éventuelle du gène défectueux, source de la maladie. S'il n'y en a pas, alors on est certains que le bébé ne sera pas porteur et on implante l'embryon dans l'utérus maternel. La gestation se poursuit ensuite normalement.

En d'autres termes, avec cette technique-là, et même si Alex était génétiquement porteur de la maladie de Huntington, il pourrait être père un jour...

Dani comprit qu'Emma attendait qu'elle lui réponde. Parfait, ses paroles seraient celles d'un médecin, d'une consœur, pas d'une future mère.

— Je trouve extraordinaire qu'on puisse établir un diagnostic aussi précis à partir d'une simple cellule.

— Je sais. C'est passionnant et un défi total ! J'aime pouvoir aider les gens à fonder une famille sans courir de risques génétiques, ajouta Emma d'un ton enthousiaste. Vivre avec une dystrophie musculaire comme dans la maladie de Duchenne, ou souffrir d'hémophilie, c'est tellement dur… Si la médecine permet de choisir une autre vie, voire d'éviter la souffrance, n'est-ce pas merveilleux ? Je suis consciente qu'on peut nous accuser de vouloir être omnipotents, tels des dieux, mais franchement, empêcher la maladie d'advenir, quelle bénédiction…

— Grâce à la science, compléta Dani, touchée par la sincérité de son amie. Pour ma patiente, ce sera une première ébauche de solution. Tu sais, reprit-elle, je pense que sa grossesse est accidentelle.

— Je vois. Aucune méthode de contraception n'est fiable à cent pour cent. Qu'elle ne s'en veuille pas… Ainsi va la vie, ce n'est pas sa faute !

Vraiment ? Dani s'était déjà posé la question. N'était-ce pas elle qui avait invité Alex ? Mais c'était lui qui avait commencé à l'embrasser… Ils étaient tous deux responsables. Autant l'un que l'autre.

6

Dani frappa à la porte du bureau d'Alex, entrouverte, et resta sur le seuil.

Alex remarqua tout de suite qu'elle semblait soucieuse.

— Je peux te parler cinq minutes ? demanda-t-elle.

— À propos d'une de nos patientes ?

— En fait, non. S'il te plaît, j'aimerais qu'on puisse discuter discrètement, précisa-t-elle.

Surpris, Alex contempla la jeune femme. Elle souriait, polie, mais paraissait inhabituellement distante. Que se passait-il ?

— Pas de problème. Où et quand ?

— Tu serais libre ce soir, par hasard ?

— Oui.

— Parfait. Disons 20 heures, chez moi.

— Entendu.

Alex s'étonna presque que Dani ne lui ait pas proposé un dîner entre collègues. Au cours du mois qui venait de s'écouler, elle avait tout entrepris pour qu'il soit plus sociable.

Il l'observa tandis qu'elle s'éloignait déjà d'un pas vif. De toute évidence, elle ne lui révélerait rien de ce qu'elle avait à l'esprit avant leur rendez-vous.

Chassant ses interrogations, Alex agit alors comme il avait appris à le faire depuis qu'il avait découvert la vérité à propos de Stephen : il compartimenta mentalement ses préoccupations et poursuivit son travail comme si de rien n'était.

Par chance, ce fut une journée réussie : il contribua notamment à la naissance d'un bébé par le siège, et l'accouchement se déroula plutôt bien. Il aimait profondément ces quelques instants magiques d'une nouvelle vie, avec le premier cri et les premiers regards portés sur le monde par ce petit être…

À l'heure convenue, Alex sonna chez Dani. Elle ouvrit tout de suite. Elle portait un long pull rose pâle au-dessus d'un jean noir et était pieds nus. Sans attelle.

— C'est meilleur pour stabiliser ma démarche et faire travailler les muscles, expliqua-t-elle, remarquant le regard d'Alex. Entre. Tu veux boire un verre de vin ? Du café ? Une boisson fraîche ?

— Rien, je te remercie.

Dani lui fit signe de gagner le salon et l'invita à s'asseoir.

— De quoi voulais-tu me parler ?

— Ce n'est pas facile à dire, répondit-elle après une brève hésitation.

Et elle n'était pas le genre de femme à tourner autour du pot. La franchise était l'une des qualités qu'Alex appréciait chez elle.

— Qu'est-ce qui se passe ?

Dani resta debout devant lui, l'air de plus en plus mal à l'aise. Puis elle prit place près de lui et laissa échapper un soupir.

— Alex, je suis… enceinte de toi.

L'espace d'un instant qui parut s'éterniser, Alex eut la sensation que le monde tourbillonnait de façon insensée.

Non, il avait dû mal comprendre. Dani ne pouvait être enceinte. Impossible. Ils avaient utilisé des préservatifs, et il avait employé toutes les précautions nécessaires. Même s'il avait passé la nuit chez Dani, ils n'avaient pas fait l'amour de façon indolente, s'abandonnant paresseusement au désir. Lorsqu'ils avaient somnolé, il avait tenu Dani dans ses bras. Quand ils s'étaient réveillés, ils étaient dans la même position.

Alex dévisagea la jeune femme qui le contemplait, sérieuse, le visage sombre.

— Tu veux bien répéter ?

— Je suis enceinte.

— Comment est-ce possible…

Dani hocha la tête.

— On est tous deux gynécologues. On sait très bien ce qui a pu se produire. Il suffit d'une goutte de sperme…

Balayant l'air de sa main, elle ajouta :

— La situation est, de fait, compliquée. Mais elle l'est encore plus en raison de ton problème particulier.

C'était le moins que l'on puisse dire.

Dani attendait un bébé… Et, si Alex avait hérité du gène de la maladie de Huntington, cela signifiait que l'enfant avait cinquante pour cent de chances d'être également porteur.

Alex se trouvait confronté à l'impitoyable sac de nœuds qu'il avait voulu éviter en rompant avec Lara.

— Pourtant, on a été très prudents, murmura-t-il, en état de choc.

— Je sais. Sauf que la contraception avec un préservatif n'est jamais totalement fiable. Il existe toujours un risque infime…

— Tu es sûre d'être enceinte ?

— Évidemment !

L'indignation se refléta brièvement sur le visage de Dani.

— Je ne t'aurais jamais rien annoncé si je n'avais pas d'abord fait un test. Je m'en suis occupée hier après-midi. J'ai acheté un test de dernière génération, à affichage numérique. Aucune erreur n'est possible. Le résultat apparaît sur l'écran en toutes lettres pour éviter tout risque de mauvaise interprétation des couleurs. Une ligne bleue, ou noire, tu sais… Là, c'était très clair. Je suis enceinte.

Enceinte…

Sidéré, Alex garda le silence.

Que le bébé soit le sien ne faisait aucun doute. Dani n'était pas le genre de femme à passer la nuit avec le premier venu.

Naturellement, il serait là pour elle et pour l'enfant.

Naturellement, il accepterait d'assumer ses responsabilités. Il ne se comporterait pas comme un lâche ; n'abandonnerait pas Dani.

Simultanément à ces réflexions qui s'imposaient à lui, une sensation quasiment étouffante l'envahit. Une sensation liée à un brutal tourbillon de questions.

Et s'il avait transmis le gène défectueux ? Comment accepter de condamner son propre enfant au même genre de torture que celle subie par son père biologique ? La maladie que lui-même, peut-être, devrait affronter ?

C'était sa faute. S'il n'avait pas cédé à son désir d'embrasser Dani, elle ne lui aurait pas proposé de rester chez elle, et ils n'auraient pas fait l'amour.

Au lieu de quoi, il avait agi exactement comme Stephen, de façon totalement égoïste. Il avait tellement eu envie de la chaleur et du réconfort qu'elle lui offrait qu'il avait couru un risque fou…

Non, un risque calculé. Normalement, Dani aurait dû être protégée. En moyenne sur une année, deux femmes sur cent se retrouvaient enceintes après avoir utilisé un préservatif. Si on partait du principe que ces cent femmes avaient un rapport sexuel deux fois par semaine, cela équivalait à deux grossesses pour dix mille rapports. Dani et lui n'avaient passé qu'une seule nuit ensemble, et même s'ils avaient fait l'amour plusieurs fois…

Dani ne quittait pas Alex des yeux.

— Dis quelque chose, s'il te plaît.

— Pardon ?

Alex croisa le regard de la jeune femme. Il se sentait si mal… Perdu, en vérité.

— Je viens de t'apprendre que je suis enceinte… Et tu n'as pas prononcé un seul mot.

— Je ne sais pas quoi dire.

Dani garda le silence quelques secondes.

— Tu penses peut-être que c'est ma faute ?

Son regard se durcit quand elle ajouta :

— Parce que c'est moi qui t'ai invité et qui ai fourni des préservatifs défectueux ?

Alex secoua la tête. C'était ce qu'elle pensait ? Elle croyait qu'il lui en voulait ?

— Absolument pas, affirma-t-il. J'aurais pu refuser ton invitation et je ne l'ai pas fait. J'aurais également pu attirer notre attention mutuelle sur la date de péremption des préservatifs…

— Tu l'avais vue ?

— Oui. Mais je n'ai pas agi de façon scientifique, avoua-t-il. On est tous les deux responsables.

Dani acquiesça, l'air pensif et un peu triste.

— OK, je l'accorde. Mais que fait-on, maintenant ?

Alex laissa échapper un soupir.

— La dernière fois que je suis venu ici, tu m'as dit que c'était à moi de choisir le moment de passer ce test génétique. Lorsque je serais prêt.

Dani le dévisagea avec intensité.

— Je me souviens. Et… ?

— Et aujourd'hui j'avoue que j'ai l'impression d'être forcé à le faire. Ce ne serait pas juste que je reste en retrait, passif, alors que tu dois connaître au plus vite la vérité au nom de cet enfant qui grandit déjà en toi.

Dani pâlit légèrement.

— J'y pense tout le temps, Alex. Il y a cinquante pour cent de chances que tu aies hérité du gène et, si tu l'avais, il y aurait cinquante pour cent de chances que tu l'aies transmis. Par conséquent, il y aurait vingt-cinq pour cent de chances que le bébé soit porteur… Autrement dit une chance sur quatre.

Alex connaissait ces statistiques sur le bout des doigts. Il avait procédé à ces mêmes calculs pour lui-même pendant des mois.

— Dani, c'est exactement à cause de cette situation que j'ai rompu mes fiançailles avec Lara. Elle méritait de fonder une famille sans avoir à se soucier de tout ça.

Dani leva les yeux au ciel, la mine désapprobatrice.

— Il y a d'autres moyens de fonder une famille, et tu le sais bien. Par exemple, la fécondation in vitro avec don de sperme, ou encore l'adoption simple ou plénière.

Alex soupira.

— J'en suis conscient, bien sûr. Ce sont des décisions compliquées.

— C'est vrai. En ce qui nous concerne, le problème est encore plus compliqué, répliqua Dani en croisant les bras. Tu as ton mot à dire par rapport à ce qui peut se décider à ce stade.

— J'ai plutôt une question : est-ce qu'il existe une autre solution que le dépistage génétique ?

— Oui. Je peux demander une analyse du placenta, expliqua Dani. Mais pour des raisons éthiques…

Sa voix trembla légèrement.

— Je devrais signer des documents préalables autorisant une interruption volontaire de grossesse, pour raisons thérapeutiques, si le résultat s'avérait positif.

Stupéfait, Alex contempla la jeune femme. Elle demeurait calme, posée, mais il devina qu'elle faisait un effort pour ne pas se laisser submerger par ses émotions.

— Vraiment ?

— Oui.

Dani esquissa une moue attristée.

— Hier, j'ai parlé avec une amie médecin qui s'est spécialisée en génétique et procréation médicalement assistée. Elle m'a tout expliqué. Elle exerce dans un autre hôpital que le nôtre, se hâta-t-elle de préciser. Donc si jamais on nous avait vues ensemble, ou si quelqu'un avait surpris des bribes de notre conversation, on ne pourra pas établir de lien avec toi et moi.

Alex sentit sa gorge se nouer.

— Tu lui as raconté ?

— Non, ne t'inquiète pas. J'ai décrit la situation en lui faisant croire que c'est une patiente qui est concernée.

Dani prit une profonde inspiration avant de poursuivre :

— Mais c'est complexe. Si je procède à cette analyse, j'enfreins tes droits… Parce que si le résultat oblige à mettre un terme à la grossesse, alors tu sauras avec certitude que tu es porteur de la maladie de Huntington, puisque dans ma famille il n'existe rien de tel. Ce ne serait pas juste puisque tu n'as pas choisi de connaître la vérité.

Alex éprouva une bouffée d'angoisse, qu'il jugula à grand-peine.

— Mais, si le bébé n'a pas le gène, ça n'impliquerait pas pour autant que je ne suis pas porteur. Le gène peut être récessif : à cette occasion, je ne l'aurais pas transmis, voilà tout.

— Exact, murmura Dani.

Un lourd silence régna quelques secondes.

— Une chose est sûre : le bébé a une chance sur quatre d'être atteint de Huntington, reprit-elle. Le risque est fort.

Ces paroles achevèrent de démoraliser Alex. Dani avait raison… Tellement raison.

En fait, et c'était évident maintenant, jusque-là, il n'avait pas du tout eu envie de connaître la vérité. Il aurait préféré profiter de la vie, s'amuser et oublier cette épée de Damoclès… Courir le risque de ne pas savoir…

Dorénavant, il n'avait plus le choix.

— D'accord.

— D'accord ? répéta Dani.

— Je vais faire le dépistage.

— Et si le résultat est positif ?

— Alors on procédera à une analyse du placenta.

Puis Alex réfléchit. Même s'il pouvait facilement calculer la date — ils avaient fait l'amour quatre semaines auparavant —, il fallait qu'il pose la question.

— Tu es enceinte de combien de temps, exactement ?

— Mes dernières règles remontent à six semaines.

— Donc il faut que j'aie les résultats d'ici cinq à huit semaines pour que la possibilité d'un test génétique du bébé soit encore valide.

Et ce serait comme ouvrir une boîte de Pandore…

— Si ce second test s'avérait positif, on aura une décision à prendre ensemble : laisser la grossesse se poursuivre en sachant qu'aucun traitement de Huntington ne sera peut-être mis en place de mon vivant, et peut-être pas non plus d'ici une vingtaine ou trentaine d'années… Peut-être même jamais. Ou choisirons-nous de…

Alex s'interrompit, refusant de formuler ce qui lui venait à l'esprit.

— Ou choisirons-nous d'interrompre la grossesse ? compléta Dani. À défaut, on condamnerait un être innocent à subir une maladie neurodégénérative.

L'anxiété se reflétait sur son visage.

— Quel dilemme cruel… Dans les deux cas, on est perdants.

— N'oublie pas qu'il n'y aura, en réalité, qu'une chance sur quatre d'être confrontés au pire.

— C'est beaucoup, Alex. Beaucoup.

Là, il perçut de la panique dans les yeux de Dani.

— Je suis d'accord.

— Combien de chances avions-nous d'utiliser un préservatif défectueux ? reprit Dani. Si la malchance nous poursuit…

À cet instant, elle paraissait tellement malheureuse qu'Alex sentit son cœur se serrer. Lui-même avait l'impression d'être broyé par un étau depuis qu'il avait appris la nouvelle. Dani, elle, vivait avec ce questionnement depuis plus d'une journée. Elle avait eu le temps de passer en revue les différentes options et de s'inquiéter d'autant plus.

— Comment tu vas ? Sincèrement ? demanda-t-il.

— J'essaie de tenir le coup au travail, mais au fond de moi je suis bouleversée, avoua-t-elle. Je ne m'attendais pas à ça.

Lui non plus.

— Et je ne vois pas quelle est la meilleure solution. Quelle que soit notre décision, elle ne sera ni bonne ni juste.

Elle s'efforça de sourire.

— Tu ne veux pas d'enfants.

— Non.

À partir du moment où Alex avait su la vérité à propos de ses origines, tout avait chaviré. Avant, il était certain d'avoir eu envie de fonder une famille... Il aurait même commencé dès sa lune de miel avec Lara...

Mais la situation avait radicalement changé. L'horizon s'était rétréci au point de devenir gris ; fade. Sans espoir.

— Et toi ? demanda-t-il à Dani. Tu voulais des enfants ?

— Oui. C'est pour cette raison que j'ai tellement souffert quand Leo m'a quittée pour une autre femme... enceinte de lui.

Dani détourna le regard.

— L'année dernière, au début de l'été, je lui ai dit que j'avais envie d'un bébé. Il m'a répondu qu'il n'était pas prêt. La vie de famille, les engagements que ça représentait... Non, il n'était pas prêt. Il projetait d'évoluer dans sa carrière, d'obtenir une promotion, et il m'a expliqué que tant qu'il n'aurait pas atteint ce but il préférait ne pas avoir d'enfant.

Elle haussa les épaules d'un air dépité.

— Sauf qu'en réalité, au même moment, il entretenait une liaison avec cette femme... Il était devenu plus distant, forcément, par rapport à moi. Je croyais qu'on ne faisait plus beaucoup l'amour parce qu'il était stressé à cause de son travail, et qu'il craignait peut-être que je force les choses en oubliant ma pilule, par exemple. En réalité, il me mentait.

Alex resta silencieux. Il ignorait ce qui le choquait le plus : l'égoïsme absolu de l'ex de Dani, ou le fait que lui-même ait involontairement tenté de faire endosser à la jeune femme la responsabilité de la situation.

— Tu n'aurais pas été capable d'agir ainsi, dit-il. Tu es franche.

— Oui... Merci.

Dani semblait soulagée qu'il ait confiance en elle et qu'il ne remette pas en question son intégrité. Toutefois, ce qu'elle venait de lui dévoiler teintait différemment, encore, ce qu'ils partageaient à présent.

Elle avait souhaité avoir un bébé, et son ex-mari lui avait refusé ce bonheur-là. Pour aggraver les choses, il avait eu un enfant avec une autre. Et maintenant Dani se retrouvait enceinte sans l'avoir désiré…

Envisager la possibilité d'une interruption volontaire de grossesse, alors qu'elle désirait tant être mère, devait la torturer.

Ni l'un ni l'autre n'auraient pu imaginer en arriver là en si peu de temps…

Malgré tout, Alex ne pouvait en aucun cas s'engager dans une relation en sachant qu'un jour, peut-être, il deviendrait un fardeau. Il ne serait pas aussi égoïste que son père biologique. Il avait été élevé par un homme gentil, cultivé et sensé, qui lui avait inculqué des valeurs solidaires. Pour Dani et leur bébé, il opterait pour la meilleure solution.

Donc, oui, à présent, il savait ce qu'il lui restait à faire. Dani paraissait si seule, si perdue et désemparée. Il devait la rassurer… La serrer fort dans ses bras, tout comme elle l'avait enlacé quand il s'était senti seul, perdu et désemparé.

Alex s'approcha de Dani, glissa un bras autour de la taille de la jeune femme et l'attira contre lui.

Elle se laissa faire, les yeux baissés pour dissimuler ses larmes.

— Dani, écoute-moi, murmura-t-il, la gorge nouée. On n'a pas choisi de vivre cette situation… Mais on a été prudents. On a agi comme des adultes consentants et avertis. Sois sûre que je ne fuirai pas mes responsabilités. Je serai là pour toi et pour le bébé.

Dani leva la tête pour le regarder, visiblement bouleversée.

— Comment ? demanda-t-elle en s'essuyant les paupières. On n'est même pas ensemble.

— Et on ne pourra pas l'être si je suis porteur du gène de la maladie de Huntington. Je te préviens, ce n'est pas négociable.

Alex savait qu'il se montrait têtu, voire psychorigide, mais il ne transigerait pas sur ce point. C'était trop important.

— Tu n'aurais aucun symptôme avant de très nombreuses années, si tu étais porteur, répliqua doucement Dani. D'ici là, les chercheurs auront trouvé un traitement ou, au moins, le moyen d'amoindrir ou retarder les problèmes.

— On peut déjà minimiser les dysfonctionnements neurodégénératifs, rétorqua Alex d'un ton plus sec qu'il ne l'aurait souhaité. Mais on doit être réalistes. La plupart des gens atteints de Huntington jouissent d'une bonne santé pendant environ quarante ans, et ensuite les symptômes commencent. J'ai trente-cinq ans. Ça me laisse cinq ans avant le début du cauchemar, Dani. En supposant que j'aie hérité du gène et que je ne l'aie pas transmis au bébé, et qu'on laisse la grossesse se poursuivre, l'enfant n'aura même pas commencé sa scolarité quand je tomberai malade.

— Si tu as hérité du gène, souligna-t-elle. Il y a cinquante pour cent de chances.

— Tu l'as dit toi-même : le risque encouru pour le bébé est énorme, objecta-t-il. Il faut qu'on fasse preuve de bon sens. Je sais que c'est difficile, que c'est flou, hypothétique, mais on doit garder les pieds sur terre.

Et le meilleur moyen était que Dani entende l'entière vérité.

La mort dans l'âme, Alex se lança alors dans une description détaillée des problèmes liés à cette pathologie :

— Si Stephen m'a transmis le gène défectueux, il faudra que je sois sous médication à cause de troubles de l'humeur et de symptômes dépressifs. Il faudra que je me fasse soigner parce que j'effectuerai des mouvements involontaires. Il faudra que je suive régulièrement des séances de kinésithérapie pour tenter de freiner la perte de motricité : lentement mais sûrement, je ne parviendrai plus à marcher normalement, ni même à rester debout. Je souffrirai de pertes d'équilibre. Je tomberai. Ensuite, j'aurai du mal à manger : à couper les aliments, à mâcher, à avaler. Les risques de fausses routes seront de plus en plus élevés. Il faudra me couper ma nourriture, puis la hacher, et un jour je serai alimenté par une sonde. Il y aura aussi les problèmes de communication : des troubles de l'élocution, de la parole, qui s'aggraveront au fil du temps... Des problèmes cognitifs également. Je serai peut-être capable de formuler une demande à un moment, et cinq minutes plus tard incapable de la répéter. Ce sera de plus en plus difficile et frustrant, tant pour toi que pour moi ou pour quiconque tentera d'établir un lien avec moi.

En raison des sautes d'humeur, j'aurai peut-être un comportement agressif… Voilà un tableau réaliste, Dani, conclut-il.

Elle l'avait écouté avec attention.

— Stephen était comme ça ?

— Oui. Catriona, sa compagne, a vraiment été adorable. À la fin, Stephen ne pouvait pratiquement plus communiquer, et elle m'a aidé à lui parler. Mais j'ai constaté à quel point c'était difficile pour elle. Elle l'a aimé, c'est sûr, et ne l'a jamais abandonné. Sauf que voir Stephen décliner jour après jour, sans pouvoir agir, l'a anéantie.

Alex poussa un soupir.

— La première fois que j'ai rencontré Stephen, il ne pouvait s'exprimer que grâce à des images. La fois suivante, il était plus en forme et il a réussi à articuler quelques mots. Il avait une auxiliaire de vie qui lui faisait sa toilette, l'habillait et lui préparait ses repas… Elle le nourrissait et le poussait dans un fauteuil roulant. Il ne pouvait absolument plus rien faire tout seul. Je détesterais vraiment être aussi dépendant… Et imposer un tel fardeau à la femme que j'aime.

Il serra Dani plus tendrement contre lui.

— Ce que j'essaie de te dire, Dani, c'est qu'il y a de fortes probabilités que je n'aie aucun avenir digne de ce nom. D'ici là, je vais faire de mon mieux pour toi et le bébé. Je te soutiendrai autant que possible.

— Et si l'enfant a la maladie ?

— Pour l'instant, il y a trois chances sur quatre que ce ne soit pas le cas.

Dani garda le silence, mais il devina, à son regard sombre, ce qu'elle pensait. Elle ne voulait courir aucun risque.

— Demain, je vais aller voir mon médecin de famille pour qu'il me recommande un laboratoire de dépistage génétique, dit Alex. Il va falloir qu'on avance étape après étape. D'ici quelques semaines, on aura peut-être à prendre une affreuse décision, mais on le fera en connaissance de cause, et ensemble. En accord l'un avec l'autre.

Bouleversé, il appuya le front contre celui de Dani.

— Dans une autre vie, je ne serais pas le fils biologique de Stephen, mais celui de Will. Toi et moi aurions prévu d'avoir un enfant, et on serait fous de joie… Ou alors la grossesse serait arrivée sans qu'on l'ait souhaitée, mais on en aurait été très heureux… Je suis désolé de t'obliger à vivre cette épreuve.

L'air ému, elle aussi, Dani lui caressa le visage.

— Ce n'est pas ta faute.

Oh si…

— Tant que nous n'aurons pas les résultats du test, on sera sur des charbons ardents, ajouta Alex. Mais je te promets d'être là pour toi et de te soutenir. Tu as déjà contacté ton généraliste ou ton gynécologue ?

— Non, je voulais d'abord qu'on en discute.

Alex acquiesça.

— Si tu veux que je t'accompagne, ce sera avec plaisir.

— Non, ça ira. Merci.

Dani marqua une pause.

— Si tu veux que je sois là quand tu passeras le test, pas de problème. Parce que le soutien est dans les deux sens, Alex. Tu en as autant besoin que moi.

— Je ne peux pas te demander ça, objecta-t-il.

— Tu ne me demandes rien. Je te dis, moi, ce que je pense, insista Dani. On est dans le même bateau, toi et moi. On est ensemble.

— Justement, là réside tout le problème. Si j'ai la maladie, je ne veux pas être un fardeau.

— Et si tu ne l'as pas ?

— Dans ce cas…

Alex soupira.

— Dans ce cas, tout sera différent.

— On serait peut-être parents l'été prochain.

Ce qui prouvait que pour Dani, et dans la mesure où le bébé n'était pas porteur du gène malade, une interruption volontaire de grossesse n'était pas envisageable.

Alex en fut plus ému qu'il ne l'aurait imaginé. Parce qu'il s'était dit la même chose.

Une fraction de seconde, il s'autorisa à entrevoir un autre futur. Un avenir joyeux, lumineux. Il serait père… Et cela le comblerait de bonheur. Il avait eu la chance d'avoir une enfance heureuse. Idyllique, en vérité. Il avait grandi en se sentant aimé, respecté, et il voudrait que son enfant vive la même chose !

Mais si son enfant était génétiquement atteint...

Comment accepter de le voir se dégrader des années plus tard ?

— Peut-être, répondit prudemment Alex.

— Tu te rends compte qu'on dit ça alors qu'on vient à peine de se rencontrer, souligna Dani.

Eh oui... Le bébé était le résultat d'une seule et unique nuit d'amour inconscient. Ils n'étaient pas amoureux l'un de l'autre. Ils éprouvaient une attirance, et Alex savait qu'il aimait bien Dani. Il l'admirait. Il l'appréciait. Il la trouvait séduisante. Et elle, qu'éprouvait-elle pour lui ? De l'affection ? De la sympathie ? Était-ce suffisant pour bâtir une relation amicale et parentale de qualité ? Qu'envisageait-elle ? Une vie organisée, chacun de son côté, tout en essayant de fonder une famille malgré tout ?

— Je ne peux rien te promettre, Dani, dit-il finalement. Rien par rapport à l'avenir... Un éventuel avenir commun. Mais on peut tenter de mieux se connaître, tu ne crois pas ?

Dani acquiesça, les yeux brillants.

— Alors je vais commencer, poursuivit Alex, soudain plus enjoué. Je suis fils unique. Mon père était orthopédiste et il est maintenant retraité. Ma mère travaille encore à mi-temps : elle gère un salon de thé. Ils vivent à l'est de Londres.

— Je suis également fille unique. Ma mère est professeur d'histoire et mon père, comptable. Ils habitent dans le Surrey.

Dani sourit.

— Qu'est-ce que tu aimerais savoir ?

— Plein de choses ! Par exemple, si tu n'avais pas été médecin, quel métier aurais-tu exercé ?

— Scientifique spécialisée en recherches médicales et archéologie, répliqua-t-elle sans hésiter. J'aurais été celle qui s'occupe de la reconstruction faciale des squelettes, tu vois ?

Alex sourit à son tour, amusé et impressionné tout à la fois.

— C'est vraiment précis.

— Je sais. Je crois que ma mère m'a transmis son goût pour les quêtes historiques.

Dani se mit à rire.

— Petite, je voulais être archéologue. J'ai adoré visiter le royaume médiéval de Northumbrie et découvrir le mur d'Hadrien. Avec mes parents, on a aussi visité le château de Bamburgh, et j'ai pu participer à des fouilles... L'archéologue responsable devait bien m'aimer parce qu'il m'a laissée manipuler certaines de leurs trouvailles.

Elle sourit de nouveau, l'air rêveur.

— Il y avait un petit hippopotame de bronze qui tenait juste dans la paume de ma main. Incroyable... J'ai passé le reste de mes vacances à creuser des trous sur la plage pour tenter de découvrir d'autres trésors !

Alex se sentit ému par ces confidences. Il refréna aussitôt l'envie d'avoir une fille qui ressemblerait à Dani et qui, comme elle, s'efforcerait de trouver des merveilles...

— Nous aussi, on allait à la mer pendant les vacances. Plutôt en Cornouailles, et j'aimais bâtir des châteaux de sable, dit-il. Mon grand-père — le père de ma mère — se passionnait pour l'histoire militaire, si bien qu'il ne s'agissait pas simplement de quatre tours avec de vagues murs autour ! Nos châteaux étaient édifiés sur des mottes, et comportaient des douves ainsi que d'immenses remparts.

Quelques instants, il se laissa gagner par ces souvenirs heureux avant de poursuivre.

— Je suppose que si je n'avais pas été médecin j'aurais été quelque chose comme... architecte spécialisé dans la restauration des bâtiments anciens.

— On a un point commun : on aime tous les deux l'histoire.

— Et les plages.

Alex marqua une pause.

— Une autre question : chien ou chat ?

— Chien, répondit-elle sans hésiter. C'est ce qui m'a manqué le plus pendant mes années étudiantes. Je pouvais parler à mes parents au téléphone, leur envoyer des lettres, des photos... On était proches et on l'est toujours. Mais j'aimais être contre notre chien quand je lisais, j'aimais l'emmener en promenade parce que marcher m'aide à me clarifier les idées... C'est à cause de ça que j'ai commencé à faire du jogging dans le parc à côté de chez moi et par ici. Quand je croise des personnes qui ont un chien, je suis capable de les interpeller, de leur poser des tas de questions sur leur animal...

Dani fronça le nez d'une manière comique.

— Je suis un peu trop bête, là, je crois.

— Pas du tout !

Au contraire, Alex appréciait cet aspect plus tendre de sa personnalité. Il l'imaginait si facilement en train de pousser un landau dans un parc, avec un chien trottinant près d'elle...

Il chassa cette vision idyllique de son esprit et se concentra de nouveau sur la réalité.

— Quel genre de chien tu aimes ?

— Plutôt les chiens de chasse. J'ai grandi en compagnie d'un springer spaniel marron et blanc que j'ai adoré. Et toi ? Chien ou chat ?

— Chien.

— Quelle sorte ?

— Chien de chasse aussi. Je suis fan des golden retrievers. On a eu une femelle, très grande, très douce, qui croyait être toute petite. Elle essayait de se lover sur nos genoux alors qu'elle pesait au moins trente kilos !

Dani éclata de rire.

— Comment s'appelait-elle ?

— Sally. Et ton springer ?

— Oscar. Mes parents ont décidé de ne pas le remplacer à sa mort. Mais je crois qu'ils adopteront un autre chien lorsqu'ils prendront leur retraite. Peut-être un chien plus petit et moins agité qu'un springer. Ça manque trop à ma mère.

Dani donnait aussi l'impression d'avoir besoin de la compagnie d'un chien... En avait-elle un avant de divorcer ? Son ex-mari l'avait-il gardé ? Alex n'osa pas interroger la jeune femme à ce sujet. Il ne voulait pas la peiner davantage. Mais, de toute évidence, tous deux avaient encore un point commun.

En fait, plus il découvrait Dani, plus il s'apercevait qu'ils risqueraient fort de bien s'entendre...

— Bon, on aime tous les deux l'histoire et les chiens. Et tu es une adepte du jogging.

— Mais toi, tu ne cours pas, répliqua-t-elle.

Alex ne put s'empêcher de rire. Dani était si catégorique, par moments !

— Pas à l'extérieur. Dans un club de gym. Je préfère faire de la musculation, des pompes... Ça me vide la tête, comme on dit.

— Je te comprends. Je pratique le cardio-training. Aérobic, zumba… Ça m'a manqué, ces derniers temps, ajouta Dani en désignant son pied. Qu'est-ce que tu fais d'autre pour te détendre ?

— Je joue à des jeux vidéo.

Dani esquissa une grimace.

— Aïe… Pas des jeux de guerre, quand même ?

— J'ai bien peur que si. Et toi ?

— Je ne suis pas du tout une *gamer*. Je préfère les mots croisés, les sudokus… C'est mon principal vice avant d'aller me coucher !

— J'aime bien les mots croisés le matin, pendant le petit déjeuner. Et la lecture ?

— Oh oui… Les romans policiers. De préférence avec un contexte historique et des problèmes d'expertise médico-légale. Et toi ?

— Les thrillers. Je suis un grand fan de Lee Child.

Dani esquissa un sourire.

— Encore un point commun, dit-elle d'un ton amusé. Décidément…

Alex ne put s'empêcher de sourire à son tour. En d'autres circonstances, il aurait embrassé Dani.

— J'ai une autre question, reprit-elle. Gourmand, gourmet ou indifférent ?

— Au restaurant, plutôt gourmand, avoua-t-il. À la maison, j'ai tendance à cuisiner des plats rapides.

Il la regarda.

— J'ai remarqué un rayon entier de livres de cuisine, chez toi. J'en déduis que tu aimes bien manger ?

— Je serais plutôt du genre gourmet. J'aime prendre mon temps, tester les recettes… Ça m'a toujours aidée à me détendre, particulièrement quand j'étais étudiante. Je laissais en quelque sorte les infos que j'avais révisées infuser dans mon esprit pendant que je préparais à dîner. C'était super. Je cuisinais pour tout le monde : on achetait collectivement, je préparais le repas et j'étais dispensée de vaisselle. Tout le monde était content !

Qu'il appréciait cette femme…

Pourvu que le test leur laisse la possibilité de bâtir quelque chose ensemble, songea Alex, inhabituellement ému. Il avait la sensation que partager sa vie avec Dani serait un pur bonheur.

— Et la musique ?

— J'aime si je peux chantonner en même temps, répondit-elle. Et toi ?

— Le rock indé. Et la guitare blues. Mon père aime Peter Green, et j'ai grandi en l'écoutant lui, ainsi que John Mayall, dans la voiture.

— Super… Et tu préfères le cinéma ou le théâtre ?

— Le cinéma, et surtout j'ai une prédilection pour les films policiers ! Et toi ?

— Les deux. J'adore les comédies musicales. Admirer les comédiens et les chanteurs sur scène… J'adore, répéta Dani.

Alex ne put cacher son étonnement.

— Vraiment ?

— Eh oui ! Je connais *Mamma Mia* et *Grease* quasiment par cœur. Viens au spectacle avec moi la prochaine fois qu'il y a une représentation dans le West End.

— Impossible. Je ferai du baby-sitting.

Les mots étaient sortis spontanément.

— Tu parles d'une excuse…

Puis le sourire de Dani disparut quand elle comprit ce qu'il avait voulu dire.

Il ferait du baby-sitting… avec leur bébé.

Sauf qu'ils ignoraient totalement si ce serait possible. Ils ne savaient toujours pas ce qui allait se produire réellement.

— Alex… Qu'est-ce qu'on va faire ?

Il soupira.

— Franchement, à ce stade, je l'ignore. Une fois qu'on aura les résultats du test, on pourra étudier tous les choix possibles. Jusque-là, à mon avis, il vaudrait mieux vivre au jour le jour et ne pas trop réfléchir à cette situation.

Il lui caressa le visage avec tendresse, appréciant la douceur de la peau de Dani.

— On raconte souvent qu'un problème partagé est un problème allégé… Mais je pense que c'est faux. Dans notre cas, le problème paraît deux fois plus important.

— Je suis désolée.

— Ce n'est pas ta faute. Les circonstances sont ce qu'elles sont, répliqua Alex.

— Ce n'est pas ta faute non plus, dit-elle, comme si elle devinait ce qu'il avait à l'esprit.

En vérité, il se sentait terriblement responsable…

— Est-ce que tu as déjà des symptômes de grossesse ? demanda-t-il.

— Oui…

Dani poussa un léger soupir.

— J'ai d'abord eu l'impression d'avoir attrapé un virus, parce que je me sentais faible, pas comme d'habitude en tout cas. Ensuite, j'ai commencé à ne plus avoir envie de boire du café… Mais je n'y ai pas trop prêté attention, je l'avoue, prise par le quotidien, le travail… Jusqu'à ce que je me rende compte du retard dans mon cycle. Sauf que ça me paraissait absolument impossible ! J'ai quand même acheté un test, histoire de me prouver que j'avais trop d'imagination… Et voilà, la vérité est tombée.

— Pas celle que tu attendais.

— Vraiment pas, admit-elle. J'ai aussitôt redouté ta réaction…

— Pour être franc, je ne sais pas trop où j'en suis… Mais je tiendrai parole, ajouta Alex, percevant une lueur inquiète au fond des yeux de la jeune femme. Je serai là pour toi et le bébé. Je ferai ce qu'il faut.

— Moi aussi. Je suis capable d'assumer, rétorqua Dani.

— Je n'en doute pas. Tu es une femme forte. Sache juste que je serai là, répéta Alex. Et les décisions, nous les prendrons ensemble.

Dani fut tellement émue par les derniers mots d'Alex qu'elle ne répondit pas tout de suite. Il s'engageait malgré tout… En aucun cas, il ne la laissait tomber.

Il ne *les* laissait pas tomber !

Leur relation aurait-elle une chance de se prolonger ? Dani avait parfaitement compris qu'Alex refuserait d'être en couple tant qu'il ne connaîtrait pas le résultat du test génétique. Si ce dernier s'avérait négatif, resterait-il avec elle ?

Plus elle connaissait Alex, plus il lui plaisait.

En vérité, elle se sentait profondément séduite et attirée par lui.

Mais la trahison de Leo continuait de la hanter. Cet homme qu'elle avait épousé, elle l'avait aimé sans se rendre compte qu'il ne partageait pas ses sentiments.

Et si Alex agissait de la même façon un jour ?

Là, aujourd'hui, il se montrait à l'écoute, gentil, prêt à tout pour lui épargner des déceptions... Mais rien ne prouvait qu'il ne changerait pas. Peut-être que, comme Leo, il finirait par la juger trop autoritaire, trop directive... Et finalement insupportable ; indigne d'être aimée.

Dani n'avait plus envie de courir le risque...

Malheureusement, en elle, tout se mélangeait. Un tourbillon de sensations et d'émotions contradictoires l'envahissait depuis qu'elle avait découvert qu'elle était enceinte.

Devinant sans doute les pensées de Dani, Alex lui effleura de nouveau la joue, d'un geste très tendre.

— Ne t'en fais pas, on s'en sortira et on trouvera la meilleure solution. On doit juste rester patients et franchir les étapes les unes après les autres.

— Les unes après les autres, oui, répéta Dani.

— Maintenant, je vais te laisser et rentrer me reposer, dit-il en s'écartant doucement. On se voit demain au travail.

— Oui. Et... Merci d'être aussi gentil.

— C'est normal. Tu n'es pas responsable de ce qui nous arrive, rappela Alex. Les circonstances nous ont joué un drôle de tour et, ensemble, nous prendrons les décisions justes. Ensemble.

7

Le lendemain matin à la première heure, Alex téléphona au Dr Miller, son médecin de famille. À son grand soulagement, il obtint un rendez-vous le même jour, en fin de journée, quand il aurait fini son service.

Alex expliqua que son père biologique venait de décéder de la maladie de Huntington et qu'il souhaitait faire le test génétique puisque c'était une pathologie héréditaire.

— Vous avez des symptômes ? demanda le Dr Miller.

— Pas encore, dit Alex.

Mais ces derniers temps il s'observait... Il vérifiait que tout fonctionnait bien. Au cas où.

— Dans ce cas, on peut vous proposer une analyse qui permettra un pronostic : vous saurez si, oui ou non, vous êtes porteur. Sans que ce résultat précise quand vous seriez susceptible de développer la maladie. Toutefois, il faudrait que vous consultiez un généticien avant le dépistage, conseilla le médecin.

— Ce sera inutile, affirma Alex. Je veux savoir ce qu'il en est, c'est une certitude.

Le Dr Miller secoua la tête.

— Pour ce genre d'examen, le protocole est strict : il faut une consultation avec un spécialiste, et en général quatre rendez-vous sont nécessaires. Le premier sert à exposer la situation. Le second à discuter du problème ; lors du troisième, vous effectuez le test, et vous recevez les résultats, commentés, pendant le quatrième entretien. Le processus entier prend environ six mois.

Alex ne pouvait en aucun cas attendre aussi longtemps.

— Je comprends et j'apprécie cette vigilance. Malheureusement, pour moi, on va devoir agir plus rapidement. Je vais avoir un bébé, voyez-vous… Il n'était pas prévu qu'il arrive aussi vite. On ne peut pas se permettre de patienter aussi longtemps pour connaître le résultat. Il faut qu'on sache au plus vite afin de procéder à un diagnostic prénatal si besoin. Je sais qu'il faut compter au moins deux semaines entre l'analyse et le bilan, parce qu'il faut vérifier l'occurrence du codon ACG dans l'ADN, mais ne pourrions-nous pas au moins concentrer les trois rendez-vous en un seul ?

Le Dr Miller resta songeur.

— Je pourrai peut-être avancer la consultation avec le généticien : une rencontre reste indispensable.

— Bien sûr.

— D'après ce que j'ai compris, vous êtes au courant de ce problème depuis un moment, mais vous n'avez pas voulu faire de test, reprit le Dr Miller. Le spécialiste voudra savoir pourquoi.

— C'est facile : connaître la vérité ne me semblait pas important, puisque j'avais décidé de ne pas fonder de famille, répondit Alex. J'aurais peut-être adopté un enfant un jour, mais… D'abord, il fallait que j'accepte ce que j'avais appris, et l'historique familial de cette maladie.

Il haussa les épaules.

— Aujourd'hui, je ne peux plus penser seulement à moi.

— Je comprends. Dans votre entourage, y a-t-il des personnes qui vous soutiennent ? interrogea le médecin.

Une mère rongée par la culpabilité, un père inquiet et mal à l'aise, une amie — Dani —, qui devait être accablée par le poids des responsabilités engagées… Et personne d'autre, par sa faute.

— Beaucoup, mentit-il.

Le Dr Miller l'observa avec attention.

— Parfois, il est conseillé de parler à quelqu'un qui s'est retrouvé dans la même situation. Je vais vous recommander un groupe de soutien.

— Merci, dit Alex.

— Je vous en prie. J'espère que tout ira dans le sens que vous souhaitez.

Alex acquiesça. Au fond de lui-même, il priait pour qu'il en soit ainsi.

Dès qu'il eut quitté le cabinet, il téléphona à Dani. La jeune femme répondit tout de suite, la voix un peu ensommeillée.

— Dani, c'est Alex. Je te réveille ?

— Ne t'inquiète pas, j'ai juste fait une sieste en rentrant du travail.

Alex s'en voulut de l'avoir dérangée, mais il tenait à ce que Dani soit au courant dès à présent. Il lui résuma son entretien.

— Normalement, cette semaine, je devrais pouvoir voir le spécialiste, conclut-il.

— Bonne nouvelle, dit-elle sans entrain.

— Oui, on avance... Tu as dîné ? demanda Alex sans transition.

— Non, j'avais prévu de me faire à manger là, maintenant, mais je suis encore plus fatiguée, avoua Dani. Je crois que je vais simplement me préparer un toast au fromage.

Ce qui n'était pas très sain.

— Je peux passer t'apporter quelque chose, proposa spontanément Alex. Tu dois prendre des forces.

— Je sais, mais...

— Repose-toi. Je passe au supermarché et j'arrive, déclara Alex. Est-ce qu'il y a des aliments que tu évites ?

— Aucun du moment qu'ils n'ont pas un goût trop fort.

— C'est noté. À tout de suite.

— Merci...

— De rien. Repose-toi, répéta Alex avant de couper la communication.

Après avoir acheté des provisions, il gagna l'appartement de Dani.

— Au menu : raviolis, ricotta pasteurisée — j'ai vérifié —, sauce tomate nature, parmesan et pain *ciabatta*, annonça-t-il gaiement. J'ai aussi pris des fraises et de l'ananas frais pour le dessert.

Les yeux de Dani s'embuèrent.

— Génial... Oh ! je suis bêtement émotive, s'exclama-t-elle en se ressaisissant.

— Ce sont les hormones qui s'affolent, dit-il gentiment. Tu es la femme la moins émotive que je connaisse.

— En apparence, répondit Dani en souriant. En tout cas, tu es vraiment adorable.

Adorable ? Non, responsable. Respectueux et attentif.

— Je peux être là régulièrement, proposa Alex. Tu n'auras pas à cuisiner si tu es fatiguée.

Dani le regarda d'un air étonné.

— Tu es sérieux ? Tu viendrais chez moi tous les soirs… pour ça ?

— On pourrait alterner : une fois, ici, la fois suivante, chez moi. Mais dans tous les cas je prépare à manger. Pour rentrer chez toi, tu pourras prendre un taxi ou je te raccompagnerai.

Dani se rembrunit.

— Merci, mais je sais conduire.

— Je préférerais que tu ne le fasses pas. Attention, je ne pas mets tes compétences en doute, se hâta d'ajouter Alex. C'est juste qu'à ce stade de ta grossesse il faut se ménager… Et, circuler dans la périphérie de Londres, ce n'est pas franchement une partie de plaisir.

— Tu as raison. Cela dit, je peux prendre le métro et marcher. La marche, c'est recommandé. Il faudra sans doute que je cesse l'aérobic et que je fasse de la gym aquatique pour femmes enceintes, poursuivit Dani en ébauchant un sourire. D'autant plus que mon pied ne s'est pas encore totalement rétabli.

— Et tu voudrais circuler en métro ? Désolé, Dani, j'aimerais mieux être ton chauffeur, insista Alex.

L'espace de quelques secondes, il s'attendit à ce que Dani refuse. Mais après un long moment elle fit un signe affirmatif.

— D'accord. Ce sera agréable. Je n'ai pas de nausées matinales, mais je suis épuisée, avoua-t-elle. Je ne m'attendais pas à ressentir une telle fatigue.

Alex résista à l'envie de la prendre dans ses bras.

— Eh bien, à partir de maintenant, compte sur moi pour t'aider le plus possible. Tu n'auras qu'à me dire ce qui te plaît… En sachant que je préparerai des repas simples.

— Bien sûr. De toute façon, je préfère la nourriture simple. Ce midi, j'ai mangé un chili végétarien et j'ai eu du mal à le digérer.

— J'imagine !

Alex regarda la jeune femme. Décidément, quelque chose en elle l'émouvait.

— Tu as pris rendez-vous chez ton médecin ?

— Oui, à la fin de la semaine. Mais, toi et moi, on sait bien que ça ne servira pas à grand-chose pour l'instant.

— Tu demanderas à passer une échographie ?

Dani hocha la tête.

— Tant qu'on ne sait pas ce qu'on va faire, je préfère attendre. Je serai enceinte de trois mois début décembre et je ne suis pas sûre qu'on aura les résultats du test génétique à ce moment-là. Si on l'a et que les nouvelles sont mauvaises, il faudra encore prévoir l'analyse placentaire. Ensuite, eh bien, j'aviserai. On avisera.

Alex garda le silence. Il comprenait. Habituellement, la première échographie représentait un instant unique de réjouissance, de partage... Dans leur cas, à ce stade, ce n'était pas envisageable.

— Si tu veux, je t'accompagnerai chez le généticien, proposa Dani.

— Pas la peine...

Dani parut surprise. Peinée ? Peut-être. Mais Alex n'avait pas le choix s'il voulait conserver une distance raisonnable entre eux.

— Je me débrouillerai seul, ne t'inquiète pas. La situation est suffisamment délicate. Bon, je vais préparer le dîner, poursuivit Alex d'un ton qu'il espéra chaleureux.

— Merci...

Dani sommeilla de nouveau une quinzaine de minutes, le temps qu'il réchauffe le pain et cuisine les raviolis.

En la regardant, Alex songea de nouveau qu'il aurait aimé la tenir dans ses bras. Il aurait lu un journal ou un roman pendant qu'elle se reposait...

— C'est prêt, dit-il doucement, en lui caressant la joue.

Elle entrouvrit les yeux et sourit.

— J'ai mis la table dans la cuisine. Ne m'en veux pas d'avoir fouillé dans tes placards.

— Bien sûr que non. Merci.

Durant le dîner, Dani parla peu, et Alex mit son silence sur le compte de la fatigue.

— Si tu veux, avant de partir, je te fais couler un bain.

— Oh non... Je risquerais de m'endormir dans la baignoire !

Un court instant, Alex crut percevoir de la nostalgie sur le visage de la jeune femme. Peut-être aurait-elle voulu qu'il reste auprès d'elle… Comme un autre homme l'aurait fait pour choyer sa compagne enceinte.

Malheureusement, dans leur situation, les comportements attendus, habituels, ne seraient pas possibles. Au cas où le pire scénario se produirait, Alex refusait de faire souffrir Dani.

— On se voit demain, dit-il. Dors bien.

Dani acquiesça.

— Toi aussi. Et encore merci, Alex.

Alex fut soulagé de recevoir un appel de son médecin le lendemain : l'entretien avec le généticien serait programmé dès vendredi après-midi.

Il envoya un SMS à Dani pour la prévenir. Puis il jeta un coup d'œil à ses dossiers.

Le premier couple qui venait le consulter ce jour-là rencontrait un problème génétique concernant la production d'hémoglobine. Ils venaient tout juste de recevoir les résultats du test placentaire.

D'ici quelques semaines, Dani et lui seraient dans la même situation, ne put s'empêcher de songer Alex.

Se ressaisissant, il invita M. et Mme Giorgiou à entrer.

— Bonjour, je suis le Dr Alex Morgan. Comment vous sentez-vous, madame Giorgiou ?

— Bien mieux depuis qu'on sait où on va, répondit d'emblée sa patiente. Les dernières semaines ont été éprouvantes, puisqu'on se demandait si notre bébé souffrirait de thalassémie.

— Les médecins m'ont demandé de faire des analyses, précisa M. Giorgiou. Comme j'ai été adopté, je ne connais rien d'éventuels antécédents médicaux familiaux. J'ai alors découvert que je suis porteur du gène de cette maladie…

Alex savait que les personnes originaires de régions méditerranéennes, comme les Giorgiou, étaient davantage sujets à cette pathologie.

— La nouvelle a dû être difficile…

— Oui, admit M. Giorgiou. J'ignorais tout de la maladie, de sa gravité… Je me suis tout de suite demandé si notre bébé serait malade, ou si je perdrais la santé en vieillissant.

— La généticienne qu'on a rencontrée nous a beaucoup aidés, dit Mme Giorgiou. Elle nous a expliqué le risque de transmission au bébé avec un dessin. En résumé, il avait une chance sur deux d'être porteur, une chance sur quatre de n'avoir aucun problème, et une chance sur quatre d'avoir hérité du gène défectueux et de contracter la maladie.

Tout en écoutant ses patients, Alex songeait que la situation était décidément très similaire à celle qu'il rencontrait avec Dani. Peut-être que pour Dani et lui la conclusion serait également enthousiasmante et encourageante. Un nouveau tour du sort... Merveilleux cette fois !

Il félicita M. et Mme Giorgiou, les invita à revenir le voir d'ici deux mois pour un contrôle de routine et les mit en contact avec une sage-femme. Après quoi, recevant la patiente suivante, il s'efforça de ne plus se focaliser sur ce qu'il était en train de vivre, ce bébé qui, soudain, prenait une telle place dans son existence... Et qu'il espérait pouvoir tenir un jour dans ses bras.

Pour Alex, le reste de la semaine passa rapidement et le rendez-vous pris avec le Dr Libby Glen, généticienne, eut enfin lieu.

— Votre médecin traitant m'a fait part de la situation, dit le Dr Glen. Habituellement, on espace les entretiens d'environ un mois pour que les patients puissent assimiler toutes les informations et réfléchir posément.

— Je sais, dit Alex. C'est une bonne chose. Malheureusement, dans mon cas, ce ne serait pas judicieux. J'ai demandé au Dr Miller si nous pouvions concentrer le protocole sur une seule séance. Celle d'aujourd'hui.

— Je comprends. D'autant que vous êtes vous-même médecin, donc vous êtes déjà au courant des éléments médicaux les plus importants, ajouta le Dr Glen. Je dois toutefois m'assurer que vous avez bien évalué ce qui doit l'être, car il existe une grande différence entre connaître un problème de façon abstraite et l'assimiler émotionnellement.

Alex ébaucha un sourire poli.

— Vos mots ressemblent à ceux que je prononce quand je dois

annoncer une nouvelle délicate à un patient. Docteur, quels que soient vos propos, ça ne changera strictement pas ma décision. L'équilibre d'un enfant est déjà en jeu, de même que celui de sa mère. Je dois impérativement savoir si je suis porteur du gène de la maladie de Huntington. Si la réponse est affirmative, il faudra envisager un examen prénatal. Si la réponse est négative, ma...

Dani n'étant pas sa compagne, comment la nommer ?

— Mon amie n'aura pas à faire de PVC.

Le prélèvement de villosités choriales, effectué grâce à la ponction d'un micro-fragment de placenta, impliquait la prise d'un risque de fausse couche ; léger, certes, mais existant. Ensuite, il faudrait attendre trois semaines pour connaître les résultats.

— J'entends bien que vous inquiétez d'abord pour le bébé, dit le Dr Glen. Mais pensez à l'impact que ce test aura sur votre propre vie et sur la façon dont vous envisagerez votre avenir.

— J'en suis conscient et je suis prêt à affronter la réalité, répliqua Alex. J'avoue que lorsque j'étais le seul à être impliqué je me sentais moins motivé. Aujourd'hui, c'est différent. J'ai une lourde responsabilité.

La généticienne acquiesça.

— La plupart des gens qui souhaitent faire un test de dépistage génétique sont essentiellement animés par le désir de ne plus vivre dans l'incertitude. Afin de construire, de bâtir des projets... Votre compagne aimerait-elle s'entretenir avec moi ?

— Je ne sais pas. Elle est également médecin, gynécologue obstétricienne, comme moi, précisa Alex. Elle connaît bien les protocoles et les risques.

— Je vois. Donc s'il s'avère que vous êtes porteur du gène, vous souhaiteriez un test prénatal ?

— Absolument. C'est pour cette raison que je veux accélérer la procédure initiale, insista Alex. Le test prénatal est généralement effectué aux alentours de la onzième semaine de grossesse, jusqu'à la quinzième.

— Votre compagne est enceinte depuis combien de temps ?

— Environ sept semaines. Mais obtenir les résultats de mon dépistage sera long. Ensuite, si on doit poursuivre les analyses, on n'aura aucun résultat définitif avant la fin du premier trimestre de grossesse.

Le Dr Glen hocha la tête d'un air soucieux.

— Vous savez que pour pouvoir réaliser cette analyse prénatale vous devrez accepter d'interrompre volontairement la grossesse en cas de résultat positif ? Le bébé ne pouvant donner son accord...

— Oui. On se préparera le moment venu, si c'est nécessaire.

— D'autre part, et toujours dans l'hypothèse d'un résultat génétique positif, vous savez qu'à l'avenir vous pourriez recourir au diagnostic...

— Pré-implantatoire, compléta Alex. En effet. On peut choisir de faire une FIV, d'analyser les embryons, et faire vivre celui qui ne présente aucun risque.

— Tout à fait. Les patients que je reçois ont, en général, entrepris de nombreuses recherches pour comprendre la situation, mais vous en savez déjà beaucoup, forcément, en raison de votre profession...

Le Dr Glen ébaucha un sourire.

— Pardonnez-moi, il fallait que je m'assure que vous aviez bien toutes les cartes en main.

— C'est le cas, rétorqua Alex, soulagé par la tournure que prenait l'entretien. Je suis prêt à signer le document stipulant que je prends ma décision en toute connaissance de cause.

— Très bien.

Le Dr Glen lui tendit un formulaire comportant de nombreuses informations.

— Lisez-le avec attention, et si vous avez des questions je m'efforcerai d'y répondre le plus précisément possible avant que vous apposiez votre signature.

Alex s'absorba dans la lecture pendant quelques instants.

— Je n'ai aucune question.

Et il signa.

— Merci. Je vais donc procéder au prélèvement sanguin, ajouta le Dr Glen. Vous savez que les gènes sont constitués d'ADN, et que cet ADN est lui-même composé de quatre éléments : adénine, guanine, cytosine et thymine. L'un des segments du gène de la maladie de Huntington comporte plusieurs répétitions de trois éléments — CAG —, et dans le diagnostic pré-symptomatique, on vérifie le nombre de répétitions, autrement dit d'occurrences.

Alex était déjà au courant mais, par politesse, il s'abstint de tout commentaire. Le Dr Glen devait jouer son rôle jusqu'au bout.

— S'il y a environ vingt-six occurrences, c'est normal. Entre vingt-sept et trente-cinq, c'est un stade intermédiaire qui permet de penser qu'on ne développera pas la maladie, mais que la transmission génétique aux enfants est possible, poursuivit le Dr Glen. Entre trente-six et trente-neuf, le résultat est anormal, mais la maladie peut ne pas se déclarer. Si elle apparaît, c'est tardivement. Au-dessus de quarante, c'est anormal. Malheureusement, dans ce cas-là, la médecine ne peut pas prévoir à quel moment la pathologie se déclarera. On peut juste affirmer qu'elle surviendra, tôt ou tard.

Alex garda le silence, en proie à une bouffée d'anxiété.

— J'ai lu que la thérapie génique offrirait peut-être, un jour, une guérison, ou du moins une diminution des symptômes.

— Effectivement, on y travaille. Mais les recherches n'en sont qu'au début, dit le Dr Glen en procédant au prélèvement sanguin.

Elle étiqueta le tube et le rangea.

— Je vous contacterai d'ici deux ou trois semaines, dès que nous aurons reçu les résultats. Il faudra alors qu'on se revoie.

— Vous ne pourrez pas me les annoncer au téléphone ?

Le Dr Glen secoua la tête.

— Nous avons déjà considérablement adapté le protocole à votre situation. Normalement, vous devriez venir trois fois, avec un laps de temps suffisant entre chaque rendez-vous pour assimiler les informations.

— Je sais, soupira Alex. Je suis médecin, mais je ne suis pas un bon patient..., ajouta-t-il, tentant une pointe d'humour.

La généticienne sourit, compatissante.

— J'imagine ce que vous ressentez. Essayez de vous changer les idées et de ne pas vous focaliser sur le pire scénario.

— Vous avez raison. Je tâcherai également de ne pas trop consulter Internet parce qu'on y lit tout et n'importe quoi, ce qui peut aggraver les choses, dit Alex. Figurez-vous que j'énonce exactement ces paroles-là à mes patients... À moi d'appliquer mes propres conseils !

— Oui, et de votre mieux. Je vous ferai prévenir dès qu'on aura les résultats.

— D'accord. Merci beaucoup, docteur Glen. Et je suis désolé d'avoir été aussi exigeant...

— Ne vous inquiétez pas, je comprends très bien. Si vous avez des questions, ou si vous vouliez me parler avant l'échéance, n'hésitez pas. Vous avez mes coordonnées.

— Merci encore.

Alex serra la main à la généticienne puis quitta le cabinet. Il envoya aussitôt un SMS à Dani :

Le RV s'est bien passé. Maintenant, il faut attendre...

Dani le rappela aussitôt.

— Comment tu vas ?

— Bien, mentit-il.

Il ne voulait pas la démoraliser. De toute façon, à cet instant, il ne savait pas trop ce qu'il ressentait. Il avait l'impression d'être comme engourdi.

— Dis-moi tout. On est dans le même bateau, insista la jeune femme à l'autre bout du fil.

Pas tout à fait.

Alex refusait viscéralement de lui faire porter le poids de ce problème insoluble.

— Je vais bien, affirma-t-il à contrecœur.

— Hum... Si le bébé est un garçon, j'espère qu'il ne sera pas aussi têtu que toi ! plaisanta Dani.

Soudain bouleversé, Alex resta silencieux. Il aurait tant aimé que tout se passe différemment ! Avec Lara, il avait été prêt à fonder une famille. Il en avait vraiment eu envie. Et là...

— Alex ? Tu es toujours là ?

— Oui. Désolé, j'ai eu un petit moment d'absence.

— Autrement dit, tu es en état de choc... et tu envisages le pire scénario. Je me trompe ?

De nouveau, Alex ne dit rien. Il ne pouvait pas. Une boule s'était formée dans sa gorge.

— Quand aurons-nous les résultats ? demanda Dani.

— Dans deux ou trois semaines.

— Très bien. D'ici là, il va falloir qu'on soit très, très occupés.

Ça tombe bien, au travail, on ne s'ennuie pas, poursuivit-elle. Mais le soir… Allez, Alex, fais une liste ! Écris tout ce que tu as envie de découvrir à Londres… On va beaucoup sortir !

À cet instant, Alex lui fut reconnaissant de prendre ainsi les rênes. Mieux encore, il adora qu'elle se montre aussi directive.

Puis son souffle se bloqua.

Il n'avait pas le droit *d'adorer* quoi que ce soit chez Dani. Pas pour le moment, en tout cas.

— Alex, on commence ce soir, décréta-t-elle. On va manger au restaurant. Je t'invite. Rejoins-moi chez moi, tu veux bien ?

Alex n'hésita même pas. Il aurait dû refuser, mais il fallait croire que la douceur et la chaleur de la voix de Dani l'avaient envoûté.

— J'arrive.

8

Ouvrant la porte, Dani posa un regard perçant sur Alex. Il sentit aussitôt à quel point elle était également préoccupée.

— Je vais bien, mentit-il avant qu'elle lui ait posé la question.

— Oui, oui, c'est ça... Alors que le compte à rebours a été déclenché ? Viens...

Et elle l'enlaça tendrement.

Fermant les yeux, Alex posa la joue contre les cheveux de Dani. Ce serait si facile de l'embrasser, de se perdre de nouveau en elle.

Mais non... Non. Il devait tenir parole. Entre eux, rien n'était possible tant que cette redoutable incertitude médicale existait.

— Merci de ta gentillesse, dit-il en s'écartant de la jeune femme.

La déception se refléta fugitivement sur le visage de Dani, puis elle acquiesça. Elle devait décoder la raison de la distance d'Alex.

— J'ai réservé une table pour 19 heures, l'informa-t-elle en souriant. Dans un restaurant italien au centre de Muswell Hill, où l'on peut se rendre à pied : marcher me sera bénéfique. Si tu es d'accord, bien sûr ?

— Naturellement.

Le ciel était couvert, mais il ne pleuvait pas. Dani enfila son manteau, puis tous deux quittèrent l'appartement. De temps en temps, la main d'Alex frôlait celle de Dani, et il dut s'obliger à ne pas la prendre dans la sienne.

La rue où habitait Dani était bordée de magnifiques maisons de style édouardien, la plupart transformées en appartements. Bien qu'on soit à peine à la mi-novembre, des riverains avaient déjà accroché des guirlandes de Noël sur les façades et dans les arbres.

De même, les vitrines des magasins présentaient des articles festifs et des cadeaux. Une ambiance de réveillon planait.

Dani avait réservé une table tranquille dans un restaurant italien à côté de Main Street, la rue principale. Il y avait peu de chances qu'on les remarque ensemble mais, si jamais cela arrivait, nul doute que Dani invoquerait la nécessité d'un rendez-vous professionnel pour discuter des célébrations de fin d'année dans leur service ! Alex s'était aperçu que Dani savait argumenter et convaincre avec une grande efficacité. Sans elle, il serait resté chez lui à se morfondre. Elle l'avait incité à sortir… Et à envisager de nouveau un éventuel futur. Même la musique de Noël en fond sonore, qui l'aurait auparavant énervé, lui parut, à cet instant, réconfortante.

Dani choisit un poulet *cacciatore* accompagné d'une purée de pommes de terre et d'épinards au beurre. Alex commanda la même chose, par facilité. Il n'avait aucune envie précise hormis être plus proche de Dani… Ce qui était impossible.

— Je te propose qu'on établisse une liste de distractions pour ne pas trop réfléchir, déclara Dani en ouvrant l'application de prise de notes de son portable.

— Une liste qui serait une sorte de prolongement de l'« année du oui » ? s'efforça-t-il de plaisanter, en songeant que c'était le principe même de cette décision qui était à l'origine de leurs problèmes.

— Plus ou moins, répondit-elle sans relever l'allusion. Qu'est-ce que tu aimerais faire ?

— Aucune idée, avoua-t-il.

Alex n'avait que des « et si… » à l'esprit.

Une lueur compatissante se refléta dans les yeux de Dani. Elle avait dû comprendre exactement ce qu'il pensait.

— Bon, dans ce cas, je commence. On pourrait aller patiner.

— Patiner ? Alors que tu es enceinte et que tu te remets à peine d'une fracture du métatarse ? Tu crois vraiment que c'est une bonne idée ?

— Peut-être pas, admit-elle avec un sourire. Le saut à l'élastique n'est pas franchement idéal non plus.

— Bien sûr que non ! Mais…

Alex se tut brusquement, devinant que Dani le taquinait.

— Rassuré de voir que tu plaisantais.

— Pas à propos du patinage. J'adore l'ambiance de la patinoire au moment de Noël, mais elle n'ouvrira pas avant une bonne semaine. En même temps, ça me laisse encore quelques jours pour laisser mon pied récupérer.

— Je m'oppose toujours à cette proposition.

— Tu ne sais pas patiner, peut-être ? Pff…

Dani esquissa une moue moqueuse.

— Je peux t'apprendre.

— Pas cette année.

— Bon…

Elle soupira.

— Donc tu ne veux faire aucune activité physique ?

Rien qui les rapprocherait trop et créerait une atmosphère complice. Danser ? Hors de question, évidemment. Mais Alex n'osa pas le dire à Dani.

— Ça dépend. Le bowling, par exemple, pourrait être pas mal.

— Bonne idée. Je l'inscris. Quelques sorties au spectacle également, qu'en dis-tu ? Théâtre, comédie musicale…

— On évite l'opéra. Je ne suis pas très fan.

— Moi non plus. J'ajoute ces possibilités, dit Dani en tapotant sur le clavier de son portable. Aller à des expositions, ça te tenterait ?

— Bien sûr. Les grands musées sont toujours à redécouvrir.

— On n'a qu'à en choisir de moins connus.

Dani ouvrit le moteur de recherche du portable et fit défiler les résultats.

— Tiens, en voilà un où je n'ai jamais mis les pieds : la maison Apsley, où vivait Wellington. On découvrira des éléments d'histoire sociale et militaire. Tu partageais ce genre de choses avec ton grand-père, pas vrai ?

— Exact, dit-il, touché qu'elle s'en souvienne.

— Apparemment, ce musée propose une très belle exposition… Sauf qu'en cette saison il n'est ouvert que le week-end.

— Mieux vaut noter les horaires d'ouverture malgré tout, conseilla Alex, se prenant finalement au jeu.

— Absolument. On pourrait aussi s'amuser à visiter Londres comme des touristes, et en profiter pour explorer ce qu'on ne connaît pas ou qu'on n'a jamais eu le temps de faire. Le London Eye, par exemple.

— La grande tour... Oui, bonne idée. Et le navire *Cutty Sark*.

— OK. Le musée de Mme Tussaud ?

— Avec plaisir...

Quand on leur servit leur dîner, ils avaient établi, ensemble, une liste aussi impressionnante que motivante.

— Quand on retournera chez moi, on écrira chaque proposition sur un bout de papier qu'on glissera dans un vase. De soir en soir, on le secouera et on tirera au sort le programme de la soirée suivante. Si jamais c'est une activité qui nécessite une réservation ou l'achat de billets, on s'en chargera et on tirera au sort une autre proposition de notre liste.

— Je comprends mieux pourquoi tu es chargée d'organiser les événements culturels ou les sorties du service, observa Alex, admiratif et amusé tout à la fois.

Dani se mit à rire.

— Parce que je suis affreusement directive ?

— Parce que tu es merveilleusement pleine d'idées et que tu sais prendre des initiatives qui entraînent les autres. J'apprécie vraiment que tu agisses ainsi... Merci.

Dani le contempla en silence quelques instants, l'air ému.

— Et moi, je te remercie aussi... Tu me fais confiance, et ça m'aide beaucoup. Encore plus que tu ne pourrais l'imaginer.

Cette nuit-là, seule chez elle, Dani eut du mal à trouver le sommeil. Devant Alex, elle paraissait forte, organisée et sûre d'elle. Mais dès qu'il n'était plus là elle flanchait. À croire que la détermination qu'elle éprouvait était liée à la proximité qu'elle établissait avec Alex. Plus ils étaient proches, mieux elle se sentait...

Le lendemain, ils iraient visiter le British Museum. C'était ce qu'ils avaient tiré au sort. Ils se retrouveraient au métro à 8 h 30.

Elle avait hâte...

Réalisant alors l'émotion qui la gagnait, Dani s'obligea à penser à autre chose. Son travail, ses patientes, les accouchements à prévoir, les réunions de staff, la recherche de stagiaires... Puis elle prit des nouvelles de Hayley. Au téléphone, sa meilleure amie lui sembla plus joyeuse que jamais. Entre Sam et elle, la situation se clarifiait de jour en jour... Ils étaient amoureux !

— Je n'aurais jamais cru que ça m'arriverait de nouveau, avoua Hayley. J'avais tiré un trait sur le bonheur... Maintenant, je me rends compte à quel point j'avais perdu espoir ! Et toi ? Comment vas-tu ?

— Plutôt bien, mentit Dani. Juste un peu fatiguée.

— Un peu ou beaucoup ? insista Hayley. La dernière fois qu'on s'est vues, je t'ai trouvée pâlotte.

— Fatiguée, répéta Dani. Mais ne t'inquiète pas, je gère.

— Tu gères... C'est ce qu'on dit toujours. Enfin, tu sais que si tu as besoin de quoi que ce soit je suis là.

— Je sais, Haze. Que ferais-je sans toi ?

Mais en raccrochant Dani sentit une boule se loger dans sa gorge. Elle aurait tant voulu se confier à Hayley... Ce qui n'était, hélas, pas possible. Pas pour le moment, du moins. Les enjeux étaient trop compliqués et n'impliquaient pas que sa propre personne. Il fallait qu'elle reste discrète, par respect pour Alex.

Alex Morgan...

Cet homme avait chamboulé son existence en si peu de temps ! Et pas qu'un peu. En profondeur.

Vraisemblablement pour toujours.

Alors qu'il finissait ses consultations, Alex reçut un appel téléphonique d'un correspondant anonyme. Il faillit ne pas répondre et laisser la messagerie s'enclencher. Mais à la dernière minute il se ravisa.

— Allô ?

Il reconnut alors, instantanément, la voix de son ami Tom. Une voix si familière qu'il en fut bouleversé. Depuis le temps qu'il ne l'avait pas entendue...

— Salut, Alex ! Comment ça va ?

Si simple. Si bienveillant. Pourquoi Tom ne se montrait-il pas plus sec ? Après tout, Alex ne lui avait pas donné de nouvelles pendant plus de dix mois.

— Ça va, répondit-il d'un ton bref.

— Tu as un peu plus le moral ?

Alex resta silencieux, surpris.

— Pourquoi ?

— À ton avis ?

— Qu'est-ce que tu sais, exactement ?

— Suffisamment, peut-être, fit Tom sans détour. Quand tu as décidé de couper les ponts et que tu m'as envoyé ce SMS pour m'informer que tu partais en voyage pendant un an, j'ai téléphoné à ton père. J'ai cru que tu faisais une dépression et je me suis inquiété. Ton père m'a alors tout raconté.

— Je vois.

Et Will n'avait pas soufflé mot à ce sujet !

— Donc tu es au courant à propos de Stephen.

— Eh oui. Ainsi que de la maladie de Huntington. Et du fait que tu n'aies pas eu envie de demander un dépistage. Oui, je suis au courant, répéta Tom. Franchement, ne plus me parler et partir loin, ça t'a aidé ?

— Pas vraiment, avoua Alex.

Il garda le silence et, au bout du fil, Tom aussi.

— Pardonne-moi, lâcha Alex. J'ai perdu pied. J'aurais dû rester en contact avec toi, Tom, j'en suis bien conscient aujourd'hui... D'autant que de tous mes amis tu es sans doute le seul à qui j'aurais pu me confier. Mais j'ai eu un mal fou à encaisser et lorsque j'ai rencontré Stephen...

Il hésita, cherchant les mots justes.

— J'ai été terrifié de constater les dégâts provoqués par cette pathologie. Après, je me suis replié sur moi-même... parce que je ne veux pas gâcher la vie des autres. Stephen a été un tel poids pour sa compagne...

— Parce que pour toi l'amitié n'existe que lorsqu'on est en bonne santé et que tout va bien ? coupa Tom. On s'entraide dans les bons moments comme dans les mauvais ! Je te signale que si tu avais cette maladie tu serais pris en charge par une structure où tu ne verrais que les mêmes visages. Ennuyeux, à la longue, pas vrai ? Les amis, ça fait du bien...

Alex devina que Tom s'efforçait de plaisanter. C'était même de l'humour noir.

— Je n'imagine rien du tout à ce stade, répondit-il. Donc tu as gardé contact avec mon père ?

— Oui. Il m'a appris que tu travaillais à l'hôpital de Muswell Hill. Plusieurs fois, j'ai eu envie de t'appeler et de t'inviter à boire un verre, mais je n'ai pas osé. Je n'étais pas sûr que tu sois prêt. J'ai fini par espérer que toi, tu me téléphonerais.

— Je l'aurais fait... Tôt ou tard, je l'aurais fait, assura Alex. J'ai conscience d'avoir agi n'importe comment, mais...

— Ne t'inquiète pas, je ne te juge pas, assura Tom. Je ne sais pas comment, moi-même, je réagirais si je me trouvais dans la même situation. Une bière au pub, ça te tente ?

— Oui, mais pas tout de suite, dit Alex. D'ici une quinzaine de jours, si ça ne t'ennuie pas.

Les résultats du test seraient arrivés et, s'ils étaient bons, peut-être pourrait-il demander à Tom d'être son témoin... et de devenir le parrain du bébé.

À cette pensée, Alex se rendit compte à quel point il en rêvait. Vivre le bonheur avec Dani et leur enfant, sans menace ni ombre de maladie incurable... Si seulement !

— Pas de problème. Appelle-moi quand tu es disponible.

— Merci, Tom. Et merci de ne pas m'en vouloir.

— Parce que tu crois que je ne t'en veux pas ? rétorqua Tom. Attends un peu qu'on se revoie !

Alex visualisa le sourire malicieux sur le visage de son ami.

— Ça vaut ce que ça vaut, mais tu m'as manqué.

— Toi aussi, mon vieux. Heureux de t'avoir retrouvé.

— On se voit bientôt.

— Bientôt ? répéta Tom. Avant dix mois, alors !

— Je te le promets.

Et, le cœur plus léger, Alex coupa la communication.

Au cours de deux semaines suivantes, Alex et Dani furent tous deux très occupés au travail. Des cartes de vœux commencèrent à apparaître sur les panneaux d'affichage, à côté des cartes de remerciements des nouveaux parents dont l'enfant était né dans leur service. Le hall d'accueil fut décoré de guirlandes et agrémenté d'un sapin de Noël orné de boules multicolores.

Toutefois, Dani n'avait pas l'impression que les fêtes s'annonçaient réellement. Sans doute parce que ni Alex ni elle-même n'éprouvait l'envie de célébrer quoi que ce soit. Pour sa part, elle se rappelait cette période un an plus tôt : des souvenirs si cruels qu'ils la blessaient encore malgré elle.

Quant à Alex, il était de plus en plus nerveux, car les résultats du dépistage ne tarderaient plus.

Dani savait qu'elle ne pouvait rien faire pour alléger l'état d'esprit d'Alex. Le distraire, seulement, oui... Grâce aux sorties qu'ils entreprenaient régulièrement après avoir tiré au sort leur programme commun, comme convenu.

De son côté, fidèle à sa promesse, Alex jouait le jeu et s'efforçait de veiller à ce que Dani ne se fatigue pas trop.

Étrangement, Dani eut vite la sensation d'être à même de tout supporter sauf la distance qu'Alex maintenait entre eux. Elle avait parfaitement compris qu'il ne voulait rien lui imposer. Si, un jour, il était malade, il refusait d'être un poids pour elle. Oui, c'était clair. Mais de là à se comporter d'une manière aussi détachée... C'était trop.

Ou alors, en vérité, il n'aurait jamais envie de se rapprocher d'elle, quelle que soit l'issue du test génétique... Parce qu'elle ne lui plaisait pas. N'était-ce pas l'évidence ?

À l'inverse, Alex l'attirait secrètement de plus en plus. Dani adorait passer du temps avec lui et faire des découvertes culturelles ou artistiques durant ces rendez-vous qui n'étaient pas de « vrais » rendez-vous.

Au fil des jours, Dani finit par se dire que la situation devenait quelque peu périlleuse, du moins pour elle. N'avait-elle pas compris, depuis son expérience désastreuse avec Leo, qu'il ne fallait pas s'attacher à un homme qui ne partageait pas ses sentiments ? Or, là, elle était bel et bien en train de jouer avec le feu.

Au cours de la dernière semaine du mois de novembre, Dani déjeuna avec Hayley. Elle n'avait strictement rien révélé à sa meilleure amie, par discrétion et prudence. Mais bientôt il faudrait qu'elle s'ouvre à elle... Au nom de leur amitié !

Et puis, son ventre n'était plus aussi plat. À moins de porter des pulls amples pour cacher ses nouvelles rondeurs, comment dissimuler la vérité ? Elle n'aurait jamais cru que sa grossesse se verrait aussi vite...

— J'ai une grande nouvelle, annonça Hayley ce jour-là.

— Tu as eu une promotion ?

— Mieux que ça...

Hayley mit les coudes sur la table et se pencha vers Dani, les yeux brillants.

— Hier soir, Sam m'a demandée en mariage... Et j'ai dit oui.

— Oh ! c'est merveilleux !

Dani se leva pour enlacer affectueusement Hayley.

— Je suis vraiment heureuse pour toi.

— Merci... Et j'aimerais que tu sois ma demoiselle d'honneur. Tu acceptes ?

— Bien sûr ! Avec plaisir !

Dani se rassit, le sourire aux lèvres.

— Haze, c'est la plus belle nouvelle que j'aie entendue depuis des mois, avoua-t-elle, sincère.

— Merci...

Rayonnante, Hayley reprit :

— Tu m'aideras à choisir une robe ?

— Bien sûr ! Quand veux-tu faire tes achats ?

— Dès que possible. Très vite.

— Très vite ? s'étonna Dani. Quand aura lieu votre mariage ?

— Bientôt, justement... Le 24 décembre.

— Quoi ? Dans moins d'un mois ?

— Eh oui...

Hayley parut un peu gênée.

— Je sais, ça ne laisse pas beaucoup de temps pour les préparatifs. Sam et moi sommes tellement sûrs qu'on se précipite... Et se marier à Noël, c'est si romantique ! Mais, évidemment, je sais que pour toi ce jour-là est entaché.

Dani hocha la tête. Hayley se rappelait qu'à cette date Leo lui avait annoncé qu'il avait rencontré une autre femme et qu'ils attendaient un bébé. Mais pour rien au monde elle ne gâcherait la joie de Hayley.

— Oui, et à partir de maintenant un autre souvenir sera lié à ce jour, un bon souvenir ! Un excellent souvenir ! Je vais porter une jolie tenue, bien manger et m'amuser. On va danser ?

— Je l'espère bien ! On demandera à Maybe Baby de jouer pour nous, s'ils sont libres.

Puis Hayley observa Dani d'un air un peu inquiet.

— Tu es certaine que ça ira ? Parce que je peux changer la date, si tu préfères.

— Il n'en est pas question, répliqua Dani. Je suis très heureuse pour vous deux. Cette année, je vais vivre un magnifique Noël !

Elle chassa de son esprit la probabilité que le test d'Alex soit positif, ce qui impliquerait d'autres analyses compliquées et de nouvelles sources d'anxiété. Ils devraient alors attendre encore jusqu'à la semaine suivante pour connaître la vérité.

— Je ne pourrai plus penser à ce qui s'est passé l'année dernière à la même époque. Il faudrait juste que…

Une bouffée de nostalgie envahit Dani malgré elle.

— … Maybe Baby ne joue pas *Last Christmas*. Je crois que les paroles me feraient pleurer.

— Promis, je leur ferai rayer ce morceau de la liste.

— Merci. La semaine prochaine, on organise le repas de Noël pour notre service, et j'ai déjà demandé à Anton d'éviter cette chanson. Je crois qu'il me faudra du temps avant de pouvoir l'écouter de nouveau, ajouta Dani.

À son tour, Hayley prit Dani dans ses bras avec affection.

— On n'aura que des chansons gaies comme, par exemple, *All I Want for Christmas Is You*.

— Super. Est-ce que tu as déjà pensé à un morceau qui sera spécialement le vôtre ?

Un grand sourire s'épanouit sur les lèvres de Hayley.

— Et même trois ! *L'air sur la corde de sol* de Bach, quand je m'engagerai dans l'allée…

— Superbe.

Hayley sourit de plus belle.

— *All You Need Is Love* quand on signera le registre.

— Si romantique…

— Et enfin, on aura *Just the Way You Are* de Bruno Mars, pour lancer le bal. Sam adore Bruno Mars… Moi, pas trop, mais il a insisté et j'ai encore dit oui.

— Excellent. C'est l'« année du oui », pas vrai ? rappela Dani.

— Je sais ! Et je n'ai pas oublié… La preuve ! En revanche, toi, tu n'as pas fait grand-chose, souligna Hayley.

Oh si… Ce qui expliquait qu'elle soit enceinte de neuf semaines, songea Dani. Elle aurait tellement voulu pouvoir tout confier à sa meilleure amie ! Mais c'était vraiment impossible… Par respect pour Alex mais aussi pour Hayley, enfin heureuse. Celle-ci serait forcément attristée par la situation de Dani et s'inquiéterait.

Dani se contenta donc de sourire.

— Je rencontrerai peut-être quelqu'un à ton mariage…

— Il faudra que tu dises oui à tous ceux qui t'inviteront à danser, prévint Hayley d'un ton joyeux.

— Évidemment.

Dani sourit de nouveau.

— Vos fiançailles sont secrètes ou prêtes à être partagées ?

— Encore secrètes à ce stade. Tu es la seule à savoir, mis à part nos parents, précisa Hayley. Sam va me demander en mariage pendant la fête de Noël du service. Ce sera le dernier cadeau dans la hotte du Père Noël !

— Magnifique…, dit Dani, émue. Alors quand veux-tu aller acheter ta robe ?

— Ce week-end ?

— Je serai là pour toi.

Mais, en prononçant ces mots, Dani pensa à Alex qui, pour le coup, se retrouverait seul. Au moins se verraient-ils ce soir…

— Qu'est-ce que je peux faire d'autre ?

— Écoute, j'ai fait ma Dani en établissant une liste précise, répondit Hayley, une lueur amusée au fond des yeux. Je crois que tout est déjà bien organisé. Sam a réservé la salle pour la réception et il s'occupe des invitations. Donc je n'ai plus qu'à me trouver une belle robe.

— Compte tenu des délais, elle ne sera sans doute pas sur mesure, dit Dani, se rappelant les différents essayages auxquels elle avait dû se livrer lorsque sa propre robe de mariage avait été conçue. À moins que par chance tu déniches un atelier de couture qui ait encore des disponibilités dans son agenda !

— On verra. Déjà, demain, on pourrait regarder sur Internet et noter les modèles qui nous plaisent, proposa Hayley. Ensuite, je chercherai les boutiques et j'appellerai pour vérifier si ma taille est en rayon. Dans ce cas, samedi, essayage !

— Parfait, approuva Dani en souriant.

Ce soir-là, Dani alla au cinéma avec Alex... Et eut honte de découvrir qu'elle s'était assoupie au milieu du film.

— J'ai ronflé ? plaisanta-t-elle.

— Oui, mais heureusement il y avait de l'action, et le bruit des explosions couvrait tes ronflements... Enfin, à peine, ajouta Alex avec humour.

— Très drôle.

Dani hésita, cherchant les mots justes.

— Alex, demain soir, je ne pourrai malheureusement pas te retrouver comme prévu. Je te mets dans la confidence parce que je sais que tu seras discret : Hayley se marie le 24 décembre, et je dois l'aider à trouver une robe. Demain, on commencera à faire une sélection en surfant sur Internet, et samedi je l'accompagnerai pour les essayages. Je ferai aussi vite que possible.

— Non, voyons, prends tout ton temps.

Alex sourit.

— Le mariage de ta meilleure amie est très important.

— Je veux être auprès de vous deux, insista Dani. On pourrait peut-être se rejoindre après ?

— Avec plaisir.

Alex hésita un court instant.

— Hayley est au courant ?

— De quoi ?

— Le bébé... Et le dépistage.

— Absolument pas. Ni pour l'un ni pour l'autre.

— Donc je suis le seul à te soutenir, toi...

Alex ébaucha un sourire.

— Tu devrais lui parler.

— Pas pour l'instant. Je ne veux pas l'inquiéter...

Dani secoua la tête.

— Pas à un moment où, enfin, elle retrouve le bonheur. Je ne t'ai peut-être pas dit qu'Evan, son fiancé, qui était pompier, a perdu la vie dans un incendie il y a un an et demi, alors qu'il essayait de sauver quelqu'un. Ça a brisé le cœur de Hayley. Mais aujourd'hui elle a choisi Sam, et tout va mieux.

Alex l'observa avec une évidente tendresse.

— Toi aussi, tu veux préserver les personnes qui te sont chères...

— Bien sûr. Je lui dirai ce qui sera nécessaire, ou ce que je voudrai partager, plus tard. Pour le moment, mes confidences ne seraient pas très joyeuses, ajouta Dani.

— Je comprends. Et j'en suis tellement désolé, soupira Alex. J'aurais vraiment aimé qu'il en soit autrement.

C'est-à-dire ? Aurait-il préféré ne pas avoir ce problème génétique ou être amoureux d'elle et envisager un avenir commun ?

Craignant de ne pas réussir à affronter la vérité, Dani n'osa pas poser la question.

— Et ça ne te dérange pas qu'elle se marie la veille de Noël ? demanda Alex.

Surprise, Dani le dévisagea. *Il se souvient...*

— Non.

— Tu es sûre ? Parce que c'est encore un sujet délicat...

— Hayley m'a posé la même question, admit Dani. Et sincèrement ça ira. Au moins, cette année, je pourrai me réjouir du bonheur de ma meilleure amie. Je vais m'amuser, bien m'habiller, bien manger, au lieu de me morfondre dans mon coin à cause de mon ex qui m'a lâchée il y a un an... Pour être franche, poursuivit-elle, j'ai hâte que cette célébration se produise. Sam est un chouette type, et il rendra Hayley heureuse. Merveilleux, non ?

— Bien sûr.

Alex raccompagna Dani jusqu'à sa porte.

— Bon, on se verra demain, au travail.

— Tu ne veux pas entrer boire un verre ou un café ? proposa Dani.

— Non merci. Tu as besoin de dormir et de récupérer.

Voilà qui ressemblait à une fausse excuse. Pourquoi se montrait-il aussi réservé ? Parce qu'ils avaient évoqué le mariage de Hayley ? Ou souhaitait-il creuser, davantage encore, le fossé entre eux ?

9

Le lendemain soir, Alex se rendit compte, avec étonnement, que Dani lui manquait vraiment beaucoup. Et, samedi, il se sentit presque… perdu.

Il passa la matinée au club de gym, puis acheta quelques cadeaux et se demanda ce qu'il allait offrir à Dani.

En même temps, vu la nature de leurs relations, était-ce une bonne idée ? Il ne voulait pas qu'elle imagine autre chose qu'un simple geste de soutien, une attention amicale…

Mais il lui suffirait d'être clair, n'est-ce pas ?

Son hésitation lui parut toutefois insupportable. Un jour, Alex avait la sensation que tous deux marchaient main dans la main, dans la même direction ; le jour suivant, ils faisaient tout pour demeurer prudemment distants.

Si seulement il recevait rapidement le résultat du dépistage…

À plusieurs reprises, Alex songea à contacter le Dr Glen. Mais pour quoi faire ? Lui exprimer son inquiétude ? Son impatience ? Son angoisse ? À quoi bon ?

Finalement, le jour de la fête de Noël au pub, la fameuse soirée qu'il avait co-organisée avec Dani, la généticienne lui laissa un message : il fallait qu'il rappelle pour prendre rendez-vous.

Alex eut l'impression que tout se figeait autour de lui. L'épée de Damoclès tomberait d'ici peu et, peut-être, le frapperait de plein fouet. Ou pas.

La gorge serrée par l'angoisse, il composa le numéro du secrétariat du Dr Glen. Pourquoi la spécialiste avait-elle refusé de lui apprendre la nouvelle par téléphone ? Qu'elle l'oblige ainsi à patienter ressemblait à une torture.

— Bonjour, Alex Morgan à l'appareil. Le Dr Glen m'a demandé de prendre rendez-vous, expliqua-t-il à la secrétaire qui décrocha.

— En effet. Vous pouvez venir aujourd'hui ?

— Oui, mais...

Cela signifiait qu'il devrait encore attendre. Même quelques heures, c'était trop.

— S'il vous plaît, communiquez-moi le résultat par téléphone.

— Désolée, je n'y ai pas accès.

Alex enfonça ses ongles dans le creux de sa paume.

— Le Dr Glen peut-elle s'en charger ?

— Elle est en consultation, et il serait délicat de la déranger. Nous ne prenons aucun rendez-vous les vendredis, donc je vous propose un autre jour de la semaine suivante si vous n'avez pas la possibilité de vous rendre au cabinet aujourd'hui.

— Je peux, répliqua aussitôt Alex. À quelle heure ?

— 17 h 30.

Cela l'obligerait à quitter l'hôpital plus tôt. Il lui faudrait obtenir l'accord du chef de service, ce qui ne devrait pas poser de problème.

— Très bien. Je serai là, dit-il. Merci.

Irait-il avec Dani ?

Non, ce serait compliqué... D'abord, elle serait également contrainte de partir plus tôt et serait particulièrement occupée. Une chance qu'il ne se soit pas engagé à l'aider encore ce soir-là... Ensuite, si jamais les nouvelles n'étaient pas bonnes, Alex préférait que Dani apprenne la vérité par son intermédiaire.

Mais il faudrait d'abord qu'il digère. Il enverrait sans doute un SMS en prétextant un début de grippe, irait s'enfermer chez lui et attendrait le lendemain matin pour aller retrouver la jeune femme et lui parler...

En dépit de tout ce qui le préoccupait, Alex parvint à gérer ses consultations, sa tournée de visites et réalisa un accouchement par césarienne. En fin d'après-midi, après avoir échangé quelques mots avec son chef de service, il quitta la maternité et gagna le cabinet du Dr Glen.

La généticienne avait pris du retard dans ses rendez-vous et elle ne put le recevoir avant 18 heures.

En pénétrant dans le bureau, Alex sentit une barre d'angoisse contracter son estomac.

— Asseyez-vous, je vous en prie, dit-elle en souriant.

S'agissait-il d'un sourire de soulagement parce qu'elle s'apprêtait à divulguer une bonne nouvelle ? Ou, au contraire, d'un sourire de compassion ?

La gorge sèche, Alex prit place.

— J'ai reçu le résultat de votre dépistage, annonça le Dr Glen. Il y a vingt-cinq occurrences de CAG, ce qui est très rassurant.

Alex la dévisagea, s'efforçant de décoder l'information.

Vingt-cinq occurrences...

Subitement, les fragments du puzzle s'assemblèrent.

— C'est la fourchette normale, n'est-ce pas ? Valeur haute mais normale quand même... Êtes-vous en train de me dire que je n'ai pas la maladie de Huntington ?

— Exactement. Vous n'êtes pas porteur.

Alex eut instantanément l'impression qu'on le déchargeait d'un poids insoutenable.

— Vous auriez pu me l'apprendre au téléphone... Ou transmettre le message à votre secrétaire.

Le Dr Glen secoua la tête.

— On en a déjà discuté, si je ne m'abuse. Nous communiquons toujours les résultats lors d'un entretien en face-à-face, jamais par l'intermédiaire d'un message écrit ou vocal. Et nous ne transmettons jamais de résultats le vendredi parce qu'on refuse que nos patients aient à affronter une nouvelle difficile durant le week-end. Un test positif ou négatif provoque, de toute façon, un fort impact sur la vie des personnes concernées.

— Fort mais très différent, rétorqua Alex. Si on apprend que tout va bien, on peut célébrer... On est soulagés. Alors que si on découvre que notre existence entière sera bouleversée, on... Je préfère ne pas imaginer, marmonna-t-il en secouant la tête.

Une violente émotion le submergea, et il dut faire un effort pour se ressaisir.

— Excusez-moi, docteur Glen, je suis à cran depuis si longtemps...

Je ne devrais pas exprimer ma frustration de cette manière. Pardonnez-moi.

— Je vous comprends, ne vous inquiétez pas… Et je ne le prends pas personnellement. Comme je le disais, poursuivit gentiment le Dr Glen, un résultat négatif peut vous impacter d'une façon brutale. Vous vous êtes limité pendant des mois, voire des années, et subitement voilà que tout devient ou redevient possible ! Bien sûr, vous éprouvez du soulagement, mais vous risquez également d'être sujet à un tourbillon émotionnel. Vous pourriez vous sentir coupable parce que, peut-être, vous avez blessé ou inquiété une ou plusieurs personnes… Vous avez traversé une énorme épreuve qui n'a pas affecté que vous, ce qui aggrave les tensions potentielles.

Alex se frotta les paupières.

— Pas faux.

Il se racla la gorge.

— Si je résume : le bébé n'a rien, et moi non plus. Ma compagne n'aura besoin d'aucun examen spécifique, et la grossesse pourra se poursuivre normalement… C'est ça ?

— Eh bien oui.

— J'ai du mal à y croire.

Alex s'était tellement préparé à accueillir le pire scénario qu'il se sentait, soudain, totalement désorienté.

— Vous voulez un verre d'eau ou un thé, un café ? proposa le Dr Glen.

S'efforçant de se ressaisir, Alex secoua la tête.

— Non merci. Il faut que j'y aille. Je dois rejoindre mes collègues. On organise une fête de fin d'année, et j'ai participé aux préparatifs. J'aimerais me rendre utile.

— Vous êtes sûr ? interrogea le Dr Glen. Vous pourriez aussi prétexter un coup de fatigue ou un rhume, et rester tranquillement chez vous pour prendre le temps d'assimiler la nouvelle…

Alex sourit.

— C'était mon programme si le résultat avait été positif. Mais il ne l'est pas. Je peux reprendre le cours de ma vie, ajouta-t-il, encore incrédule.

Une sensation de joie merveilleuse l'envahissait peu à peu. Il avait hâte de rejoindre Dani, de partager ce bonheur et ce soulagement avec elle...

Et de l'étreindre fort, très fort, s'enivrer de son parfum et l'embrasser à pleine bouche. Elle lui plaisait... Elle lui manquait tant depuis cette fameuse nuit où tout avait basculé... Peut-être réussirait-il, maintenant qu'il n'y avait plus aucun danger, à la retrouver ? Pour de bon ?

Pour toujours ?

— Merci, docteur Glen, dit-il en lui serrant chaleureusement la main. Merci pour tout.

Dès qu'il eut quitté le cabinet, il téléphona à ses parents. Ce fut sa mère qui répondit.

— Alex ? Ça va ?

— Très bien ! J'ai rendez-vous avec mes collègues pour la fête de Noël, mais il fallait que je t'annonce la bonne nouvelle au plus vite : j'ai fait le test, et il s'avère que je ne suis pas porteur du gène. Je viens de l'apprendre. Tu n'as plus à te faire de souci pour moi...

— Oh ! Alex, que je suis soulagée, s'exclama sa mère à l'autre bout du fil. Dieu merci, tu n'as rien. Si je n'avais pas été aussi stupide à l'époque...

Alex l'entendit sangloter doucement, et une bouffée de culpabilité l'envahit. Il aurait dû oser ce dépistage dès que sa mère lui avait appris la vérité à propos de Stephen. Mais il avait choisi, à ce moment-là, de s'éloigner en pensant agir de façon noble alors qu'il n'avait été qu'un égoïste têtu. Il avait ignoré les sentiments de sa mère. À cet instant, il eut honte de lui-même.

— Je vous inviterai, papa et toi, à dîner la semaine prochaine, promit-il. Je vous aime fort tous les deux. Répète à papa que je l'aime.

— Nous aussi, on t'aime, assura sa mère, bouleversée.

Et elle fondit de nouveau en larmes.

La soirée fut très réussie, et le menu apprécié. Pratiquement tout le personnel du service avait accepté l'invitation, et le pub était plein à craquer. Dani, heureuse de voir ses collègues s'amuser, regretta juste qu'Alex ne soit pas assis à côté d'elle, mais près de Jas et Gilly, ses collègues sages-femmes. Il était arrivé à la dernière minute.

Imaginant à quel point il était anxieux, puisqu'il n'avait toujours pas le résultat du dépistage, Dani se promit de le féliciter de sa présence. D'autant qu'il se montrait jovial, plutôt gai. Dommage qu'ils ne puissent discuter !

Des cadeaux furent échangés, de même que des plaisanteries, des cotillons, des sourires. Après le repas, Anton et Gilly quittèrent leur table et rejoignirent les autres membres du groupe sur le podium. Ils commencèrent à jouer des morceaux entraînants, plus ou moins connus, puis entamèrent un slow.

Alex se leva et invita Dani à danser.

Le cœur battant, elle accepta et se blottit dans ses bras. Elle le sentit fatigué et étonnamment proche — pas seulement physiquement.

C'était bon d'être contre lui.

Elle croisa le regard d'Alex plusieurs fois, et une émotion indéfinissable la gagna. Troublée, elle finit par éviter de le regarder, se concentrant sur ses pas.

La danse terminée, Alex ne cessa d'aller et venir entre la cuisine et la salle, aidant les serveurs.

La soirée ne se termina pas tard : ceux qui travaillaient tôt le lendemain partirent rapidement, les autres s'attardèrent un peu, le temps que les musiciens rangent leur matériel. Puis, dans un brouhaha joyeux, tout le monde quitta le pub.

— Je te raccompagne chez toi ? proposa Alex.

Dani accepta sans hésiter. Elle avait envie de se retrouver seule avec lui.

— Ça a été très sympa, On a bien choisi, pour le menu... Et pour le reste, bravo à toi ! ajouta-t-il.

— Oh ! le mérite est collectif, répliqua Dani. On s'est bien amusés, c'est l'essentiel.

Elle hésita, puis opta pour la franchise.

— Dommage que tu n'aies pas pu être là au tout début de la soirée, mais au moins tu es venu. Je t'en félicite.

— Merci...

Alex garda le silence quelques secondes. Ils marchaient lentement, se dirigeant vers la résidence où Dani habitait. Il n'y avait plus grand monde dans la rue, et un froid hivernal commençait à tomber. Dani resserra son écharpe de mohair autour de son cou.

— J'aurais voulu te parler plus tôt dans la soirée, mais ce n'était pas possible, reprit-il.

— Effectivement, on n'était pas assis l'un à côté de l'autre... Mais tu as pu bavarder avec des collègues, et ça, c'est positif !

— Bien sûr. Il y a surtout quelque chose d'autre qui est positif, Dani. Très positif. J'ai appris le résultat.

Dani comprit aussitôt.

— Et alors ?

— Alors, je ne suis pas porteur.

Abasourdie, Dani s'immobilisa. Un mélange d'incrédulité, de joie et de soulagement l'envahissait.

— Tu n'as rien ?

— Rien du tout.

Dans la semi-obscurité, les yeux d'Alex brillaient.

— La généticienne m'a demandé de la rencontrer aujourd'hui. Je me suis libéré et j'ai foncé jusqu'à son cabinet. Les nouvelles sont excellentes. Tout va bien pour moi, donc pour le bébé aussi.

— Oh...

Sur le moment, Dani eut presque du mal à y croire. Elle pourrait donc vivre sa grossesse normalement ? Prendre rendez-vous pour une échographie, imaginer son enfant, son visage, ses sourires... Un avenir ?

— C'est merveilleux, Alex. C'est même... providentiel.

— Oui, on a beaucoup de chances, admit-il. J'ai encore des difficultés à l'accepter... Je m'étais tellement préparé au pire.

— Moi aussi. En essayant de ne pas trop y songer, mais ça a été très difficile, avoua Dani.

Ils se remirent à marcher.

— Puisque le pire n'arrivera pas, on pourrait tenter le meilleur... Et se marier, ajouta Alex.

— Quoi ?

Stupéfaite, Dani le dévisagea. Il semblait tout à fait sérieux. Pourtant, c'était insensé. À aucun moment, il n'avait exprimé de sentiments à son égard. Il s'était montré attentif, délicat, attentionné, oui... Mais pas amoureux. Alors qu'elle-même sentait son cœur battre pour lui...

— Se marier ? murmura-t-elle, bouleversée. Ma meilleure amie va bientôt épouser un homme qu'elle aime et qui l'aime...

Alex garda le silence.

— Je ne veux pas d'un mariage pratique, précisa Dani en s'arrêtant de nouveau de marcher pour le regarder dans les yeux.

Elle posa une main sur son ventre légèrement rebondi.

— On sera parents, tous les deux, et ce sera une aventure humaine extraordinaire... qu'on va apprendre à gérer au mieux. Mais je suis désolée, Alex... Non.

— Non ?

— Non, répéta-t-elle. J'ai trente-deux ans et je me suis déjà trompée une première fois...

— Ça ne veut pas dire que cette fois ce serait une erreur, rétorqua Alex en soutenant le regard de Dani. Mais je comprends.

— Vraiment ?

— Absolument.

— Dans ce cas, n'en parlons plus, conclut Dani d'un ton catégorique qui masquait sa soudaine déception. Il est tard, je vais aller me reposer...

— Tu as raison.

En silence, ils se dirigèrent jusqu'à l'entrée de l'immeuble. Dani remercia Alex de l'avoir accompagnée puis ébaucha un sourire.

— Merci pour tout... Y compris cette proposition qui semble surgir de nulle part. Pour cet enfant qui va naître...

De nouveau, elle posa une main sur son ventre.

— Nos vies ne seront plus jamais les mêmes. Maintenant, on sait qu'aucun danger ne plane sur le bébé. Aucune maladie héréditaire, affreuse car incurable... Ne gâchons pas cette joie-là. On est amis, tu es le père, je suis la mère... On est amis, répéta-t-elle.

— Dani...

— Rentre chez toi, Alex. Bonne nuit.

Et elle tourna les talons.

Alex suivit la jeune femme du regard tandis qu'elle s'éloignait.

Il se sentait pétrifié.

Elle avait refusé sa demande en mariage... Évidemment.

Comment aurait-elle pu accepter compte tenu de ce qu'ils venaient de partager ? Peut-être n'avait-elle pas confiance en lui…

Une fois que la lumière du hall de l'immeuble se fut éteinte, rassuré sur le fait que Dani soit bien rentrée, Alex fit demi-tour et prit la direction du métro. Il n'avait que quatre stations pour gagner son domicile.

Mais en chemin il décida de continuer à pied. La nuit était froide et les étoiles brillaient, ce qui était rare à Londres. Il avait besoin de réfléchir…

Besoin de comprendre ce qui lui arrivait.

Qu'est-ce qui lui avait pris de lui proposer de l'épouser ? Était-ce parce qu'il était soulagé, immensément soulagé de pouvoir poursuivre une existence normale ? Fonder une famille ? Aimer, espérer et rire ? Ou était-ce parce que…

« Ma meilleure amie va bientôt épouser un homme qu'elle aime et qui l'aime… »

Les paroles de Dani revinrent à son esprit. Elle avait aussi dit qu'elle ne voulait pas d'un mariage pratique.

En d'autres termes, elle ne se marierait pas sans sentiments. C'était clair.

Lui non plus…

Alex pensa à ce que Dani lui avait confié sur son passé. Son ex-mari l'avait quittée parce qu'il était tombé amoureux d'une autre. Dani voulait être sûre qu'on l'aime…

Et je l'aime, réalisa brusquement Alex.

Oui, il l'aimait… Il ne pouvait plus se passer d'elle. Mais, au lieu de le lui avouer, il s'était efforcé de maintenir une distance prudente et raisonnable entre eux. Comment aurait-elle pu se rendre compte de ce qu'il éprouvait ? Lui-même n'en avait de toute façon pas été conscient…

Avouer ce qu'il ressentait ne serait pas suffisant, décida-t-il en accélérant le pas. Il lui faudrait prouver qu'il aimait Dani… Et pas seulement parce qu'elle était enceinte.

Il n'avait plus qu'à espérer qu'elle lui accorderait une chance.

10

Le lendemain — vendredi —, Alex et Dani furent tous les deux au travail durant la deuxième partie de journée. En fin d'après-midi, au moment de la pause réglementaire, Alex gagna l'espace de détente et, à son grand soulagement, y découvrit Dani. Il fallait qu'il lui parle au plus vite.

— Tu peux m'accorder un instant ?

Dani lui jeta un coup d'œil et ébaucha un vague sourire.

— Quand ?

— Maintenant. On boit un thé ou un café ensemble et...

— J'ai peu de temps, prévint-elle.

— Au moins cinq minutes ?

La jeune femme hocha la tête.

— Bien sûr.

Alex prit place à côté d'elle. Il la trouva ravissante avec ses cheveux relevés en un chignon lâche et son pull rouge qui mettait son teint en valeur. Ravissante et émouvante car, de toute évidence, elle faisait un effort pour être polie. Elle aurait préféré être seule... Peut-être ?

— Je dois te dire certaines choses, reprit-il.

Les yeux de Dani restèrent fixés sur lui.

— Lesquelles ?

— Eh bien...

Il chercha les mots justes, puis décida d'opter pour la franchise.

— Dani, tu t'es montrée merveilleusement disponible ces dernières semaines, malgré la situation difficile. Finalement, tout se termine plutôt très bien, puisque je ne suis pas porteur de ce gène... Le bébé pourra se développer et grandir dans une ambiance sereine.

Il sourit, touché par l'intensité du regard de Dani toujours fixé sur lui.

— Hier, je t'ai fait une proposition qui t'a prise au dépourvu... Mais en vérité j'y pensais déjà avant.

Dani parut incrédule.

— Vraiment ?

— Oui, vraiment. Sauf que je ne me suis pas avoué la vérité. Depuis notre toute première rencontre, tu m'as littéralement chamboulé. Cet enfant que tu portes est un cadeau de vie, un extraordinaire cadeau, une nouvelle chance, pour toi et pour moi. Tu es la femme dont j'ai toujours rêvé...

Les mots sortaient tout seuls, sans effort, mais les derniers eurent un tel impact sur Dani qu'elle en eut les larmes aux yeux.

— Ne fais pas semblant d'éprouver des sentiments pour moi.

— Je ne fais pas semblant, répliqua Alex, heurté.

Puis, de nouveau, il se souvint du passé de la jeune femme. Il lui fallait des preuves d'amour... Et il en avait. Du moins, il l'espérait.

— Demain, je voudrais t'inviter quelque part, reprit-il en se ressaisissant. C'est une surprise. Si tu es libre à 13 heures...

— Tu n'as plus besoin de te changer les idées ! souligna Dani.

— Non, en effet... Je voudrais juste partager un moment avec toi. S'il te plaît. On a synchronisé nos services à l'hôpital, donc je sais que tu ne travailles pas demain à cette heure-là. Je passerai te prendre à 13 heures, déclara Alex, tentant le tout pour le tout.

Dani soupira.

— Têtu comme tu es, tu n'accepterais pas que je refuse...

— Non.

Parce que c'était trop important.

Parce qu'il avait mis trop de temps à se rendre compte de ce qu'il ressentait.

— D'accord, répondit-elle.

— Merci.

Le lendemain, Dani fut prête bien avant 13 heures, sachant qu'Alex serait ponctuel.

Était-il sincère quand il affirmait vouloir passer du temps avec elle ? Ou envisageait-il seulement des rendez-vous qui lui permettraient d'être présent pour honorer poliment son engagement ?

Pour l'instant, Dani se gardait de tout jugement.

La sonnette de la porte d'entrée retentit pile à l'heure.

Sur le seuil, Alex souriait.

— Tu es prête ?

— Oui, dit-elle en prenant son manteau. Où va-t-on ?

— Dans un endroit qui, je l'espère, te plaira.

Perplexe, Dani lui emboîta le pas.

Ils prirent d'abord un train express à Alexandra Palace puis empruntèrent le métro jusqu'à Covent Garden. Alex guida Dani dans la foule jusqu'à ce qu'ils parviennent devant un théâtre dont l'affiche, illuminée, annonçait différentes représentations de *Mamma Mia*.

— Voilà, on y est, dit-il.

— Tu as acheté des billets pour ce spectacle-là ? s'étonna-t-elle.

— Ce n'est pas l'un de tes préférés ?

— Oui, mais ce n'est pas ton genre de musique...

— C'est le tien, et c'est ce qui importe.

Donc Alex avait sincèrement prêté attention à ce qu'elle lui avait confié...

— Merci beaucoup, dit-elle, touchée.

Elle le fut davantage encore lorsqu'elle découvrit qu'Alex leur avait réservé de très bonnes places, confortables à souhait. Il avait dû s'y prendre à l'avance, ou être en contact avec un revendeur qui avait probablement cédé les billets moyennant un prix exorbitant.

— Ça ne t'a pas coûté trop cher ? s'inquiéta-t-elle.

— C'est entre Internet et moi que ça s'est passé, répondit-il d'un air volontairement mystérieux. Et, au lieu de te poser des questions, profite de la soirée !

Ce que fit Dani...

Comme toujours, la musique et la danse opérèrent leur magie et, durant la seconde partie du show, Dani se surprit à glisser sa main dans celle d'Alex. Il sembla apprécier le spectacle, lui aussi, applaudissant avec enthousiasme à plusieurs reprises. Pour elle ? Ou se méprenait-elle ?

Après le spectacle, Alex l'invita dans le salon de thé d'un des prestigieux hôtels du centre de Londres. Tout y était luxueux, raffiné, et Dani savoura le thé au jasmin ainsi que la tartelette au citron qu'elle commanda.

— Tu me gâtes, dit-elle. C'est presque trop d'un coup...

— Justement, je serais heureux que ce soit régulier. Je voudrais continuer à te préparer à dîner, à m'occuper de toi... Tu n'aurais plus qu'à te reposer !

Incertaine, Dani le dévisagea.

— Une minute ! Grossesse ne rime pas avec mollesse... Ou immobilité !

— Bien sûr que non ! Mais j'aime être auprès de toi et j'aime t'être utile. C'est aussi simple que ça.

Dani observa de nouveau Alex. Pourquoi se montrait-il si gentil ? Si serviable ? Il n'avait plus parlé mariage, mais il manifestait une telle générosité, un tel dévouement qu'elle s'en sentait gênée.

— Je sais, tu es étonnée, dit Alex en écho des pensées de Dani. Tu ne comprends pas que j'ai seulement envie d'être avec toi... Parce que je tiens à toi.

— Parce que j'attends un bébé.

— Pas seulement. Tu as changé ma vie, Dani... Totalement.

Le cœur battant, elle regarda Alex dans les yeux et se sentit si troublée qu'elle finit par détourner le regard. Et s'il était sincère ?

— D'accord, dit-elle. On va continuer à se voir... J'aime bien être avec toi, moi aussi.

— C'est vrai ?

— Bien sûr. Sinon, je ne serais pas là en ce moment.

Et elle lui sourit.

Pendant les deux semaines suivantes, Dani dîna avec Alex pratiquement tous les soirs, sauf quand, à deux reprises, elle retrouva Hayley pour l'aider à préparer son mariage. Elle choisit toutefois de continuer à taire ce qui se produisait dans sa vie. Hayley la comprendrait sûrement par la suite.

Fidèle à sa promesse, Alex fit les courses et cuisina des repas simples mais riches en vitamines et nutriments. Comment ne pas apprécier d'être ainsi choyée ? Dani finit par accepter la présence de celui qui, qu'elle le veuille ou non, se comportait comme un vrai compagnon ; un ami généreux qui ne lui demandait rien, strictement rien, à part de ses nouvelles et, sans doute, un simple sourire.

Au travail, s'ils se voyaient, Alex était à l'écoute, prévenant, tout en demeurant discret. Dani n'avait toujours pas annoncé sa grossesse ; à personne, pas même à Hayley. Elle voulait attendre la première échographie — elle avait pris rendez-vous et accepté qu'Alex l'accompagne. Après, elle montrerait le cliché à Hayley et lui expliquerait tout.

Elle préviendrait alors également ses parents. Ils seraient si heureux, elle le savait...

Elle avait hâte qu'ils sachent.

Mais, la veille de ce jour qu'elle attendait avec impatience, le secrétariat du service de radiologie l'appela.

— Je suis désolée, le médecin que vous deviez voir est souffrant, annonça la secrétaire. Il va falloir convenir d'une autre date.

— Bien sûr, dit Dani, ravalant difficilement sa déception.

L'échographie fut donc reprogrammée juste après Noël.

Apprenant la nouvelle ce soir-là, alors qu'il cuisinait des pâtes à la sauce tomate, Alex fut aussi déçu que Dani.

— J'espérais avoir le cliché pour l'annoncer à mes parents...

— Moi aussi, avoua Dani. Soit je leur en parle directement, soit je continue à tenir ma langue jusqu'à ce que je puisse leur montrer la photo de leur futur petit-fils... Ou future petite-fille, ajouta-t-elle, soudain submergée par l'émotion.

Alex la regarda et sourit, comme s'il devinait ce qu'elle éprouvait.

— Personnellement, je choisirais la deuxième option.

Dani se contenta d'acquiescer en silence. Entre eux régnait une ambiance étonnamment tranquille et confiante. Ils s'entendaient bien. Vraiment très bien. Il n'y avait aucune fausse note...

Aucune sauf une : Alex se comportait comme un ami généreux, un camarade complice, un père en devenir... Mais pas comme un amoureux. Pas du tout.

Plus le temps passait, plus Dani se rendait à l'évidence. Ils seraient parents, oui… Mais pas davantage. Pas un couple. Qu'à cela ne tienne, ils n'auraient qu'à s'organiser pour que leur enfant grandisse de manière harmonieuse. Et, un jour, peut-être rencontrerait-elle un homme qui l'aimerait.

11

Le 24 décembre, Hayley et Sam se marièrent. La cérémonie à l'église fut émouvante et, demoiselle d'honneur, Dani partagea pleinement le bonheur de sa meilleure amie. Cela lui donnait de l'espoir pour l'avenir. L'année précédente, à la même époque, elle avait été convaincue que l'amour n'existait pas, que ce n'était qu'une illusion. Aujourd'hui, elle voyait les choses différemment.

Elle y croyait de nouveau... Un peu.

Quand Alex l'invita à danser, qu'il lui fit des compliments sur sa robe de style Empire qui cachait son petit ventre arrondi, elle faillit y croire complètement.

Les yeux d'Alex brillaient tellement quand il la regardait !

Mais, comme bien souvent, il se montra gentil, attentionné, parfois drôle... Et un peu distant.

Le lendemain, Dani prit sa voiture pour rendre visite à ses parents, décidant d'oublier ses préoccupations pour cette journée de Noël.

Mandy Owens l'enlaça affectueusement dès qu'elle eut ouvert la porte.

— Que je suis heureuse de te voir, ma chérie ! J'ai beaucoup pensé à toi, surtout à cause de ce qui s'est passé l'an dernier...

Elle s'interrompit brusquement, l'air gêné.

— Pardon, je ne voulais pas en parler.

— Ne t'inquiète pas, ce qui s'est produit avec Leo n'est pas un tabou, affirma Dani. J'ai tourné la page. Je vais bien... Vraiment bien.

D'une certaine manière, c'était vrai. Grâce au bébé qu'elle portait... Grâce à Alex.

— Tant mieux. C'est juste que je me fais du souci pour toi, avoua sa mère en l'entraînant vers la salle à manger où une jolie table était dressée. Je ne voudrais pas que tu te sentes seule.

— Je suis beaucoup trop occupée pour souffrir de la solitude, rétorqua Dani. Ne t'inquiète pas !

Et l'année suivante, à la même époque, elle serait sûrement emplie de bonheur...

Elle regretta de ne pas pouvoir parler de sa grossesse pour l'instant. Par prudence, mieux valait attendre l'échographie qui confirmerait que tout allait bien...

Après le repas, qui fut délicieux et copieux, Dani et ses parents échangèrent des cadeaux. Puis, sur son téléphone, elle montra des photos du mariage de Hayley.

— Tu nous as bien dit qu'elle est partie en Islande pour son voyage de noces ? demanda Mandy.

Dani acquiesça.

— C'est tellement romantique... La neige, le soleil de minuit au moment de Noël...

Plus tard, bien qu'elle ait sincèrement apprécié cette journée en compagnie de sa famille, les bavardages, le jeu de dames et la traditionnelle promenade dans le parc, elle comprit qu'Alex lui manquait.

Au volant de sa voiture, sur le chemin du retour, Dani se demanda s'il ressentait la même chose.

Peut-être pourrait-elle simplement lui poser la question...

Le jour de l'échographie, se dit-elle, déterminée à tirer la situation au clair.

Alors qu'elle venait de rentrer dans son appartement, elle reçut un message sur son portable. Dani jeta un coup d'œil sur l'écran. Ce devait être Hayley qui se manifestait tardivement...

Mais non, c'était Alex.

Joyeux noël.

Donc il avait pensé à elle...

Dani lui répondit :

Joyeux Noël à toi aussi. Tu as passé une bonne journée ?

Elle savait que, comme elle, il avait été en compagnie de ses parents.

Oui, et toi ?

Très agréable.

Tant mieux. On se voit mardi ?

Pour l'échographie... Dani éprouvait autant d'impatience que d'appréhension. Tout avait été tellement repoussé, retardé... Est-ce que, finalement, ce serait le bon moment, et l'endroit approprié, pour parler franchement avec Alex ?

Oui, mardi.

Le jour J, Dani retrouva Alex dans le hall de l'hôpital à 8 h 30.

— Presque tout le service de radiologie nous connaît... Même si on insiste pour que notre consultation reste confidentielle, j'ai bien peur que maintenant on soit obligés d'agir ouvertement.

— Je peux aussi prétendre que je t'accompagne, comme un bon ami et collègue, proposa Alex.

Dani eut du mal à dissimuler la blessure que ces paroles provoquaient en elle.

— Si tu veux, répondit-elle froidement.

Alex l'observa.

— Non, je ne veux pas. Pas du tout. Si je suis là, avec toi, c'est parce que c'est mon bébé.

— Par conséquent, les gens vont savoir. Ils vont poser des questions.

— Et alors ?

La radiologue appela bientôt Dani et l'invita à la suivre dans la salle d'examen.

— Dani... C'était bien toi !

— Bonjour, Jessie, répondit Dani en souriant.

— Je me suis interrogée, en voyant ton nom sur la liste, puis je me suis dit qu'il s'agissait d'une personne homonyme, ajouta Jessie. J'ignorais que tu étais enceinte.

Elle jeta un coup d'œil à Alex et arqua un sourcil.

— OK, je veillerai à ce que la confidentialité soit préservée.

— Merci, dit Alex.

— Donc tu es à quatorze semaines, reprit Jessie en consultant le dossier de Dani.

— Oui. Je sais que ça fait tard pour une première échographie, mais on avait une très bonne raison d'attendre.

— J'étais potentiellement porteur du gène de la maladie de Huntington, expliqua Alex. Il a fallu qu'on attende le résultat du dépistage. Négatif.

Jessie hocha la tête.

— Il y a donc moins de complications en perspective...

— C'est sûr, admit Dani, la gorge nouée par l'émotion. Je devais passer une écho à douze semaines, mais le médecin censé me recevoir était souffrant. Puis il y a eu les fêtes de Noël.

— Ne t'inquiète pas, ce qui compte, c'est que tu sois là maintenant, assura Jessie. Bon, vous connaissez tous les deux la procédure, puisque vous utilisez un échographe portable dans votre service. Mais si vous avez des questions...

— Merci, Jessie, on veut juste voir le bébé.

— Bien sûr. C'est toujours un grand moment, très émouvant... Découvrir son enfant sur l'écran est incroyable, poursuivit Jessie. J'ai des mouchoirs en papier... Vous en aurez besoin tous les deux !

Dani croisa le regard d'Alex qui se contenta de sourire. Mais elle le sentait très ému.

Elle dénuda son abdomen, et Jessie lui appliqua un peu de gel sur sa peau avant de commencer à passer la sonde.

— Oh ! et voilà, dit-elle calmement en tournant l'écran pour qu'ils puissent voir. Un beau bébé... avec un beau rythme cardiaque. Je visualise parfaitement dix doigts, dix orteils, et la colonne vertébrale paraît impeccable.

Elle prit quelques mesures.

— Tu es très exacte par rapport aux dates, Dani. Le bébé a bien quatorze semaines.

La gorge serrée, Dani contempla l'image sur l'écran, détaillant chaque courbe, chaque ombre, les pulsations régulières, les mouvements du bébé...

Une émotion extraordinaire, jamais éprouvée jusque-là, la submergea alors. Quelque chose de viscéral qu'elle n'avait évidemment jamais ressenti lorsqu'elle-même avait examiné les bébés de ses patientes.

Elle sentit des larmes couler sur ses joues. Cet enfant, quoi qu'il arrive, elle le protégerait… Un amour et une fierté démesurés l'envahirent tandis que cette pensée s'imprégnait en elle, définitivement.

Jetant un coup d'œil à Alex, Dani s'aperçut que lui aussi avait les yeux humides.

— Je vous laisse ensemble un petit moment, dit Jessie en s'éloignant discrètement.

— C'est notre bébé, murmura Alex. Notre bébé… Il faut que je te dise quelque chose, Dani…

— Moi d'abord.

Elle soutint le regard d'Alex, et son cœur s'emballa.

— Tu sais, j'ai mal réagi l'autre fois, quand tu m'as proposé qu'on se marie… J'ai eu l'impression que tu t'apprêtais à accomplir ton devoir, alors que j'aurais aimé que tu ressentes la même chose que moi…

— Et j'espérais que tu partageais mes sentiments, dit Alex sans quitter Dani des yeux. Tu es si importante, dans ma vie, et pas seulement parce que tu portes notre enfant… Je t'aime.

Dani le dévisagea, incertaine.

— C'est vrai ?

— Comment peux-tu en douter, dit Alex en lui prenant la main.

Il lui embrassa tendrement la paume.

— Je t'aime et je veux t'épouser…

— Je t'aime aussi, Alex… Et j'accepte, ajouta Dani en sentant des larmes lui piquer les paupières.

Des larmes de bonheur…

À ce moment-là, Jessie frappa un coup léger à la porte et revint.

— Tout va bien ?

— Très bien, répondirent Dani et Alex en chœur.

La radiologue sourit.

— Parfait. J'ai oublié de vous poser une question importante : combien de clichés voulez-vous ?

— Six, répondit Dani. Un pour chacun d'entre nous, pour nos parents respectifs et pour les futurs parrains ou marraines.

Alex acquiesça, les yeux brillants.

— On va avoir de nombreuses fêtes à organiser… Nos fiançailles, notre mariage, le baptême…

Il déposa un baiser sur les lèvres de Dani.

— Merci, mon amour.

— Merci à l'amour, murmura-t-elle. Ça arrive toujours au moment où on n'y croit plus… Et c'est merveilleux !

Épilogue

Juillet

— C'est le plus beau bébé du monde ! s'extasia Mandy Owens, donnant un dernier baiser à son petit-fils avant de passer le bébé à Tracey Morgan.

— Il est adorable, dit la mère d'Alex. Et ma belle-fille l'est tout autant !

Dani et Alex échangèrent un rapide coup d'œil. Leurs parents avaient pardonné le secret qu'ils avaient tous deux gardé pendant les premiers mois de la grossesse. Mandy avait pleuré de joie en découvrant l'image de l'échographie ; Sid Morgan avait, quant à lui, longuement discuté avec Alex pour s'assurer qu'il ne se comporterait pas comme Leo !

— Grâce à toi, Dani, nous avons retrouvé notre fils et nous avons un magnifique petit-fils..., dit Tracey d'un air ému.

— Grâce à l'amour que nos enfants se vouent, tout va bien, dorénavant, déclara Mandy. L'année dernière, à la même époque, on filait tous un mauvais coton. Mais aujourd'hui le soleil brille, Dani et Alex sont heureux... Donc nous aussi ! Vive Harry William Sidney Morgan, ajouta-t-elle en regardant le nouveau-né avec tendresse. On l'aime déjà plus que tout au monde.

— Même quand il faut lui changer ses couches ? plaisanta Alex.

— Je pense qu'on s'occupera de ça, n'est-ce pas, Will ? intervint Sid Owens en ébauchant un sourire amusé.

— Absolument, répondit Will Morgan. Nous sommes des

grands-pères modernes. Et de nos jours les couches sont bien plus faciles à choisir qu'à l'époque où nos enfants étaient bébés !

— Contrairement aux poussettes, dit Sid d'un ton un peu moqueur.

Alex se mit à rire.

— Je ne sais pas combien de temps vous avez consacré, tous les deux, à trouver le meilleur cosy transformable en landau ou siège-auto. Mais vous avez passé un bon moment, je crois...

— On avait envie d'acheter le stock entier de jouets ! admit Will.

Il enlaça affectueusement Dani.

— Je suis heureux et honoré que petit Harry porte aussi les prénoms de ses deux grands-pères.

— Bien d'accord, fit Sid.

— Si notre prochain enfant est une fille, les deuxièmes prénoms seront Amanda et Tracey, assura Dani en souriant.

Sa mère et celle d'Alex rosirent de plaisir.

— J'ai hâte qu'on emmène Harry au parc, reprit Will.

— Il en faudrait un avec un étang ou un lac, pour qu'on puisse faire de la barque, dit Sid d'un ton enthousiaste.

— Et un terrain pour jouer au ballon, renchérit Willy. Bon, d'accord, Harry ne pourra pas taper la balle, ce sera pour plus tard...

À ce moment-là, on frappa à la porte d'entrée.

— Entrez ! lança Dani.

Hayley et Sam pénétrèrent dans le salon, munis d'une bouteille de champagne et d'un cadeau pour Harry.

— Vive la vie et l'amour ! s'exclama joyeusement Hayley. Donnez-moi mon filleul, que je le câline... Danielle Morgan, grâce à ce merveilleux bébé, je te pardonne d'avoir gardé la nouvelle secrète aussi longtemps !

Le sourire aux lèvres, Tracey lui tendit le bébé.

— Il ressemble tellement à Alex au même âge... Mais je pense que la couleur de ses yeux va changer.

— Qu'il est beau, murmura Hayley, attendrie. Eh bien, petit bonhomme, bienvenu dans ce monde...

Elle le prit dans ses bras et le berça doucement.

— Contrairement à ta maman, je n'attendrai pas des mois avant de partager une nouvelle avec celle qui, à mes yeux, est davantage comme une sœur qu'une amie… Donc tu pourras dire à ta maman que d'ici Noël tu auras un camarade de jeu.

— Quoi ? s'exclama Dani. Sam et toi, vous…

— Eh oui ! Je suis enceinte de quatre mois, annonça Hayley, rayonnante. Je te l'aurais appris plus tôt si on n'avait pas eu un autre mariage à organiser à la dernière minute !

Dani se mit à rire.

— Tout s'est déroulé si vite… L'imprévu de la vie est décidément incroyable…

Elle se blottit contre Alex et, sous les yeux attendris de ses parents, ses beaux-parents et ses amis, échangea un baiser plein d'amour avec son mari. Son plus beau rêve venait de se réaliser… Un rêve qu'elle n'aurait jamais pu imaginer un an plus tôt. Dorénavant, elle était comblée. La vie lui — *leur* — souriait.